JN000505

FUMISHIMA KAITO

講談社

装画　リトルサンダー（Agence LE MONDE）
装幀　川谷康久（川谷デザイン）

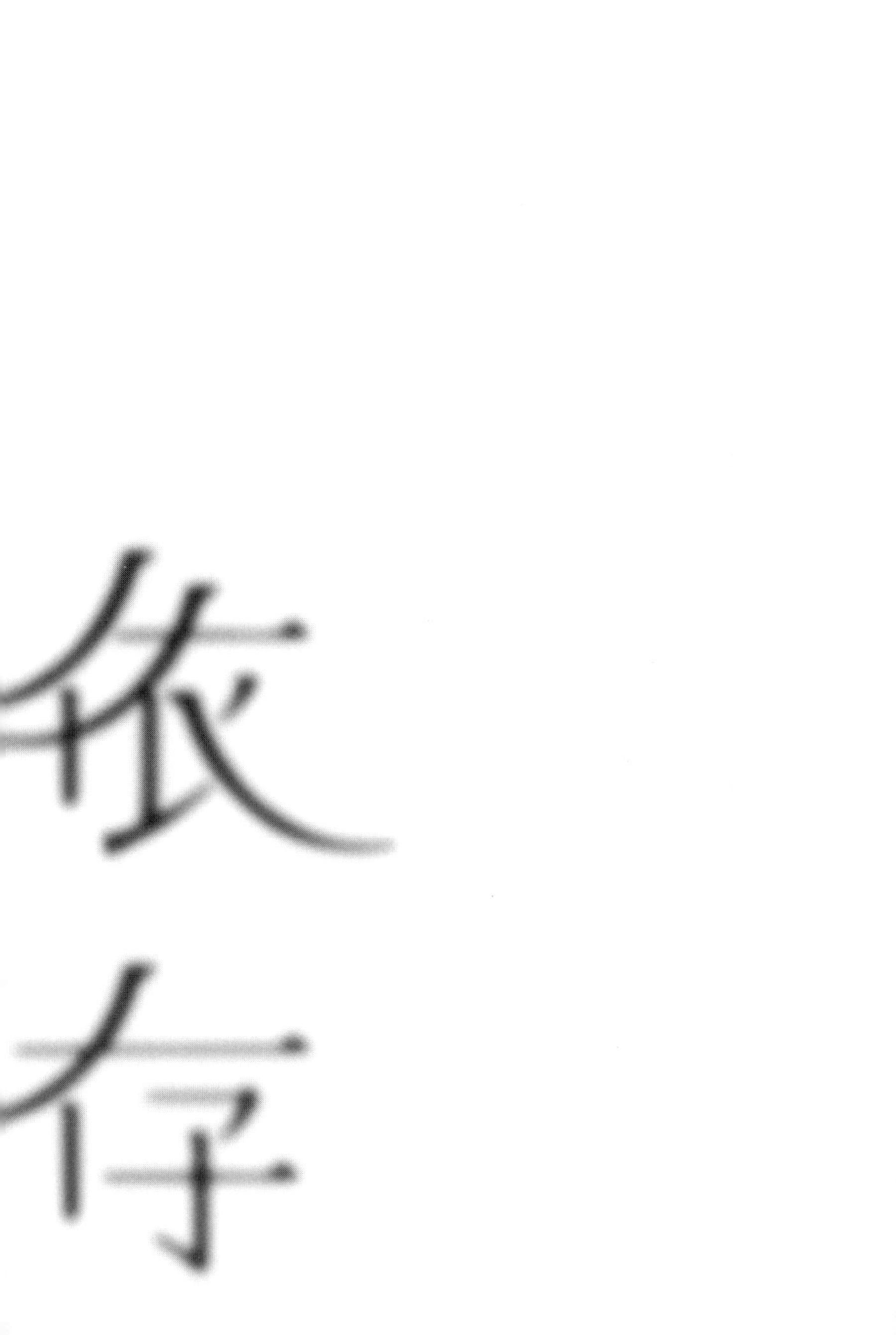
依存

プロローグ

息子を心から愛していた。
しかし、それ以上に息子は私を愛してくれていたのかもしれない。
いつか、息子が鉢植えのスイートピーを学校でもらってきたことがあった。
息子は頻繁にベランダをのぞきに行っては水をあげていた。
幼かった息子は、たくさん水をあげれば早く育つと思ったのだろう。
スイートピーは花を咲かせる前に枯れてしまった。
悲しむ息子に私は言った。
お花はお水をあげすぎると根っこが腐って死んでしまうのよ。
私は息子に対して、同じことをしていたのかもしれない。

※ぼくの日記帳

……相原　真と（小四・十歳）

九月一日　月曜日

今日から二学きが始まりました。

朝の会で新しい日記をわたされたあと、しんたいそくていがありました。

ほ健のかおり先生は、赤ちゃんをうむため二学きからさんきゅうです。

かわりにあきこ先生がしん長をはかってくれました。

せのじゅんにならぶとぼくは一番後ろです。

体重をはかるとき、たんにんのこだま先生に「何キロあるんですか」としつ問しました。

先生が体重計に乗っかると、はりがぐるりと一周しました。

ユウキ君が「体重計がこわれちゃうよ」と言うと、みんな大笑いしました。

マリちゃんが「先生おすもうさんみたいだね」と言いました。

その後、ぼくのとなりにすわっていたケイスケ君が「よこづなだ」と言いました。

みんなが、「よこづな、よこづな」と手をたたいて言いました。

すると、先生がどすこいと言いながらおすもうさんのまねをしました。

地めんが少しゆれた気がしました。

先生は今日からよこづな先生とよんでくださいと、ぼくたちに言いました。

九月五日　金曜日

休み時間にケイスケ君が校庭でカマキリを二ひきつかまえました。

それを教室で虫かごに入れてかうことになりました。

大きいほうがメスで、小さいほうがオスだと、よこづな先生が教えてくれました。

人間は男の子のほうが女の子より大きいのに、カマキリは反対です。どうしてですか？

九月六日　土曜日

今日はアカネちゃんのお母さんのけっこんしきによばれました。

アカネちゃんのお母さんは、二回目のけっこんだととなりのおばさんが言っていました。

ぼくはどうして二回もけっこんするのとママに聞きました。

ママは少しこまった顔をして、けっこんすると幸せになれるからだと教えてくれました。

ママはけっこんしていないから、幸せじゃないのかもしれません。

本当はママも新しいパパがほしいんだと思います。

ママがけっこんできないのは、きっと、ぼくが小さいころにした約束のせいです。

九月十五日　月曜日

朝学校に行くと、カマキリの入った虫かごのまわりにみんなが集まっていました。

どうしたの？　ってみかちゃんに聞きました。

みかちゃんは、大きなカマキリに小さなカマキリが乗っかって交びをした後、大きなカマキリが小さなカマキリを食べちゃったんだと教えてくれました。

虫かごには食べられたカマキリの頭がコロリと転がっていました。

メスのカマキリのおなかは、はれつしそうなほどパンパンにふくらんでいました。

ほ健のかおり先生の大きなおなかを思い出しました。

どうしてカマキリのお母さんは、お父さんを食べちゃうんですかと先生に聞きました。

先生はお母さんカマキリは生まれてくる赤ちゃんのために、たくさんえいようをつけないといけないからだと教えてくれました。

ぼくにはパパがいません。

パパはぼくが生まれた時からずっといません。

ぼくがママのおなかにいる時に、パパは食べられちゃったのかもしれません。

だからぼくはこんなにえいようをつけて大きく育ったんだと思います。

よこづな先生からカマキリのお話を聞いて、ぼくにパパがいない理由がわかりました。

第一章　守らなければならないもの

……武田香奈枝（主婦・三十四歳）

（一）事件発生

　席についてパソコンの電源を入れる間もなく、総務課の目黒弘樹が小走りで武田香奈枝の元に近寄ってきた。

「明日の戦略会議で使うデータを消してしまって」

　目黒は周りの目を気にするように、浮かない顔で耳打ちした。

「それは大変ですね」

　驚いてみせるが内心またかと思った。

「武田さんが忙しいのはわかっていますが」

　デスクの横で申し訳なさそうに頭を下げる。手には書類の束が握られている。おそらくこれから打ち込まなければならないデータだろう。

「バックアップ、取っていなかったんですか？」

　クラウド上に予備のデータを保存しているはずだ。

「それが、うっかり元のデータまで書き換えてしまって」

目黒は右手で頭の毛を掻きながら大きなため息をついた。首筋に水滴のように汗が溜まっていく。

目黒は上司といっても香奈枝より歳下だ。背は高いが、猫背気味で姿勢が悪いので、暗く貧相な印象を受ける。周りの女性社員からはあからさまに煙たがられている。きっと他の社員には頼めなかったのだろう。

ここで香奈枝が断ったら、要領の悪い目黒では、明日までに書類を揃えることは難しいかもしれない。

しかも……夜は数ヵ月前に結婚した香奈枝のお祝いに、友人が食事会を企画してくれていた。

同情する気持ちを抑えながら、一呼吸置いて断ろうと目黒に視線を向ける。目黒は道端に捨てられた仔犬のような瞳で、香奈枝をじっと見つめてくる。

喉元まで出かかった言葉を慌てて呑み込んだ。

きっぱり断ってしまえばよかったのかもしれない。けれど、顔面蒼白で今にも倒れてしまいそうな目黒を前にして、そうは言えなかった。昔から「ノー」と言えない自分の性格が大嫌いだ。

無意識のうちに言葉が出ていた。

「……手伝いましょうか」

「ほ、ほんとにいいんですかぁ！」

目黒は全身で喜びを表現した。書類を香奈枝のデスクに置いて何度も頭を下げる。

「目黒さんこそ、昨日も帰られてないんじゃないですか？」

目黒が着ているシワの寄ったシャツは、昨日着ていたものと同じ気がする。

「いつものことですから」目黒は目尻を下げて小さく笑った。

そこへ取締役の柿内が近づいてきた。普段から成績の悪い男性社員に、暴言を吐いたり無理難題を押し付けたりして、社内で恐れられている存在だ。

「おい、目黒、香奈枝さんはお腹に赤ちゃんがいるんだ。無理をさせて何かあったらお前責任取れるのか」

表情は笑っているが、目黒を見つめる細い眼光は冷たく鋭かった。

すかさず香奈枝は二人の間に入る。

「柿内さん、少しぐらいの残業なら大丈夫です。産休までは会社のお役に立ちたいんです」

香奈枝はなだめるように言った。

香奈枝が籍を置く『住ま居ーる　所沢店』は、所沢近辺の物件を中心に扱う従業員三十数名の小さな不動産会社で、正社員として働き始めて六年になる。ようやく見つけた優良企業だ。というよりは、それまで働いていた会社がブラックすぎたのかもしれない。出産後も継続して働きたいと思っている。

柿内はまだ何か言いたそうだったが、取引先から電話が入り、渋々戻っていった。

礼を言った目黒は、柿内の姿が消えたのを確認して、香奈枝の耳元で囁いた。

「本当は何か予定が入っていたんじゃ？」

「大した用事じゃありません」香奈枝は大げさに手を振ってみせた。

目黒は何度も頭を下げながら自分のデスクに戻っていった。

結局、仕事が終わったのは二十時過ぎ。休憩も取らずに書類と向き合っていたので、さすがに体は悲鳴を上げていた。

帰り際、更衣室に入ると同僚の美和と七海の雑談が聞こえてきた。二人とも昨年入社したばかりで、学生気分が抜けない二十代前半。これから都内のクラブに顔を出すらしい。香奈枝も一年ほど前にコンパに誘われたことがあった。中学生の息子がいるからと断ると、目をまん丸にして驚かれた。

ブラウスを脱いだ美和が香奈枝に気づいて振り返った。

「おつかれさまでーす。またアイツのせいで残業ですか？」

フリルのついた真っ赤な下着姿で近づいてくる。毎度のことながら目のやり場に困る。

香奈枝がうなずくと、向かいにいた七海が背を向けたまま口を開く。

「ヒッキー、今日も香奈枝さんの後ろ姿見ながらヒッキキッキッて笑っていましたよ」

七海のデスクの斜め前が目黒のデスクで、行動が気になって仕方ないらしい。ヒッキーとは上司の目黒が陰で女子社員から呼ばれているアダ名。興奮すると、無意識のうちに引き笑いをする癖と、名前の弘樹をもじってそう呼ばれている。

「まじ、トリハダですよねー」

美和が気味悪そうに両肩を抱えた。

「今の部署じゃ香奈枝さんぐらいしか優しく接してくれる人がいないですからね」

七海がロッカーを閉めて、取り繕うように笑った。

「優しくしすぎると調子のりますよ。アイツ、香奈枝さんに気があるんじゃないですか」

続けざまに美和が言う。

「そうね」ため息混じりに笑ってみせた。

彼女たちに反論するつもりはないが、香奈枝には少し違って見えていた。不器用だが、根は真面目で悪い人ではない。仕事だって一生懸命やっている。以前から、人を見た目で判断するのは良くないと伝えたかった。しかし、なんと切り出せばよいのだろう……。

気づいたときには、二人は帰り支度を終わらせていた。

七海がハンドバッグに手をかける。

「お先でーす」

甘ったるい香水の匂いを残して、二人が目の前を通り過ぎた。

今日も言えなかった。


買い物を済ませて、自宅に戻ったのは二十一時過ぎ。テレビから首都圏ニュースが聞こえてくる。梅雨明けと同時に、連日三十五度を超える殺人的な暑さで、熱中症に気をつけるようにとアナウンサーが言っている。

ラグビーの大会が近い真斗は、炎天下の中練習に励んでいる。脱水症状を起こして体調を崩したりしないか心配だ。

晩御飯はスーパーの半額になったお惣菜だが、ご飯ぐらいは炊きたてを食べさせてあげたい。真斗の帰宅に合わせて、早炊きモードで炊飯器のスイッチを押した。

乾燥機に溜まった洗濯物を畳みながら帰りを待っていると、テレビの音声を掻き消すような雨音が、天井や窓を叩きつけ始めた。天気予報では雨が降るなんて言っていなかったはずなのに……。真斗は傘を持って出なかった。大丈夫だろうか？　カーテンを開いて外の様子をうかがう。目の前の通りにできた真っ黒な水溜まりは、生き物のようにウネっていた。見ているだけで気分が悪くなりそう。慌ててカーテンを閉める。

時刻は二十二時を回った。真斗はまだ帰ってこない。雨宿りでもしているのか？

ぼんやりしていると、遠くで雷も鳴り始めた。その音に混じって救急車やパトカーのサイレンも聞こえてくる。だんだんと音は近くなり、自宅から数十メートル離れた国道を通過していった。近くで事故でもあったのだろうか。真斗が自転車で事故に遭っていないか不安になる。

無意識のうちに部屋中の明かりを付けていた。心細くなるとついやってしまう。大人になってもこれだけは治らない。

「ただいまぁ」

玄関からぶっきらぼうな真斗の声がした。

いつもと変わらない声にほっとする。軽くなった足取りで声のほうへ向かう。リビングの時計は二十二時三十分を回ったところだ。

傘もささずに自転車で飛ばしてきたのだろう。水から上がった大型犬のように全身をブルブルと震わせている。

「急な雨で大変だったわね。お腹は？」

「普通」

「先にシャワーでも浴びてきたら」

「ああ」と真斗は気の抜けた炭酸のような返事をして、目も合わせず風呂場へ向かった。すれ違った際に、真斗の顔の異変に気づいた。もみあげから頰にかけて擦り傷が痛々しい。ダウンライトの下で赤く充血しているのが見える。朝出かけるときはなかったはずだ。

「その傷どうしたの？」

真斗はとっさに手のひらで頰を隠した。

「部活で擦りむいただけだから！」吐き捨てながら風呂場の扉を勢いよく閉めた。

つい半年前まで、香奈枝の呼びかけに声を荒らげることなんてなかった。香奈枝が仕事で疲れて帰ってくると、率先して家事を手伝ってくれた。二人で旅行にもよく出かけた。身長百八十センチを超える長身の真斗と並んで歩くと、周りからは何度も恋人に間違われた。そのとき恥ずかしそうに否定する真斗の表情もかわいかった。知人からは〝恋人親子〟と呼ばれ、実家の母は親離れ、子離れしない二人を心配していた。

真斗との距離を感じ始めたのは恭一と結婚してからだ。年頃の男の子に、新しい父親は受け入れられなかったのかもしれない。真斗と並んで歩くこともなくなった。

恭一とは妊娠が判明してすぐに籍を入れた。この部屋では三人で暮らすには狭いからと、近くのアパートで変わらず一人で暮らしている。恭一は子供が生まれるタイミングで、家族で新しい所に引っ越そうと提案してくれてはいるが、本当のところは塞ぎ込んでいる真斗の様子を心配しているのだろう。

揃って食事をとる際も真斗は恭一と面と向かって話そうとしない。年頃の男の子が好みそうな話題を提供しても、愛想笑いを浮かべるだけで会話は成り立たない。二人の周りだけ重たい空気が流れている。

教師をしている知人に相談してみると、母親の愛を独占していた子供が、妹や弟ができると母親を取られてしまうといった寂しさから、母親の気を引こうと急に幼稚な言動に戻ったり、悪さをしたりすることはよくあることらしい。真斗の場合、反抗期と重なってしまったことが複雑に作用しているだけかもしれないと。深く考えすぎないようにとアドバイスを受けた。

真斗は高校に入ると、恵まれた体格をいかしてラグビー部に入った。朝から晩まで練習に明け暮れている。これが普通の高校生の男子だと友人は口を揃えたように言う。

子離れできていないのは香奈枝のほうだったのかもしれない。

真斗がシャワーを浴び終え、洗面所から物音が聞こえてきた。

惣菜を温め直して配膳を始めたとき、テーブルの上のスマホがカタカタと震えているのに気づいた。ディスプレイに表示されているのは、〝042〟から始まる登録のない固定電話の番号。こんな時間に……。セールスにしては常識がなさすぎる。出ようか出るまいか考えているうちに電話は切れた。

再びスマホが震え出す。今度は携帯番号からの着信だ。何か急を要する用件に違いない。全身にぞっと寒気が走る。恐る恐る通話ボタンをスライドする。

〈ダイメイ建設の内海です〉

スマホを耳に近づける前に声が漏れてきた。

恭一が働いている会社の上司だ。結婚が決まった際、式を挙げないという香奈枝たちに「ならば会社のみんなでお祝いしよう」と、音頭を取ってくれたのが内海だった。恭一が入社したてのころ、指導係も務めていた男で『とっつぁん』と親しみを込めた愛称で呼ばれていた。恰幅もよく気前もよさそうな印象だ。

〈奥さん、落ち着いて聞いてください〉そう言いながら、一番焦っていたのは内海だった。

〈たった今、警察から連絡がありまして、ご主人が怪我をして病院に運ばれたと――〉

そこまで言いかけて内海は声を詰まらせた。

想像もしていなかった言葉に身体がずしんと重みを増す。

人違いではないか――恭一はとっくに会社を出ているはずだ。内海は混乱して、香奈枝に間違えて電話をかけてきたのではないか。

「主人は、武田恭一は、とっくに会社を出ているはずですが――」

あえて名前を強調する。内海からの人違いですという言葉を期待した。

〈それが、搬送先の病院から会社のほうに連絡がありまして〉

「会社にですか?」

身内にもしものことがあったとき、まず家族に連絡を入れるだろう。

香奈枝が戸惑っているのを察した内海が口を開く。

〈スマホのロックは本人でないと解除できない。カバンにしまっていた社員証を見て、会社に連絡してきたのではないかと〉

香奈枝は電話からゆっくりと耳を離す。人ごとのように感じていた内海の言葉が、脳の奥底にずしりと突き刺さった。目の前の生活音が一瞬で遮断された。

「それで、主人の、主人の怪我の具合は！」

頭の中が真っ白になり、部屋中に響きわたる声で叫んでいた。

まず連想したのは、交通事故。それとも飲みすぎて転んだのだろうか？　事件、事故、自殺……ニュースで見たいつかの映像が走馬灯のように現れては消える。

〈容態はかなり危険だと……私も今病院に向かっています。奥さまもすぐに！〉

搬送先の病院名だけ告げて電話は切れた。

カバンに財布とスマホを放り入れて玄関に向かう。

「ちょっと出かけてくる」

ドライヤーの音が漏れる洗面所に叫ぶ。事情を説明している時間はない。

「おかず温めて並べてあるから」そう言い残して飛び出した。

雨は上がっていた。国道まで走り、車道に身を乗り出し強引にタクシーを停めた。

「所沢中央病院まで。急いでください！」

(二) 夫の秘密

消灯時間を過ぎた所沢中央病院の窓から、非常灯の明かりがブレながらも見えた。

夜間窓口から薄暗い待合室を抜ける。廊下の奥に赤く光る『手術中』のランプが見えた。その下のベンチで頭を抱え縮こまっている作業着姿の中年男性が目に入る。内海だ。

「恭一は、恭一は――」

内海の前で立ち止まり、必死に呼吸を整えながら声を絞り出す。本当は聞きたくない。できることなら両耳を塞いで叫びたかった。

「奥さん、落ち着いてください」

内海の体も声も震えていた。内海の言葉は動揺している自身に言い聞かせているかのようだ。鼻と目の周りは赤くなっている。香奈枝の脳裏に最悪な事態を連想させていく。

「恭一に何があったんですか……」

「詳しいことはわかりません。ただ……武田君は帰宅途中に何者かに刃物で襲われたと」

内海はぶつけようのない怒りを抑えようと拳を握りしめた。

襲われた！　……想像していなかった言葉に、その意味を頭の中で変換するのにしばらく時間が必要だった。

「……どうして、どうして、恭一なの！」

自分の上げた絶叫に震え上がる。まるで血管がブチッと切れたように頭の中心が熱い。襲われたのは本当に恭一なのか？　恭一が落とした財布を偶然拾った人が事件に巻き込まれたとか……恭一のカバンや財布を盗んだ窃盗犯の可能性は……人違いであってほしい。

香奈枝は手術中の扉を開けようと手をかけた。

「奥さん！　懸命な処置が行われているんだ。僕たちが弱気になっちゃだめだ」

背後から内海が香奈枝の両肩を摑む。

「この目で確かめたいんです。恭一を、恭一を……この目で」

香奈枝は内海の手を振り払う気力も残っていなかった。

「突然のことで信じられない気持ちはわかります」

「恭一が何をしたっていうの。なんで恭一なのよ！」

こんなこと内海に言ったところで仕方ない。それでも体の奥から湧き起こってくる怒りを、どこかにぶつけなければおかしくなってしまいそうだった。

そこへ警察と思しき二人の男がやってきた。

「――怪我をされた武田恭一さんの奥さまでしょうか？」

その前にもごもごっとした口調で二言三言言っていたが聞き取れなかった。おそらく身分を名乗っただけだろう。

香奈枝にかわり内海が「そうです」とうなずいた。

「ご主人は普段から緑道を使われていたのですか？」顔を覗くように聞かれた。

「ええ……たぶん」

「救護に当たった隊員の話ではだいぶお酒を飲まれていたようですが」

「はあ……」

ダウン寸前のボクサーを、ロープ際に追い詰めるジャブのように、次から次へと質問を投げかけてくる。香奈枝はそれに上の空で返事をすることしかできなかった。

「最後にご主人から連絡があったのはいつでしたか？」

「もう、やめて！」

香奈枝はこれ以上耐えられないと悲鳴を上げて両耳を塞いだ。まるで自分が責められているみたいだった。

気づいたときには二人の刑事の姿は消えていた。まともな聴取はできないと、諦めて引き返したのだろうか。

ようやく事態が呑み込めてきた。どうやらこれは夢でも幻でもなく現実なのだ。

体は小刻みに震えっぱなし。深呼吸を繰り返し平静を保とうとするが、目の前の景色がゆらゆらと揺れ始める。

「奥さん！」

気づいたときには内海の身体にもたれかかっていた。

「お願い、私を置いていかないで……」腹の底から感情がせり上がってくる。

「大丈夫です。彼の生命力を信じましょう」

涙を拭うことも忘れ、差し出されたハンカチを握りしめたまま集中治療室の赤いランプを見つめていた。

暗い沈黙に支配されたまま時間だけが進んでいく。気づくと横のベンチに座っていた。

「主人を襲った犯人は？」沈黙に耐えられずに香奈枝が口を開く。

「武田君を搬送した救急隊員の話によると、彼は自ら救急車を呼び、知らない男に刺されたと伝えたようです」

「知らない男ですか？」震える声が喉に絡む。

「何か心当たりでも？」

「主人は友人も多く、誰にでも分け隔てなく接していました。人から恨みを買うような人間ではありません」

　香奈枝は言葉に詰まり目頭を押さえた。

　瞼の裏に浮かんできたのは、学生時代のスナップ写真。友人らに囲まれた恭一は常に笑顔だった。恭一の口から仕事や友人の愚痴など聞いたことがない。

「彼とは十年近くの付き合いになりますが、最近は仕事関係でトラブルを起こすようなこともありませんでした。がっ……」

　内海は何かを言いかけて言葉を濁した。苦虫を嚙み潰したように眉を八の字にした。

「内海さん、何か心当たりがあるんですね？」

「それは――」内海が険しい声を出して視線を逸らす。

「些細なことでも構いません。教えてください」

　内海の顔を覗き込むと、「あっ、い、いやぁ」と両手を振って否定した。何かを隠していることは明白だった。

「話していただけないでしょうか」

「…………」内海はうつむいたまま答えない。

「お願いします。話してください」

　今度は内海を正面から睨みつける。相当怖い顔をしていたんだろう。内海はぎょっとしてのけぞるように腰を浮かせた。

　しばらく黙っていた内海が、ゆっくりと口を開いた。

「こんなときにお話しすべきことではないと思うのですが」内海はそう前置きし、言葉を選びながら話し始めた。「――武田君が借金をしていたことはご存知なかったですか？」

内海の視線が香奈枝の顔色をうかがっている。

「主人が、借金をですか？」

内海が言っている借金というのは何に当たるのか？　住宅や車のローン、クレジットカード、消費者金融……思い当たる節はない。恭一はお金に余裕があるほうではなかったが、香奈枝の前で困った素ぶりなど一度も見せたことはない。それよりなぜ内海は恭一が借金していたことを知っているのだろうか？　そっちの疑問が大きくなる。

「なぜ内海さんが？」

唇を歪ませた香奈枝は、座っていたベンチの距離を詰めた。

「実は以前……武田君からお金に困っていると相談がありまして」

怪談話でもするかのように内海が声のトーンを落とした。聞く覚悟はできているのか。香奈枝に確認するかのように視線を向けた。

「その話、詳しく聞かせてもらえませんか」

「二年以上前だったかな。武田君から相談があったのは。複数のヤミ金から借金をしてしまい、その返済に困っていると。後日、お金を貸してほしいと頭を下げられ、少しだけではありますが――」

内海はそう言って言葉を切った。最後まで口にしなかったが、後悔の言葉が続いたのだろう。項垂れて鼻をすする内海を見て、体が縮こまるような申し訳なさを感じた。頭を下げなければならないのは香奈枝のほうである。

「内海さんにそんなことを、ごめんなさい」

「いやいや、大した金額じゃありません。僕も家庭持ちで家のローンやら残っているので、大して力にはなれなかったのですが」

内海はため息をついた。

「そのお金は？」香奈枝は訊いた。

内海は目を瞑って大きく首を振った。

「申し訳ございません。上司である内海さんにお金を借りるなんて——」

しばらく顔を上げることができなかった。

「私はお金を貸すときは、返ってこないものと思っています。困っている武田君の力に、少しでもなりたいという思いでした。ただそれが今回の事件と繋がりがあったのだとすると、あのときもう少し突っ込んで話を聞いてやれなかったものかと——」

香奈枝は何も言えず、ただ頭を下げ続けた。

借金と聞いて思い当たる節が一つあった。恭一は真斗の様子を心配して三人で暮らすことをためらっていた。本当は借金取りに追われていて、香奈枝や真斗を巻き込まないためだったのではないか。普段からもう少し気にかけてあげれば、こんなことにはならなかったのに……後悔の念が込み上げてくる。

それから、内海は恭一の会社での様子を話し始めた。

——恭一は入社当初は無断欠勤も多かった。生活のために仕方なく働いているのが目に見えて感じられたと。同僚もすぐにやめていくんではないかと陰口をたたいていた。それでもやめずに続けているうちに、彼なりにやり甲斐を見つけることができたんじゃないだろうか。結婚してからは、手を抜くことなく人が変わったように働いていたと。

少しでも場の空気を和らげようとする内海の心遣いが感じられた。

「最近の武田君を見ていると、仕事関係、友人関係でのトラブルは考えられません。となると――」そう言ったまま内海は口籠もった。

香奈枝はとっさに恭一との生活を振り返ってみた。が、何も浮かんでこない。

真斗のことばかり気にしていて、恭一の様子など気にも留めていなかった。

何も言えずに香奈枝は下を向いた。自分は妻として彼に何をしてあげたのか？　……問い詰められたら何も答えられない。

「奥さん、今の話はすべて忘れてください。彼が借金をしていたのは二年以上も前のことです。とっくに完済していたんでしょう」内海は無理に声を弾ませた。

それから長い沈黙だけが残った。

妻として失格だと無言の圧力をかけられているようで、苦しかった。

ひたすら『手術中』の赤いランプを見つめていた。この灯がついている限り、恭一の命が消えることはない。このランプが消えてしまったら、恭一の命も一緒に消えてしまうかもしれない。不安と恐怖で押し潰されそうになっていた。

三十分後、薄暗い廊下に光を灯していた唯一の光源が落ちた。内海がのそりと立ち上がった。遮断された分厚い扉の向こうが慌ただしく動き始める。

恭一の命は助かったのだろうか。心臓が激しく鼓動を打っているのがわかる。判決を言い渡されようとする被告人のような覚悟を持って、扉が開くのを待ち続けた。

集中治療室から、手術着を着用した執刀医や看護師が続々と出てきた。

真っ先に内海が詰め寄った。

「武田君の容態は？」

執刀医はゴム手袋を外しながらぎゅっと唇を噛みしめた。

「懸命な処置はいたしましたが、刃物が臓器を突き破り背骨にまで達していました。こちらに運ばれた時点で意識もなく、手の施しようがない状態でした」

セリフじみた医師の言葉が、バラバラの単語となり意味をなさずに頭の中を飛び交(か)っていく。

「どうしてこんなことに」

内海が目の前の壁を右の拳で叩き、すがるようにしゃがみこんだ。

執刀医は香奈枝の前で軽く頭を下げて足早に通り過ぎて行った。

続けて、白い布で包まれたストレッチャーが集中治療室から出てきた。布の間からわずかに覗いたつま先の親指に、特徴的な大きなホクロがあった。

どこか他人事に思えていた遠い世界から、一気に現実へと引き戻されていく。

頭の中が真っ白になり、すべての音が消えていく。

恭一だ。心の中で呟(つぶや)いた。

こんなにも死というものは突然にやってきて、あっけなく終わってしまうのか。生の余韻のカケラも感じなかった。

「恭一は、もういない……いやだ——」

香奈枝は糸の切れた操り人形のように地面に崩れ落ちた。

そこからの記憶は断片的で思い出そうとすると頭が痛くなる。

※半年前　恭一との出会い

『香奈枝、今日の夜、予定ある？』

夕方、スマホを確認すると、ママ友の里美(さとみ)からLINEが入っていた。

食事の誘いだろうか？　先週、推薦で県内の高校への進学が決まった真斗は、友人の家に泊まることになっている。夜は近所のファーストフードで済ませようと思っていたところだが……里美と食事に行くのも悪くないと思った。

里美は、香奈枝より二つ歳下で、夜の仕事をしていた十年前に知り合った。お互い子持ちで、同じ悩みを抱えていたことから、今でも親しくしている。真斗より三つ下の娘がいて最近反抗期だと漏らしていた。

『暇にしてるよ』と一言送ると、すぐさま返信があった。

『じゃあ、MARIA〜NOに十九時で』

仕事が押してしまったので、店についたのは約束の時間を十五分ばかり過ぎていた。

いつものカウンターに里美の姿はない。顔馴染(かおなじ)みの店長が合図した先には、半個室タイプの部屋がある。目隠しがわりの暖簾の下に男性の足が見える。どういうことだろうか？

そのとき、暖簾の間から里美の顔が現れた。見知らぬ男性に名前を呼ばれてギクリとした。

――どういうことよ？

里美の隣に腰を下ろしながら視線で訴える。

「こうでもしないと顔出してくれないでしょ、香奈枝は」

「けど……」確かに男が同席するとわかっていれば真っ先に断っていた。

「真斗君の高校受験だって終わったことだし、次は香奈枝が頑張る番よ」

会話を聞いていた向かいの男が目をまあるくして驚いた。

「なに、香奈枝ちゃん高校生になる息子いるの？　見えねえーなー」

自己紹介をする前から馴れ馴れしい態度で接してくる男性は苦手だ。

香奈枝が視線を逸らすように小さくうなずくと、里美が口を挟む。

「そうよ。香奈枝は私みたいにバツついてないんだから。十八で真斗君を産んで、一人で育てきたのよ」

まるで自分のことのように里美は誇らしげに言った。

「男の人とか放っておかないでしょ？」嫌らしい視線で見られた。

「そんなことは」と香奈枝は反応に困る。

対角線に座るもう一人の男と目が合った。

「おい！　サトシ、香奈枝さん嫌がってるだろ」そう言って頭を軽く叩いた。

「ごめんね。コイツ昔から綺麗な人がいるとテンション上がって、自制効かなくなっちゃうんだわ。あ、俺がキョウイチでこっちがサトシ」

そう言って恭一は小さく会釈した。場の雰囲気が一気に軽くなった。

「相原香奈枝です。里美とはママ友で——今は所沢市内の不動産会社で事務をしています。もうすぐ高校生になる息子がいて——」

里美が「香奈枝、固い、固い。お見合いじゃないんだからさ」と茶々を入れてきた。

「ちなみに香奈枝さん、恋人は？」

恭一に真剣な眼差しで見つめられて、思わずドキッとした。

「いいえ」と小さく首を振る。

「おおー」と恭一とサトシが嬉しそうな歓声を上げる。

「香奈枝はね、真斗君一筋で、これまで一切そういうことなかったんだからね？」

里美が同意を求めるように見つめてきた。

「香奈枝ちゃん、そういうことってなあにー？」

サトシが店内に響き渡る声で言った。

「もぉぉぉ……里美……ちょっとぉ……」思わず里美の肩に顔を埋める。

初な女性だと思われていることへの恥ずかしさで、顔が火照りだす。

「いいじゃない。本当のことなんだし。真斗君も一人前に成長したわけだしさ、これからは香奈枝も自分の時間を大切にしたほうがいいと思うわ」

その言葉の奥には、子離れしない香奈枝を気にかけているのだろう。

普段だったら、「そんなことは……」と否定するのに、この夜は不思議と里美の言葉を受け入れていた。真斗の高校受験が終わりほっとしていたからかもしれない。

その夜は久しぶりにお酒が進んだ。恭一とは同い年ということもあり共通の話題に会話が弾んだ。子供のころに好きだったテレビや、ハマったゲームも同じだった。

周りが大学生活で青春真(ま)っ只中(ただなか)のころ、香奈枝は子育てに追われていた。生きることに必死で、時間はあっという間に過ぎてしまった。恭一との時間はそんな空白の時間を埋めてくれているようで新鮮だった。

気づいたときには、閉店だと声をかけられ慌てて店を出た。

「こいつタクシーに乗せてくるわ」里美がサトシの腕を摑む。気をきかせてくれたことが嬉しかった。

「香奈枝ちゃん、この後時間は？」恭一に聞かれた。

「今日は真斗も友達の家に泊まってくるのでまだ大丈夫です」

「よかった。すぐそばに行きつけのバーがあるんだ。もう一杯だけ行かない？」

「ぜひ」お酒のせいで気持ちが高揚(こうよう)していた香奈枝は、笑顔でうなずいた。

やってきたバーは、横一列にカウンターが並ぶこぢんまりした店だった。ペアで座る小さな椅子(いす)は男女が身体を寄せ合って座るための仕掛けだろう。マスターが好みに合わせてカクテルを作ってくれるのが売りだという。お酒が弱いことを伝えると、飲みやすそうな季節のフルーツカクテルを作ってくれた。

恭一とは境遇や価値観が似ていた。話に夢中になっていると、香奈枝の腰に恭一の手があった。決して嫌な気はしない。その感覚はいつかどこかで感じたものにそっくりだった。聞かれもしないのに、今まで誰にも言えなかった十六年前の辛い記憶を話していた。

お店を出ると、終電も終わっていた。

恭一は香奈枝の右手を握ると、駅前のタクシー乗り場とは反対方向に向かって歩き始めた。どこに向かうつもりなのか……。なんとなく想像はついた。怪しげなネオンの光へと導かれるように進んでいく。頭の片隅（かたすみ）に真斗の顔が浮かんだ。さすがに今さっき出会ったばかりの男性と身体を絡（から）めるのには抵抗がある。真斗を産んでから一度もそういった関係になった男はいない。普段だったら自然とブレーキがかかる場面だが……。

荒波を航海しているように、頭の中はグルグルと回っている。これはきっと酔いだけではない。自分自身と葛藤（かっとう）しているのだ。

一晩だけの関係もアリだと話している知人の会話を聞きながら、付き合ってもいないのに身体の関係を持つなんて絶対にムリ——と言い張っていたのに……。この夜だけは、許してしまいそうな自分がいる。香奈枝の中で作動していたブレーキが壊れていく。

ネオン街の外れにある小さなホテルの前で恭一が立ち止まった。看板の電球は消えかかりジリジリと音を立てている。

「いいかな？」恭一は香奈枝の顔色をうかがった。

強引に腕を引っ張って、エントランスをくぐってくれれば覚悟だって決まるのに……。自分から「うん」とは言えない。返事に困って恭一の胸に顔を埋めた。精一杯の意思表示だった。

そこからの出来事は夢の中をさまよっているようだった。十六年ぶりに感じる男性の温（ぬく）もりやたくましい胸の鼓動、ゴツゴツとした肌の感触は、忘れかけていた当時の記憶を呼び覚ますのだ。目の前にいる恭一にあの人の幻影を重ねていた。行為を終えて我に返ったときには、恭一の腕の中に顔を埋めていた。あの日と同じように……。

包容力のある恭一の温もりが忘れられなかった香奈枝は、次の日、自ら連絡を入れた。あの人のかわりなんて求めちゃいけない。けれど身体が恭一を、あの人を、欲していた。

真斗は高校が決まると、受験勉強のうっぷんを晴らすように夜まで友達と遊び、家に帰ってきても一人で部屋にこもってゲームをする。いよいよ真斗も自分の元から離れていってしまうのだろうか？　成長が嬉しい反面寂しかった。

そんなとき、ぽっかり空いた心の穴を埋めてくれたのが、恭一だった。一時だけの関係かもしれない。それでも香奈枝は彼を求め続けた。

恭一と出会って二ヵ月ほどしたある日、生理が遅れていることに気づいた。

そういえば――恭一と交わる際、避妊していなかった。十五年も前に子供を産んだきり、男性と関係を持つことなんてなかった。自分が妊娠できる体だということもすっかり忘れていた。

産婦人科で検査を受けると――案の定だった。妊娠したなんて恭一に言えるわけがない。彼にとっては遊びのつもりだったのかもしれない。子供ができたなんて言ったら、どう思うだろう。周りの知人に広まってしまったら大変だ。ならばこの事実を伝えずに関係を終わらせたほうが、恭一のためでもあり、香奈枝にも都合がいいのかもしれない。

子供は堕(お)ろすつもりでいたが、数日間悩み続けて、恭一には言わずにおこうと決めた。

机の奥にしまっておいた『人工妊娠中絶の同意書』を取り出して署名した。男性側の名前も書かなければならない。誰かお願いできるような人はいただろうか？　男の知り合いなんて浮かばない。接点があるとしたら、会社の上司ぐらいだ。でもこんなことお願いできるわけがない。里美の知り合いにでもお願いしようかしら……。同意書をカバンの奥に潜めて家を出た。

電車に乗ってスマホを確認すると、恭一からメッセージが届いていた。

『今日の夜、少しだけ会えないかな』

あまりに唐突すぎる。普段はどこに行こうとか、何をしようとか書かれている。

まさか、中絶のことがバレてしまったのか……。

理由を聞けずに『大丈夫よ』と返事をする。

『十九時にここで』と店の地図が送られてきた。所沢駅前のカフェだ。

その日は一日中上の空だった。お腹に授かってしまった子供のこともそうだが、恭一に呼び出された理由が気になって、あれやこれやと考えてしまった。

定時で仕事を上がり、カフェに着いたのは約束の五分前だった。

店に入ってすぐ名前を呼ばれた。

温かい紅茶を頼んで、恭一の待つ席へと向かう。

「ごめんね急に。実は……香奈枝ちゃんに大事な話があって……」

恭一の口調は歯切れが悪い。目の前のグラスはとっくに空になっているのに、何度も口をつける。明らかに様子がおかしい。やっぱり知られてしまったのだろうか……。

十六年前の悪夢がよぎる。ここで土下座でもして子供を堕ろしてくれとか言うんじゃないだろうか――そんなの耐えられるわけない。

ならばと香奈枝は自ら切り出す覚悟を決めた。

「私たちもう会わないほうがいいと思う」冷たく突き放すように言った。

「えっ！」恭一は反射的に身を乗り出した。

「やっぱりこうして会うことに罪悪感というか……引け目を感じちゃうの……」

「どうして？　俺たち何も悪いことしていないじゃないか！」

恭一は店内に響き渡るような声を上げた。

香奈枝は冷静になろうと乱れた呼吸を整える。

「世間の目だってあるし……」

店内の静けさに合わせるように、さらに声のトーンを落として続けた。

「こんなところ知り合いにでも見られて、もしも真斗の耳に入ったら……あなたとの時間は楽しかったわ。自分が一人の女性であるということを思い起こさせてくれた。……でもこの関係も今日までにしましょう。さようなら」

香奈枝は嗚咽（おえつ）とともに声を絞り出した。

恭一に向かって頭を下げて、椅子にかけておいたハンドバッグを持って立ち上がった。

「待って！」
一、二歩進みかけたところで、恭一に手首を握られた。
恭一が香奈枝を呼び出した理由が、別れを告げるためではないと気づいた。ここで恭一の顔を見たら決心が揺らいでしまう。香奈枝は握られた手を振り払おうと力を込めた。

その瞬間、恭一の手が離れ、反動でハンドバッグが逆（さか）さのまま地面に落ちた。

入っていたスマホや財布が散らばった。

「ご、ごめん、大丈夫？」と声をかけながら恭一が慌てて香奈枝の元に駆け寄ってくる。

「大丈夫だから」

香奈枝は膝をつき、散らばった小物類を必死に掻き集める。どうしても見られたくないものがある。――が、それが見当たらない。

恭一の視線がテーブルの下に落ちている一枚の用紙にいった。

「ダメ！」

香奈枝はとっさに声を出して思いっきり手を伸ばす。

しかし、用紙を摑んだ恭一の手はすり抜けていった。

恭一の顔面が固まる。

「俺の子供……」

小さなため息をつくように言った。まるで現実感がないような反応だった。

「気にしないで、あなたに責任を取れなんて言うつもりはこれっぽっちもないから」

「…………」恭一は叱られた子供のように押し黙った。

香奈枝は続けた。

「あなたが軽い気持ちだったっていうことぐらいわかっていたから」

恭一の手から強引に書類を取った。堪えようと身体に力を入れても涙が滲んでくる。

「そんなつもりは――」

言いかけた恭一の声から逃げるように店の外へ出た。駅とは反対方向へ走る。

百メートルほど行ったところで、追いかけてきた恭一に肩を摑まれた。

「ちょっと待ってくれよ」

その声に振り返ると、頰を真っ赤にした恭一の顔があった。

「香奈枝ちゃんの言う通り、初めは軽い気持ちだったかもしれない。けど、今は香奈枝ちゃんのことを愛してる。今日呼び出したのは気持ちを伝えるためだったんだ。昔から子供だって大好きなんだ。結婚しよう」

恭一のほうへ身体が引き寄せられた。香奈枝の頭の中は真っ白になる。

「私にはもうすぐ高校生になる息子がいるのよ。きっとご両親は猛反対するわ」

涙を流して訴えた。彼の身体から離れようと胸元を強く押すがビクともしない。

「それは違う。俺は逆だと思うよ。それに――」

恭一から身体が離れたと思ったら、今度は正面からぎゅっと両肩を摑まれた。

「十代で子供を産んで、一人で真斗君を育てあげた香奈枝ちゃんを俺は尊敬している。ウチの家庭も、俺が幼いころにオヤジが家を出て、お袋一人に育てられた。お袋は、朝から晩まで働き詰めで、夜は家で内職していた。俺に父親のいないハンデを感じさせないようにと必死だった。俺が高三の秋、お袋は仕事の途中で倒れて救急車で運ばれた。末期癌だった。医者の話では体の異変はだいぶ前からあったはずなのに、相当ムリしていたって……。俺は卒業後、都内のデザイン会社に就職が決まっていた。早くお袋を仕事から解放して楽をさせてやりたい。俺が働くモチベーションはそれだけだった。なのに……」恭一の頰から涙が溢れ落ちた。恭一はそれを右腕で隠すように拭った。

「お袋は俺に迷惑はかけられないと、延命治療を拒み続けた。三ヵ月後に死んだよ。あっけなかった。俺は高校を中退して、決まっていた仕事も蹴った。世間でいうグレたってやつだ。二十四のとき、こんなんじゃダメだって親戚の叔父さんが会社を紹介してくれた。初めはいやいやだったけど、こんな俺でも誰かの役に立っていると思うと嬉しかった。息子のために一生懸命な君を見て、初めはどこかお袋と重ねて見ていたのかもしれない。二人の生活を邪魔しちゃいけないと思っていた。だが、今は香奈枝ちゃんを一人の女性として見ている。君を想うと胸が痛いんだ。君のそばにずっといたいんだ。決して浮ついた気持ちで言っているんじゃない。もう一度言う。俺と結婚してほしい」

途中から言葉になっていなかった。恭一は、目を真っ赤に充血させ何度も鼻をすすりながら言葉を絞り出した。

恭一の言葉は不器用だけど、嘘がなかった。香奈枝の胸の奥も疼くように熱くなった。

何も言わずに恭一の前から姿を消そうとしていたのに、彼はすべて受け入れた上でプロポーズしてくれた。今すぐ恭一の胸に飛び込みたい。

しかし、一つだけ気がかりなことがある。真斗のこと。性に目覚め始めた多感な時期に、母親に好きな人ができて結婚すると言ったらどんな反応をするだろうか。しかもお腹には子供まで……。

「何度も言うけど、私には年頃になる息子がいるのよ。息子に男の人と付き合っているなんていったらどう思うかしら……。私たちのことを受け入れてくれるか心配なの」

香奈枝はため息を吐いて首を振った。

「初めから父親として受け入れてもらおうなんて期待していないから大丈夫だ」恭一は力強く言った。「俺も小六のころ、お袋から付き合っている人がいると紹介されたことがあった。そのとき、子供ながらにこれでお袋も少しは楽ができるという安心感と、俺のことだけを見てくれていたお袋が、別の男に取られてしまうという寂しさに葛藤した。初めて会った日、何も話せなかった。お袋より一回り以上年上の、真面目そうな無口な男性だった。嫌いだったんじゃない。何を話していいのかわからなかっただけだ。やがて、気まずい沈黙に耐えられなくなった俺は、逃げるようにその場を離れた。数日後、お袋の口から、こないだの方とお付き合いするのはやめたからと聞かされた。子供ながらに追及すると、お母さんもいい歳して人を好きになっちゃうなんて、どうかしてたんだろうねとごまかされた。あのとき、お袋があの人と一緒になっていたら、生活は楽になり、病気にならずにすんだのかもしれない。俺が取ったあの日の行動のせいで……。香奈枝ちゃんの置かれた立場は充分に理解している。初めから真斗君に受け入れてもらえるだなんて思っちゃいない。時間がかかっても、いずれ、真斗君と生まれてくる子供と四人で、世界一幸せな家庭を作れたらと思っている。だから香奈枝ちゃんは何も心配せず、俺についてきてほしい」

香奈枝のことより、真斗の気持ちを理解してくれる優しさに心を摑まれた。

すぐに、役所に婚姻届を提出した。

今思えば、真斗に先に話すべきだった。籍を入れてから報告をしたが、まるで予想していたかのように「そう、よかったじゃん」の一言で終わってしまった。

こんな形の結婚だったので、親しい友人や、会社の同僚にさえ切り出せなかった。この年になってデキ婚なんて、しかも高校生になる息子がいるというのに……陰で何と噂されているか想像するだけで心が重かった。

　俺たちにもしものことがあったときのために——と、恭一は結婚式を挙げないかわりに保険に入ろうと提案してくれた。香奈枝だけでなく、真斗やお腹の子のことまで真剣に考えてくれていたことが嬉しかった。

(三) 目撃者ゼロ

　香奈枝は一週間ぶりに化粧台の前に座った。顔の張りをチェックすることが日課だった。久しぶりに見た自分の顔は頬が痩け、血色も悪く生気のない顔をしている。これで人に会うわけにはいかない。厚手のファンデーションを塗り、目元には濃いアイシャドウを入れた。髪をヘアアイロンで丁寧に巻いていく。無意識に選んでいた白いレースのワンピースは、お腹が大きくなっても無理なく着られるからと、恭一から誕生日にもらった最初で最後のプレゼント……再び瞼が濡れてきた。

　恭一が死んで、時間の感覚はまるでなかった。遠隔操作をされているように体だけが動いていて、感情を忘れていた。

　恭一の親族は、憔悴しきった香奈枝を心配して、葬儀の準備を引き受けると言ってくれた。その言葉に甘えるつもりで頭を下げた。

　そのとき、母が口を開いた。

「恭一さんのためにも、あなたが中心になってやらなければなりません」

母の言葉には有無を言わさぬ強さがあった。

葬儀屋の手配、打ち合わせ、段取りと、恭一の死を受け入れている余裕すらなかった。葬儀には、初めて目にする親戚や友人がやってくる。皮肉なことに、結婚式を挙げていなかった香奈枝には、葬儀で初めて恭一の妻だということを実感させられた。

葬儀がすべて終わり肩の力が抜けたとき、初めて死の実感が襲ってきた。

着替えのため実家に立ち寄った。「ご苦労様」の母の一言で、これまで抑えていた涙が嗚咽となって溢れ出てきた。そのまま母の膝に倒れ込むようにしがみついた。

「なぜ葬儀の準備や段取りを、あなたにやらせたかわかる？」

涙が止まらない香奈枝の背中をさすりながら母が語りかける。

「ううん」香奈枝は頭をうずめたまま答えた。

「お葬式はね、残された遺族が前に向かって生きていくためにも重要な行事なの。香奈枝だって、お葬式がなかったら何日も泣き続けていて、何も手につかなかったんじゃないかしら。亡くなった人の死を受け入れるためにもなくてはならないものなの。葬儀までは故人との思い出に浸り悲しんでもいいけれど、茶毘（だび）に付されたら気持ちの切り替えをして、前を向いて歩いていかなければならないの。いつまでも悲しむことが恭一さんの供養になるわけじゃないわ」

母の言葉を思い出し、自分を鼓舞するように鏡の前で口角を上げ笑ってみる。まだ無理がある。

昨日、所沢警察署の刑事から事件のことで話を聞きたいと電話があった。犯人の手がかりでも見つかったのだろうか。刑事の答えはノーだった。

自宅にやってきた刑事は二人。中年刑事と、頼りなさそうな新米刑事。

「犯人はまだ捕まっていないんですよね」

香奈枝は名刺を受け取るなり中年刑事に食いついた。

「捜査は非常に困難を極めております。大雨の影響もあり目撃証言すら挙がっておりません」

そう言って二人は頭を下げた。

受け取った名刺に目をやる。阪谷英行（さかやひでゆき）という中年刑事は父が生きていればさほど年齢はかわらないだろう。もう一人の中三川（なかみがわ）という若い刑事は明らかに香奈枝より若い。

玄関は大人三人が並んで立てるほど広くはない。これでも刑事が来ると連絡を受けて、余分な荷物はしまったのだが。阪谷の肩の後ろから中三川が顔を出す。中に上げろと訴えるように、部屋の奥に視線をやった。

「ばたばたしていて、部屋の中がぐちゃぐちゃなんです。お話、長くなりますか？」

「いやいや、気にしないでください。我々は外でもどこでも構いません。ただ、お腹のほうも少しずつ大きくなっているようですし、精神的なご苦労もおありかと思います。ご負担にならない程度に」

阪谷は香奈枝の腹に視線を落とした。

「六ヵ月になりますが、仕事も普通にしています。私の体調は大丈夫ですので」

「そうでしたか、では——何度も聞かれているかもしれませんが、奥さんとご主人のお話を少し聞かせてください」

「は、はい」香奈枝はとっさに背筋を伸ばした。

答えられるだろうか。恭一の何を見てきたのだろうか——心の声が聞こえてきそうだ。

結婚してからの数ヵ月間、真斗のことばかり気にしていて、恭一がお金に困っていたことさえ気づかなかったのだ。

「固くならなくていいですよ」

相当険しい顔をしていたんだと思う。阪谷の声にハッと顔を上げる。

阪谷の隣で中三川がメモ帳を開いた。

「最近、奥さんやご主人の周りで変わったことはありませんでしたか？」

「変わったこと、ですか？」質問の的が広すぎて思わず聞き返す。

「家の近所で不審な人を見たとか、誰かにつけられていたとか、郵便物が漁られていたとか……」阪谷は付け加えるように言った。

「さあ」と言ってしばらく考えてから口を開いた。「だいぶ前ですが、郵便物を漁られていたことはありました。男の人が家の周りをウロついてたことも何度か……私、夜の仕事をしてたので、おそらくそのとき知り合ったお客さんかと……突然お店を辞めてしまったので……」

「それって、いつの話ですか？」阪谷が顎を突き出すように聞き返してきた。

「夜の仕事を辞めて、今の会社に入ったのが六年前なので、その直後ぐらいから何度か」

「亡くなられたご主人と出会われたのは今年に入ってからですよね？」

「ええ、半年ちょっと前ですが」

「今回の事件とは関係なさそうですね」中三川が他人事のように言った。

香奈枝は「はあ」とため息のような返事で返した。

「ご主人は近くのアパートで暮らしていたようですが、一緒に暮らすご予定は？」

阪谷が言葉を選びながら切り出した。なぜ別居しているのか聞きたいようだ。確かに端から見たらそう思われても仕方ない。

香奈枝は包み隠さず家庭の事情を話そうと口を開く。

「私には高校一年になる息子がいるんです」

「そんな大きな息子さんがぁ！」

阪谷は香奈枝が若く見えるということを、遠回しに言いたいようだが、あからさまなお世辞だろう。聞き込みにくる前に家族構成ぐらい把握しているはずだ。

香奈枝は構わず続けた。

「恥ずかしい話なんですが、主人と付き合い始めてすぐに妊娠が発覚して籍を入れました。三人で暮らすことも考えたのですが、息子も受験を終えたばかりで、春から市内の高校に入学することが決まっていたので――」

「息子さんはどちらの高校へ？」

「狭山東高校です」

「えっ！　東高と言ったら、県内有数の進学校じゃないですか。スポーツも盛んですし、優秀なんですね」

真斗を褒められるのは悪い気がしない。「まあ」と照れを隠すように話を続けた。

「あまり私たちの都合で大きく生活を変えるのはよくないと主人が言ってくれて、お腹の子が生まれてくるタイミングまで待って、四人で暮らせる大きな家に引っ越そうと。主人のほうでいくつか物件を当たってくれていたみたいです」

　香奈枝は膨らんできた腹にそっと手を添えた。恭一は新しい命を宿して、さよならも言わずに逝ってしまった。再び瞼が濡れてきた。二人の刑事に気づかれないように、前髪を流すように目元をさっと拭った。

「……我々もお二人の幸せを奪った犯人を、一刻も早く逮捕したいと考えています。事件が起きたときは被害者遺族であっても、こうして聞き込みをさせていただいております。私どもも非常に心苦しい限りですが、どうかお気を悪くなさらないでください」

　香奈枝は黙ってうなずいた。

　阪谷が一つ咳払いをした。

「警察から説明もあったと思いますが、ご主人は財布や金品を盗られた形跡がありません。となると、突発的な事件ではなく、顔見知りの人物により、あらかじめ計画されていた可能性が高くなります」

「ちょっと待ってください」と尖った声を出し香奈枝は続けた。

「主人は通報したとき、知らない男に刺されたと言っていたんじゃなかったのですか？」

　目の前の刑事は何かを隠している――とっさに感じた。不信感を露わにして眉をひそめた。

　彼らにとっては遺族だって容疑者の一人だ。本当のことをしゃべったりはしないだろう。

「思った以上に捜査は難航していまして、実行犯と依頼人が別々だった可能性も視野に入れて捜査を進めています。現場には犯人の手がかりとなる物証も残っていない。有力な目撃証言もないとなると、ご主人の交友関係から虱潰（しらみつぶ）しに当たっていくしか術（すべ）はありません」

「主人のスマホは？　誰かに呼び出されていたなら履歴が残っているはずでは？」

「それが事件当日の大雨で、データの復元に時間がかかっています」

香奈枝はじっと黙り込んだ。今ここで、恭一がヤミ金から借金をしていたことを明かすべきだろうか？　それが原因で殺されたのかもしれない。しかし、恭一が借金をしていたことが世に知れ渡ってしまう。上司の内海に借金の相談はしていた。となると、聞き込みにきた刑事に同僚らが話しているかもしれない……。

警察は犯人に繋がる手がかりをあえて公にせず、知らないふりをしているのかもしれない。いずれ犯人が捕まったら、借金のことは公になってしまうのかしら。

香奈枝が迷っていると、中三川が突つくように口を挟む。

「どんな些細なことでも構いません。電話口で誰かと言い合いをしていたとか、仕事でトラブルに巻き込まれたとか、人間関係でうまくいかないことがあると悩んでいたとか」

「ありません」と言って、あからさまに顔をしかめた。

端（はな）から恭一に非があるような言い方にムッときた。いったい恭一の何を知っているの。

香奈枝の心情を読み取ってか、阪谷がゆっくり口を開いた。

「奥さん、すみません。こいつはこの春、刑事になったばかりの新米で、ついつい気合いが空回りしちゃってるんです」

阪谷に左手で頭をグッと押さえられた中三川は、飼いならされた犬のように大人しくなった。

香奈枝も少し大人気なかったと我慢した。

「結婚はしていたんですが、主人がこの家に来るのは月に二、三度です。次の日に仕事があるときは夕食を食べてすぐに帰ります。結婚前のほうが外でデートをしたり、二人で会う時間は多かったぐらいです」

「ご主人は一人の時間何を？」中三川に訊かれた。

「恥ずかしい話なんですが、主人のプライベートはほとんど知らないんです。仕事のことなんて私の前ではほとんど口にしません。会社の上司や高校時代の友人に話を聞いていただいたほうがいいかと思います」

「そうですか。では事件が起きた日の奥さんの行動を、細かく教えていただけますか」

「えっ！　私のですか？」

捜査が行き詰まっているとはいえ、あからさまに被害者の家族を疑うような神経が理解できなかった。香奈枝は思わず目を細めて中三川を睨んだ。

被害者の家族の心情を察することもできない刑事に犯人の心理が読み解けるはずがない。怒りを超えて悲しみが込み上げてくる。

「気を悪くしないでください。我々は疑うことが仕事です。こうしてご主人に関（かか）わるすべての方からお話を聞いて回っているんです」

慌てて阪谷がフォローを入れる。

「納得いきません」香奈枝は中三川に向けて尖った声を出す。

「お気持ちは充分にわかります。私だって妻や子供が亡くなり、落ち込んでいるときに、聴取に訪れた刑事にそんな言葉を投げかけられたら、ふざけるなと怒鳴り声をあげてしまうでしょう。これも犯人逮捕のためと思って、お聞かせいただけないでしょうか」

阪谷は香奈枝の目を見てゆっくりと語りかける。その口調は数年前に病死した父にそっくりだった。

「あの日は朝から仕事に出ていました——」

香奈枝は時系列に沿って、事件の日の行動を思い浮かべていく。

一通り香奈枝が自分のことを話し終えると、話題は真斗へと移る。

「事件の夜、息子さんが帰られたのは何時ごろでしたか？」

中三川が右足にかかった重心を左足に移しながら訊いた。

「部活があったので、二十二時三十分だったと思います」

「息子さん、そんなに遅くまで練習を」

「普段は二十二時過ぎに帰ってくるんですけど、あの日はどしゃ降りだったので、途中で雨宿りでもしていたんじゃないでしょうか」

真斗の話になったとたん、中三川が香奈枝の会話を聞き逃すかとばかりに、ペンを動かし始めた。

「まさか、真斗のこと疑っているんじゃないでしょうね」

香奈枝は中三川を睨みつけた。自分が疑われていると感じたときとは比べものにならないほど大きな声だ。

慌てて阪谷が間に入る。

「我々刑事は疑うのが仕事です。可能性がゼロパーセントでない限り、常に犯人であるということを念頭に置いて聞き込みをしています。たとえそれが被害者の身内であっても」

「いや、違うんです」声を上げたのは中三川だ。「救急に通報があったのが二十二時十四分です。奥さんの話だと、息子さんが帰られたのが二十二時三十分でしたよね？」

同意を求めるように香奈枝の顔を見つめてくる。

「ええ、そうですけど」

香奈枝は少し時間をおいてから、口を尖らせてうなずいた。

「帰宅途中、息子さんは気づかない間に犯人とすれ違っていたかもしれません！」

中三川が興奮気味に言った。

「息子がですか……てっきり真斗が疑われているのかと」

中三川に向かって頭を下げた。

「息子さんに少しだけお話をうかがえないでしょうか？」

「それは構いませんけど、ただ朝から晩まで部活でして」

「真斗君は何部に？」阪谷に訊かれた。

「ラグビーです」

「東高のラグビー部といったら、花園の常連校じゃないですか」

阪谷は急にフレンドリーな口調になった。

「そういえば先輩も確か、高校時代はラグビーをやっていたんですよね」

「俺の高校なんて、毎回初戦負けの弱小校だ。メンバーを集めるだけでも一苦労だったんだから」と小さく笑ったと思ったら、急に真面目な顔に戻った。

「部活で疲れてるとは思いますが、明日の夜帰られた所で少しだけ息子さんからお話をうかがえないでしょうか？」

阪谷は力を込めて言った。

「ええ、真斗に話しておきます」

「お願いします」二人で頭を下げた。

部屋を後にしようとドアノブに手をかけた阪谷が振り向いた。

「以前にこの部屋、空き巣に入られたことはありましたか？」

声のトーンを落として神妙な面持ちで言った。

「空き巣ですか⁉」

香奈枝は想像していなかった質問にギクリとして、突っ立ったまま首を横に振る。

「私の気のせいかもしれないんですが、先ほどドアノブを回す際に、鍵穴をピッキングする際につく細かい傷のようなものがあったんです」

「えっ、えっと——」

最近、モノがなくなったり、部屋が荒らされたりしたことはあっただろうか？　変わったことはなかったはずだが。そういえば、真斗が中学生のころ、鍵を忘れて家に入れなかったことがあった。そのへんに落ちていた針金で鍵穴を突ついているうちに、中で折れてしまったようだ。鍵のレスキューを呼んで開けてもらったが……きっとそのころについた傷を心配しているのだろう。

「鍵を忘れた息子が――」

香奈枝はほっとして頬が緩んだ。阪谷は小さい変化によく気づく賢い刑事だ。

「ならばよかったのですが。このタイプの鍵は古いので、ピッキングで簡単に開けられてしまう可能性があります。防犯のため、新しいタイプに交換しておくことをおすすめします」

阪谷は握っていたドアノブを回した。

「では、明日の夜、改めておうかがいいたします」

中三川がゆっくりと扉を閉めた。

カツカツと遠ざかる靴音を確認して、香奈枝は大きく息を吐いた。

（四）知らなきゃよかった

香奈枝はリビングに戻り、二人がけの小さなソファーに座りスマホを開いた。

メールやＬＩＮＥの通知が溜まっている。葬儀に来てくれた友人や同僚にお礼を送らなければならない。

定型文をいくつか作り、当たり障（さわ）りのないものから返信していく。

最後に残ったあるメールに引っかかった。幼馴染みの綾子（あやこ）からのものだ。

《――事件のこと、言いたい放題言っている人のことは気にしないで、時間が経（た）てば、自然と忘れていくものだから》

まさか、恭一の借金が公になってしまったのか。テーブルの上に投げ出されていたタブレットを起動させ、ポータルサイトで事件の記事を探す。事件に大きな進展がないためか、昨日から記事は更新されていない。記事をスクロールしていくとユーザーが自由に書き込める掲示板が現れた。数百件の書き込みがされていた。

　事件や事故が起きると、それに乗じて人の不幸を好き勝手書く連中がいる。ついこないだも、殺人罪で捕まった男が、某アイドルの熱狂的な信者だったという理由で、アイドル本人やファンが誹謗中傷を受けていた。

　恭一のありもしない噂が書いてあるのかもしれない。もしかしたら香奈枝や真斗のことだって……。耐えられるだろうか、一瞬躊躇した。それでも確かめなければならない。書き込みを古い順に並べ替えた。

　事件直後から頻繁に書き込みがされていたようだ。しばらく文章をスライドしていきながら、静かに息を吐いた。書かれていたのは、香奈枝が恐れていた恭一の過去ではなく、犯人捜しの類いだった。綾子は何を言いたかったのだろうか？

　ほっとすると、今度は先ほどとは違った感情がせり上がってくる。

　なぜ恭一は殺されなければならなかったのか、誰が恭一を殺したのか、どうして警察は犯人を見つけてくれないのか——しばらく忘れていた憎悪が蘇ってくる。

　いや、忘れていたのではない。蓋をしていただけかもしれない。忙しさに理由をつけて、現実から逃げていたのは香奈枝のほうだ。

　捜査が難航していると刑事は言っていた。目撃証言も挙がっていない。頭の中に頼りない中三川の顔が浮かんでくる。

このまま警察に任せておいて大丈夫だろうか……。

刑事とのやりとりを思い出す。恭一の交友関係は聞かれたが、借金の話題など一つも出てこなかった。事件から一週間、さすがに刑事の耳にも入っているはずだ。となると、ヤミ金は何も関係ないのかもしれない。

いったい、誰が、なんの目的で？

現場となった緑道は、夜は地元の人さえほとんど近づかない。そのことを知った上で犯行に及んだというのか？　犯人はこのあたりの地理に詳しい人間か？

金品を盗られていないのだから、物盗りの犯行ではない。となると、恭一に恨みを抱いた人物に殺されたのか。香奈枝が知っているごく身近な人物かもしれない。

考えたとたんに全身を悪寒がぞっとよぎった。それでも逃げなかった。

最近、恭一に変わったことはなかっただろうか？

変わったこと、変わったこと……一番変わったことは結婚したことだ。過去の恋人なら、幸せになった恭一を恨んでいてもおかしくない。……でもその場合、結婚相手である香奈枝に殺意を抱くのが普通じゃないだろうか。それに恭一は「知らない男に刺された」と言い残している。元カノというのは無理があるか。いや、待てよ。刑事は実行犯の他にもう一人いた可能性も疑っていた。

せめてこんなときに恭一のスマホが残っていれば。ＬＩＮＥや通話履歴から、交友関係を調べることができたのに……。復元できないだろうか。殺される直前、犯人に誘き出されていた可能性も考えられる。

いや、そうじゃない。

自らスマホを使いものにならなくするために、水没させたことは考えられないか。他人に見られては困るデータがあったのかもしれない。

可能性はいくらでも思い浮かぶのだが、一つも答えに辿りつけない。もどかしさと苛立ちだけが募ってくる。

やはり、恭一のことを何も知らなかったのだ。

どこから手をつければよいのだろうか。

まずは、事件の概略を知ることではないか。新聞やテレビで報道されていない真相に迫りたい。

放りっぱなしのタブレットが目に入る。先ほど見た掲示板の画面がそのまま残っている。書き込みに対する信憑性なんてないも同然だ。気休めにしかならないかもしれない。それでも見たい――。

タブレットを手に取り、夢中で画面をスクロールしていく。

しばらくはくだらない警察ごっこが続く。素人が書いた推理小説みたいだ。

時々、誹謗するような書き込みも目に入る。自業自得だとか、天罰が下ったとか……くだらない。あまり深く考えないように、自分に言い聞かせながら読み進める。

三十分ほど経過した。ユーザーの書き込みのペースが一気に上がってきた。

「……犯行声明!?」思わず声に出していた。

865　警察は何やってんねん！　早く犯人捕まえてくれ！
（2020年7月22日　21時57分）

866　不倫じゃねえ？　男女関係のもつれからでしょ。
（2020年7月22日　21時57分）

867　被害者は救急に通報したとき、男に刺されたって言ってたらしいね。
（2020年7月22日　21時59分）

868　まさか、不倫相手に刺された！　被害者はその女を庇（かば）って死んだとか……。
（2020年7月22日　22時03分）

869　僕にはパパがいません。
僕が生まれる前からパパはずっといません。
僕がママのお腹にいる時、パパはママに食べられちゃったのかもしれません。
だから僕はこんなに栄養をつけて大きく育ったんだと思います。
横綱先生からカマキリの話を聞いて、ぼくにパパがいない理由がわかりました。

（２０２０年７月22日　22時08分）

８７０
殺人鬼・カマキリ
（２０２０年７月22日　22時09分）

８７１　何これ、住人さんのところの子供の日記!?
（２０２０年７月22日　22時09分）

８７２　おにーさん、ＵＰするの間違っとるで〜。
（２０２０年７月22日　22時09分）

８７３　犯行声明??　意味わかんなーい?????????
（２０２０年７月22日　22時09分）

８７４　これ、マスコミに届いた犯行声明じゃねえ。
新聞社に勤めてる友が、そんなこと言ってたぞ！
（２０２０年７月22日　22時11分）

そこまで読んで、再び犯行声明とされている書き込みに戻り読み返してみる。

何を言っているのだろう。一度読んだだけでは文章が頭に入ってこない。今度は頭の中にその情景を思い浮かべて、声に出して読んでみる。

カマキリという単語から連想するのは、三角の頭を左右に動かしながら、美味しそうに獲物をムシャムシャと捕食する姿。思い浮かべただけでゾッとする。

『横綱先生』が出てきたところで違和感に気づいた。頭の中に浮かんできたのは、口髭を生やしぽっちゃりしたお笑い芸人のような人懐っこい笑顔――。

えっ！　ポコポコと気泡のように無数の記憶が蘇る。授業参観の日、先生のお腹の弾力を楽しむように遊んでいた子供たちの姿……。

なぜ？　と疑問を抱いたとき、タブレットを放り投げ真斗の部屋に走っていた。

よこづな先生は真斗が小四だったときの担任・児玉のアダ名だ。学校の取り組みで、四年生の一年間日記をつけていた。何かの間違いであってほしい。祈る思いで真斗の部屋の扉を開けた。押入れにしまってある『小学校の思い出』と書かれたボックスを取り出した。

卒業式の日、真斗と一緒に卒業証書や文集、テストの答案などを、タイムカプセルとして衣装ケースにしまったのだ。二十歳の成人式を迎えたら開けようねと約束した。真斗は忘れてしまっているだろう。そんなこと今はどうでもいい。

思い違いであってほしい――繰り返し祈りながら箱の中に手を入れる。生き物でも潜んでいるような生温かさにゾッとする。搔き回すように漁っていくと、探していたものは箱の奥にしまってあった。

『四年一組　相原真斗』と書かれたＢ５サイズの日記帳を取り出した。学期ごとに分かれていて、ゴムバンドで止められている。

四月から順にページをめくっていく。一日数行程度、その日にあったことを綴(つづ)っている。学校で習ったこと。友達と遊んだこと。先生に怒られたこと。香奈枝も時々登場する。始めは毎晩嬉しそうに見せてくれていたが、途中から恥ずかしがって隠すようになった。早くも思春期到来かと、息子の成長を喜ぶ反面、寂しい気持ちもあった。

今は思い出に浸っている場合じゃない。

一学期の日記の流し読みを終えて、二学期がスタートする二冊目を手に取った。

数ページを読み進め、九月十五日に差しかかったところで、身体が凍(こお)るように固まった。

ずしんと心臓に重しがのっかったように呼吸が苦しくなる。

同時に、手元から日記帳がするりと落ちた。

「どうして！　なんで？」

すがるような声を上げて天を見上げた。搔いたばかりの汗が全身から引いていく。

めくったページには、掲示板に書き込まれていた犯行声明とそっくりな文章が！　何かの間違いだ。

夢なら早く覚めてほしいと何度も目を瞑って確かめる。

目の前の景色は何一つ変わらない。日記帳には見覚えある真斗の字が書かれている。

なぜこれが掲示板に？

真斗が事件に何らかの関わりがあるってことかしら？

確かにあの子は恭一と馴染めず、父親だなんて認めていなかった。

……間違っても、そんなことする子じゃない。

何かのきっかけで日記が流出して、それを悪用されただけかもしれない。

あんなに優しい真斗に限って人を傷つけるなんて、しかも父親を。真斗はまだ高校一年生だ。体は大きくたってまだまだ子供だ。

再び真斗のボックスに目を落とす。なんだろうか？　底のほうに明らかに学校の課題や配付物とは違う新聞紙を発見する。こんなもの一緒に入れた覚えはない。三十センチほどの長方形の形に包まれている。真斗が内緒で入れたのかもしれない。

深く考えずに取り出した。新聞は比較的新しい。白抜きの大きな見出しに目がいく。

《埼玉県(さいたまけん)所沢市で通り魔に襲われ男性が死亡》

どういうこと！　見出しを読んで、全身に電流が走るほどの衝撃を受けた。

事件の翌日に発行された『さいたま新聞』の朝刊だ。隙間(すきま)から赤黒く固まったシミが見える。血液だ！　それが何を意味しているのか——。

「ギィヤアァー」

香奈枝は高く張り上げた悲鳴とともに、新聞紙ごと放り投げた。

そのまま天井に当たり、弾みで物体を覆(おお)っていた新聞紙が空中で弾(はじ)けるように剝(は)がれた。銀色の何かが蛍光灯の光に反射して、香奈枝の眼にレーザー光線のように襲いかかる。たまらず力いっぱい目を瞑る。銀色の物体は膝をかすめるように通り過ぎた。

ぐさっ、という鈍(にぶ)い音とともにつま先に振動が伝わってきた。

恐る恐る目を開く。親指のわずか数センチ先に、刃渡り二十センチの包丁が垂直に突き刺さっている。柄の部分は真っ赤に染まっている。もちろんその血は香奈枝のものではない。

「なんで⁉　どうしてこんなものが、真斗の部屋に！」

何に使われたものか瞬時に理解した。

見てもいないのに、恭一が殺されようとするシーンが頭の中で浮かび上がってくる。

——大雨の中必死に逃げようとする恭一の姿が。そして恭一めがけて包丁を振り上げていたのは……えっ！　真斗！

「嘘、嘘よ、何かの間違いだわ」

香奈枝は大きく首を振った。逃げるように部屋の隅に後ずさる。

今すぐこの家から逃げ出したかったが、金縛りにあったように身体が硬直して動けない。

頭の中にちりばめられた記憶のピースを、埋め合わせるように一つずつ拾い集めていく。恭一が殺された日、真斗はずぶ濡れになって帰ってきた。しっかりと確認していないが、頰に擦り傷があった。それを隠すように風呂場へ直行してシャワーを浴びた。

それから間もなくして、香奈枝のスマホに連絡が入った。恭一が怪我をして運ばれたので今すぐ来るようにと——。

あのときは、真斗の言う通り、部活の練習で擦りむいたものだと思い込んでいた。膝や腕を擦りむいてくるのはいつものこと。しかし、冷静に考えてみるとあの頰の傷はおかしい。練習ではヘッドギアをつけている。頰の部分に傷ができるなんて今までなかったはずなのに……まさかあれは恭一とやりあったときにできた傷なの？

真斗は恭一のことを「お父さん」や「パパ」と口にしたことがない。香奈枝と二人きりで会話するときは主語がなかったり、「あの人」といった冷たい言葉で表現する。言い争いになると声を荒らげ「アイツ」と呼ぶことさえあった。以前の真斗からは想像もつかない言動だ。友達関係に悩んでいるのかと、スマホのやりとりをこっそり覗き見したこともあった。「あまり母親が過敏になりすぎるのはかえってよくない」という友人の言葉を鵜呑みにして、思春期なんだからと自分に言い聞かせてきた。

恭一が死んでからはどうだろうか？　——葬儀のことで頭がいっぱいで、この一週間の記憶が断片的でしかない。

だが、明らかに真斗の様子は違っていた。少し前の優しい真斗に戻っていた。

真斗が塞ぎ込んでいたのは思春期のせいじゃない。ただ寂しかっただけ。香奈枝の愛情を独り占めしたかっただけではないのか。

真斗は悲しみの果てに犯行に及んでしまったに違いない。

十八で真斗を産み、この子のためにすべてを捧げる覚悟を誓ったはずなのに。恋愛なんて、結婚なんてしなければ……あのまま二人で楽しく暮らせていたはずだったのに。

どこかで真斗の気持ちにさえ気づいてあげられれば、最悪の結末だけは回避できたはずなのに……。

とめどなく溢れ出す涙を拭うことも忘れて、高校の入学式に撮った写真をたぐり寄せる。写真に写った真斗の輪郭を指でなぞりながら呼びかける。

「ごめんね……真斗。すべてママのせいだから」

絵空事であってほしい。どんなにあがいても恭一を殺してしまった事実は変わらない。

目を瞑って、震える手で床に刺さった包丁に手をかける。柄の部分にべっとりまとわりついた血液が、ぽろぽろと剝がれるように指先にまとわりつく。普段なら血を想像するだけで気分が悪くなるのに、何とも感じないのはなぜだろう。恭一が死んだ夜は、あんなに取り乱していたというのに、不思議なほどに冷静だった。これが、子を守る母の防衛本能だろうか。

息を止めて包丁を引き抜くと、真っ赤に染まった刃の部分が露わになった。所々に光る銀色の鋭い刃は、悪魔の眼のように香奈枝をじっと睨みつける。

「お願い、許して」

香奈枝は付着した血を、泣きながら部屋着のパーカーの袖元で練り込むように拭き取った。万が一、真斗が疑われたときは香奈枝が身代わりになればよい。

事件当夜のことを聞かれたら、このパーカーを着て犯行に及び、返り血を浴びたと証言するつもりだ。真斗の証拠はすべて香奈枝のものに変えていく。柄の部分についた指紋を拭き取り、自分の指紋が付くようにきつく握った。

ファッション誌を破り、何重にも包んでバッグに忍ばせた。

真斗が書いた日記は台所で火にかけた。モクモクと立ち昇る真っ黒な煙は、悪魔の呪いのように換気扇に吸い込まれていく。真斗の犯行を裏付ける証拠はすべて、煙になって消えてしまえばいいのにと願う。

部屋を出て駐輪場に下りる。真斗が最近まで乗っていた自転車が置いてある。粗大ゴミで出すつもりだったので鍵はかけていない。包丁の入ったバッグを前籠に入れて跨った。

人とすれ違うたびに心臓がドスンと波を打つ。まるで爆弾を抱えて走っているみたいだ。こんなんで真斗の罪を庇(かば)えるのだろうか。不安ばかりが先行する。——大丈夫、誰も気にしちゃいない。自分に言い聞かせ、ペダルに力を込める。

サドルからの景色は学生のとき以来だろう。自分が妊婦であることを忘れてしまいそう。

大通りに差しかかると、傾きかけた夕日が、刃物のように香奈枝の視界に突き刺さる。振り払うように夢中でペダルを漕(こ)ぐ。

しばらく走り続けると、所沢警察署が見えてきた。包丁を持って「私が主人を刺しました」と自首したら、署内は大混乱だろう。

自転車を歩道に止めて、五階建ての薄茶色い建物を見上げる。

本当にこれでいいのだろうか？　——固まっていたはずの気持ちが揺らぐ。

だが、躊躇している時間はない。いずれ犯行声明の存在が明らかになれば、捜査の目が真斗に向けられることになる。すでに警察は気づいているのかもしれない。真斗に話を聞きたいと香奈枝にカマをかけているのかもしれない。

ぐずぐずしている時間はない。駐輪所へ続く脇道(わきみち)を、自転車を押して進んで行く。

裏口で、警官に両腕を掴まれた少年とすれ違った。万引きか喧嘩(けんか)でもしたのだろうか？　真斗と同い年ぐらい。仏頂面で警察署の中へと連れていかれた。

もし真斗が——想像しただけで身体が震えてくる。

自転車を停め、包丁の入ったバッグを持ち正面玄関へと向かう。

泣き声を上げている男の子が目の前を通り過ぎた。年齢は……小学校に上がる前、五歳か六歳ぐらいだろう。

「どうしたの？」香奈枝は屈んで目線を合わせて声をかける。

男の子は、ヒックヒックと鼻をすすりながら、「お母さんが……」と言った。

「そう、お母さんとはぐれちゃったのね」

「うん」と目をこすってうなずいた。

「泣かなくて大丈夫よ。お巡りさんがすぐにお母さんを探してくれるから」

警察署を見上げた男の子はぴたりと泣き止んだ。子供にとって警察は正義のヒーローなのだろう。

すぐに母親が現れた。

ぺこりと頭を下げた男の子を見て、真斗の顔が脳裏に浮かぶ。

真斗も同じぐらいのころ、ショッピングモールで迷子になってわんわん泣いていた。はぐれていたのはたった数分だったけれど、香奈枝を見つけると一目散に飛びついてきて、しばらく握った手を離さなかった。時々あのときの小さな手の温もりを思い出すと愛おしい。

香奈枝が捕まったら、真斗は幼かったころと同じようにわんわん泣いて悲しむのかしら。いや、もう立派な大人だ。高校を卒業して大学、就職、結婚……香奈枝のことなんて忘れて、この先の人生を楽しんでくれるはず。

寂しいのは香奈枝だけかもしれない。

エントランスをくぐったところで、人の良さそうな警備員がやってきた。

「どちらの部署へご用ですか？」

「け、刑事課……」と言いかけてうつむきながら言葉を呑み込んだ。

「すみません。私耳が遠いもんでもう一度おっしゃっていただけませんか」

警備員は香奈枝の口元に耳を近づける。

「い、いえ、ちょっと忘れ物をしてしまったみたいなので、もう一度来ます」

そう言って笑顔を作りくるりと向きを変えた。

このまま真斗に会えなくなるなんて、絶対ムリ。最後にもう一度真斗を抱きしめたい。

再び自転車に跨る。ペダルを漕ぎながら考え始めた。――この包丁、どうしよう……。

香奈枝は包丁を入れたバッグを見つめた。

簡単にそのへんに捨てるわけにもいかない。このまま香奈枝が持ち続けていて、警察が自宅に押しかけてきたら見つかってしまう。

こうしている間にも、刑事たちは捜査を進めているのだろう。捜査の機密事項を簡単に外部に漏らしたりするはずがない。事件の目撃者がいないと言っていたが、本当は犯人に目星がついているのかもしれない。警察の内部事情なんて映画やドラマの知識でしかない。裏付け捜査を進めておいて、突然逮捕だってあるかもしれない。

所沢市内を抜けて入間(いるま)市街へと差しかかる。見慣れた風景に少しだけ安堵(あんど)した。重かったペダルが不思議と軽くなった。

実家なら安全かもしれない。お父さんごめんなさい――天に向かって呟いた。父が手入れしていた庭先には小さな家庭菜園がある。今は母が引き継ぎ野菜を作っている。季節ごとに香奈枝の元にも届けられる。見た目は不格好だが、スーパーで買ってきた野菜より美味しい。

駐車場に母の車はない。パートから帰ってくるまでに作業を終えなければならない。

街中に響く「夕焼け小焼け」のチャイムが、余裕のない心をさらに急かす。

物置で園芸用のスコップを見つけた。

庭の隅にブドウの蔓が屋根となり、視界を遮ってくれそうな場所がある。足元を確認しながら、柔らかそうな場所を掘り起こす。

家の前の線路を数分おきに電車が通過していく。誰かに見られていないだろうか。不安が香奈枝の心を焦らせる。

無心で掘り続け、深さが三十センチほどになったところで手を止めた。

あたりに人がいないことを確認する。バッグの中から雑誌に包んだ包丁を取り出す。

お願いしばらく見つからないで――祈る思いで穴の中に置いた。

これで大丈夫。自分に言い聞かせるように土をかけ、上から何度も踏んで地面を固めた。

再び自転車に跨った。残されたわずかな時間は、真斗のために使いたい。死期が迫った病人はきっとこんな気持ちなんだろう。やりきれない思いで胸が熱くなる。

真斗と過ごす最後の夜がくるなんて、想像もしていなかった。

真斗は何も悪くない。悪いのは全部ママだから。何度も同じ言葉を繰り返し呟いている。

(五) 守らなければならないもの

その夜、食事を終えて真斗がシャワーを浴びにいった隙に、実家の母に電話をかけた。

掲示板に書かれた犯行声明と真斗の日記が一致したこと、犯行に使われた包丁が真斗の部屋から見つかったこと、事件の夜、真斗が顔に傷をつけて帰ってきたこと、すべて話した。実家の庭に包丁を埋めたことだけは言えなかった。

母は落ち着いていた。言いたいことは山ほどあっただろうが、黙って聞いてくれた。香奈枝の気持ちが固いことを察していたのだろう。唇を噛んだまま涙を堪える母の姿が浮かんだ。

〈真斗には確認したの？〉

「そんなこと聞けるはずないじゃない」思わず声を荒らげた。「真斗を追い込んでしまったのは私。あの子があんなことをするなんて、今でも信じられない。真斗が裁かれるなんて私には耐えられない。それならば私が身代わりとなって真斗の犯した罪を償っていくわ」

〈…………〉母は何も言葉にしない。電話の向こうからすすり泣く音だけが響く。

自分でも親不孝で、親バカだと自覚している。

カマキリのオスは生まれてくる子供のため、メスに命を捧げる。真斗の日記を読んで初めて知った。想像しただけで鳥肌が立つ。人間だって、我が子に危険が及んだとき守ろうとするのは親の本能だろう。たとえ子供が犯罪者になっても……。

「ねぇ、お母さん……私、間違っていたのかなぁ……」

頰を伝った涙がスマホを持つ手を濡らしていく。

〈何言ってるの！　香奈枝が決めた決断を間違っていたなんて一度も考えたことないわ〉

「でも真斗は人として間違った方向に進んでしまった。やっぱり私の育て方がいけなかったのかもしれない――」

それ以上言葉が出てこない。かわりに出てくるのは止めようのない涙と嗚咽。

母は何を言うでもなく、寄り添うようにじっと呼吸が落ち着くのを待ち続けてくれた。

〈お母さんね、あの夏のこと、今でも鮮明に覚えているわ〉

しばらくして語りかけるような優しい口調で母が言った。

「あの夏って……」そう言いかけて香奈枝は深く目を瞑った。

〈香奈枝が一人でも真斗を産んで育てたいなんて言うとは思わなかったわ。まだまだ子供だって思っていた香奈枝は、立派に成長していたんだなって嬉しかった。人は守るべきものができると強くなれるのかもしれないわね〉

母が言っているあの夏とは、香奈枝の人生が大きく変わった高三の夏休み――。

※十六年前　あの夏の日

香奈枝は房総半島の東側に位置する千葉県旭市で生まれ育った。太平洋に面する九十九里浜は、夏場は海水浴客で賑わっている。香奈枝の自宅は中心部から少し離れ、田畑に囲まれたのどかな住宅地の一角にあった。

県内の進学校に入学した香奈枝は、部活などするつもりはなかった。バイトして大好きなファッションに好きなだけ注ぎ込むことが、高校生になって一番の楽しみだった。

「放課後少しだけ付き合ってもらえない？」

入学式の翌日、後ろの席に座ったクラスメイトに声をかけられた。運動部のマネージャーに興味があるという。断れなかった。

放課後、グラウンドの隅で様子を見ていた香奈枝の元にサッカーボールが転がってきた。それを拾ってしまったのが運命のいたずら。

「ごめんごめん」と小麦色の肌に長い髪をなびかせ駆け寄ってくる青年に、一瞬で心を奪われた。しゅっとした大きな目、すらっとした鼻すじ、キレイに並んだ白い歯……少女漫画に出てくる王子様のように輝いて見えた。男の名は佐々木彰彦。サッカー部のキャプテンで女子生徒の憧れの的――。

次の日、マネージャーとして入部届を提出したのは言うまでもない。

半年後、三年生だった彰彦は受験のため部活を引退した。上級生のマネージャー連中の目が怖くて、彰彦とはまともに話すらしていない。気持ちを伝えるなんてできるはずがない。

それから二年が過ぎて、香奈枝は高三になった。

毎年開催されるＯＢ戦に彰彦が顔を出した。

試合が終わり用具の片付けをしていた香奈枝のところに彰彦がやってきた。

「おつかれ。あれ、香奈枝ちゃん一人で片付け？」

「後輩の子が風邪をひいてしまったので」

香奈枝はウォータージャグを持ち上げた。

「一つ持つよ」彰彦が右手を伸ばす。

「だ、大丈夫です」香奈枝は平気なふりをする。

「遠慮しなくていいよ。これ結構重いでしょ」

香奈枝が握っていた取っ手に、彰彦が手をかける。

「――あっ！」彰彦の指先が触れた瞬間、香奈枝は握っていた手を離してしまった。

大きな音を立てて、ウォータージャグが転がった。

彰彦はそれを摑むと「よけいなことしちゃったかな？」としゃがんで顔を覗き込んだ。

「いいえ」恥ずかしさから顔が火照っていくのが自分でもわかった。

「マネージャー室まで一緒に持ってくよ」

「すみません」香奈枝は軽く頭を下げた。

彰彦と並んで体育館裏を歩く。何か話して間を持たせなくては――。

「先輩、大学は楽しいですか？」

「うーん、楽しいかって聞かれると困っちゃうんだけど、充実してはいるかな」

「合コンとか行くんですか？」

「時々誘われるけど、僕はそういうの苦手だな」

「彼女さんとかは？」

「今は勉強やサークルが忙しくてそれどころじゃないね」

〝今がチャンス〟心の中でタイミングをうかがう。

今伝えなければ次はいつ会えるかわからない。一生後悔するかもしれない……でも結局言えなかった。

それから彰彦は在校生の練習を見るため、時々部活に顔を出すようになった。練習前に「何か手伝うことある？」とマネージャー室を覗いてくれる。

練習がオフの日、香奈枝はマネージャー室でユニフォームの整理をしていた。

そこに彰彦がやってきた。

「先輩、今日はオフのはずですが」

てっきり日にちを勘違いしているんだと思った。

「今日は香奈枝ちゃんに用があって、手が空いたら部室に来てもらえないかな」

彰彦の声はいくらか上ずっていたように聞こえた。

香奈枝は深く考えずに部室へ向かった。

まさか告白されるなんて！　髪は軽く後ろに束ねただけ。上下ジャージ。そこらへんに落ちていた薄っぺらなスリッパを引きずって。わかっていたら、女子高生らしく制服にリップぐらいつけて、髪もきちんとセットして行ったのに……。

――それからの数ヵ月間は夢のような日々だった。彰彦は大学が早く終わると、部活に顔を出し在校生の面倒を見てくれる。部員たちが帰った部室で何度も口づけを交わした。

「香奈枝が同じ大学にいたら、もっと楽しいだろうな」

ある日の帰り際に彰彦がぼそりと言った。

彰彦が通うK大は都内にあり、今の香奈枝の学力では届きそうにない。私立でお金もかかる。サラリーマンの父の稼ぎを考えると、私立大学に行きたいとは言い出せない。それでも必死に勉強した。夏前に受けた模試はB判定であと一歩。彰彦は自分のことのように喜んでくれた。

体の異変に気づいたのは八月に入ってすぐ。これまで規則正しかった生理が三週間も遅れていた。すぐに市販の妊娠検査薬で調べる。陽性……。

「産むか産まないか、相手の男性やご両親ともじっくり話し合って決めるように」

覚悟を決めて向かった産婦人科で、担当医から命の大切さを諭された。

帰り際、お腹の中を写した写真を受け取った。真ん中に白く写ったゴマ粒くらいの固まりが胎児だと説明を受ける。実感なんてあるわけがない。けれど、自宅に戻ると、決めていたはずの気持ちが揺らいでくる。その気持ちを打ち消そうと、中絶手術の同意書に名前を記していく。手が震えて言うことを聞かない。涙がぽろぽろと同意書の上に落ちていく。お腹の中の小さな命が『待って！』と叫んでいるみたい。

それから何日も葛藤した。命について考えた。子供ってどうやって生まれてくるの？ 子育ての知識なんてない香奈枝に、赤ちゃんを育てる自信なんてあるはずがない。

けれど一つだけわかったこと。この子を産みたい。

一週間のお盆休みが終わり、明日から通常通り部活も再開する。その前に彰彦に会って気持ちを伝えたかったので、部室に呼び出した。

「——先輩にとって、望まずにできてしまった子供かもしれない。私も初めはそう思っていた。産むつもりなんて少しもなかった。けど、先輩の子だって考えると、とっても愛おしいの。高校をやめてもいい。この子を産んで育てたいの」

気持ちを正直に伝えた。途中から涙が止まらなかった。

香奈枝の言葉を聞いた彰彦は動揺していた。当たり前だ。香奈枝が病院で妊娠を告げられたときでさえ、まったく実感がなかったというのに。彰彦の体には何も変化がないのだ。子供ができたなんて実感あるはずないよ。

彰彦は、唇をぎゅっと噛みしめた。それから瞬きせずに香奈枝の目を見て言った。

「僕たちはまだ学生だ。これは二人だけで決められるような問題ではない。けれども、僕は香奈枝の気持ちを尊重できるように努力するよ」

堕ろせとか、本当に俺の子かと言われる覚悟はしていた。香奈枝の気持ちを理解して受け止めてくれた。そのことが何より嬉しかった。

後日、香奈枝の実家を訪れた彰彦は父と母の前で頭を下げた。茶色かった髪は黒に戻し、肩にかかっていた長い髪は短く切られていた。彰彦なりの誠意を見せたかったのだろう。土下座する覚悟もできていたんだろうが、父はそれさえもさせなかった。

「娘さんを妊娠させてしまいました。結婚させてください」の一言を発したとたん、父は顔を真っ赤にして摑みかかった。

「子供ができたから一方的に結婚したいだと！　ふざけるな！　はい、了承しましたと認める親がどこにいる。お前に一人娘を大切に育ててきた親の気持ちがわかるか！　香奈枝はまだ高校生だぞ！」

彰彦は、あまりの迫力に怯えた目をして固まっていた。

出産どころか結婚さえも認めないと、父は何度も怒鳴り声を上げる。

「彼ばかりを責めないで、悪いのは私だって同じだから」

香奈枝はたまらず二人の間に入る。

しかし父は聞く耳を持たない。

「お前は黙ってろ！　俺は子供ができたからその責任を取って結婚させろと言うコイツの根性

が気に食わねえんだ！」

父に力いっぱい握られた彰彦のシャツのボタンは弾け飛んでいた。普通の二十歳の男の子なら、逆ギレするか怖くなって逃げ出してしまっても不思議でない。それでも彰彦は逃げなかった。必死に歯を食いしばって父の目を見つめ、何度も頭を下げる。

しばらく怒鳴り散らした父は、困憊（こんぱい）の表情を浮かべて力なく呟いた。

「二度とウチに来ないでくれ」

怒鳴られた後の静かな語り口は、また違った威圧感がある。部屋を出て、階段を上がっていく足音は、ぶつけようのない怒りと悲しみが滲んでいた。

香奈枝は呆気（あっけ）にとられ、息をすることさえ忘れていた。時間が止まったんじゃないかと思うぐらい誰も動かなかった。

突然、彰彦がリビングを飛び出した。

「どうしたの」と呼びかけた香奈枝を振り払い、父の後を追って階段を上がっていく。その眼の奥は意を決したように蠢いていた。まさか反撃するつもりじゃないだろう？　心配になりこっそり物陰（ものかげ）から様子をうかがう。彰彦はそのまま父の書斎の前で立ち止まった。

扉に向かって彰彦が二言三言声をかけた。もちろん反応はない。

扉の前で正座した彰彦は、ジャケットの内ポケットから封筒を取り出した。封筒の表面に墨で文字が書いてあった。彰彦は封筒をそっと書斎の前に置いた。目頭を何度もジャケットの袖で拭っていた。見てはいけないものを見てしまったような罪悪感が込み上げてくる。香奈枝はそっとリビングに戻った。

しばらくして戻ってきた彰彦の目元は真っ赤に染まっていた。

何をしていたの、とはとても聞けるような雰囲気ではなかった。

叱られた子供のように浮かない顔をして、帰り支度を始めた彰彦を母が呼び止めた。

「これは、難しい問題だから、今度はあなたの親御さんも含めて話をしましょう。お父さんだって、急なことで頭が混乱して正しい判断ができなくなっているだけ。落ち着いたころにでもまた来てちょうだい。あなたたちの思いはきっと伝わっているはず」

母は肩を落とす彰彦に優しい言葉をかけた。

話題はなぜか、母と父が付き合い始めたころの話になる。

母の父（祖父）は、とても厳しい人だった。母が大学を卒業して社会人になっても、男の人とデートすることさえ許さなかった。

そんなとき、勤務先に出入りしていた男性から猛烈なアタックを受ける。それが父だった。

やがて付き合うことになった二人だが、門限は二十時。祖母の説得もあり、渋々交際を認めた祖父だが、門限を破れば即刻別れさせると忠告した。

真面目だった父はそれを黙って受け入れた。

やがて母は父からプロポーズを受ける。祖父は難癖をつけ二人の結婚を認めなかった。父は、あるときは玄関前で追い返され、電話さえ取り次いでもらえない日々が続いたという。

それでも父は諦めず足繁く通い説得を試みた。

祖父はこうして母に対する父の気持ちを確かめていたのかもしれない。相手の両親に反対されて諦めるような男に大事な娘はやれん。これぐらいの困難に音をあげていては、この先幾多の苦労を乗り越えられるはずがない。祖父が与えた試練だったのかもしれない。

父は祖父を説得するために精一杯の誠意を見せた。やがて父の誠意は伝わり祖父は快く結婚を認める。

「――結婚といったら、あなたたちには人生の通過点としか思っていないかもしれない。けれど、親の観点からすると、香奈枝がこの世に生を受けた次ぐらいに大きなイベントで、嬉しい反面寂しいことなの。まして香奈枝は成人も迎えていない高校生。お父さんも突然のことで心の準備もできていないのよ。もう少し香奈枝との時間を大切にしたかったんじゃないかしら。だから子供ができたから結婚しますと言うあなたたちのことを、すんなり受け入れることができなかったのよ。お父さんの気持ちもわかってあげてね」

母は最後に香奈枝と彰彦の顔を交互に見た。

父と母の結婚に、こんなエピソードがあったとは驚いた。

母がこのタイミングで話したことの意義を、香奈枝もなんとなく理解した。母は彰彦のことを気に入ってくれた。二人の結婚を応援してくれているんだ。

それからしばらく三人で談笑した。

帰りがけ、母は彰彦が帰ることを父に告げた。しばらく待っていたが、父が書斎から出てくる気配はない。

彰彦は「改めておじゃまします」と扉越しに深々と頭を下げた。

「その必要はない」

数秒の沈黙をやぶり、書斎の中から父の低い声が響いた。香奈枝が今まで聞いたことないぐらい差し迫った声だった。相当頭にきているのだろうか。不安がよぎる。

「あなた、子供じゃないんだから、せめて部屋から出てきたらどうですか」

みかねた母が珍しく父に反抗的な態度を見せた。

しばらくして書斎の扉が開く。父の手には彰彦が渡した何枚もの便箋が握りしめられていた。目は真っ赤に充血し、鼻をずるずるとすすっている。必死で歯を食いしばっている。もしかして、鉄拳でも飛んでくるんじゃないだろうか。香奈枝は怖くて目を瞑った。

父が突然、床に膝をつけ、頭を下げて吐き出すように叫んだ。

「ど、どうか、どうか……む、む、娘のことを……お願いします」

ピタリと床に頭をつけたまま動かない。

彰彦も母も何が起こっているのか、ただただ驚き固まっている。この数十分の間に父にどんな心境の変化があったというのか？　わからない。彰彦が渡した手紙が父の心を動かしたことだけは確かだ。

彰彦の家は地元で有数の資産家で、父が経営していた不動産会社は、県内を中心に多数の物件を所有していた。彰彦はいずれ会社を継いで、早く両親を安心させたいと語っていた。

果たして彰彦の両親は、香奈枝との結婚を快く受け入れてくれるだろうか。

彼の両親と会う日が近づくにつれ、その不安は日増しに大きくなる。

そして香奈枝の不安は的中する。

父と母と彰彦の家に挨拶に向かうことになっていた日の朝、遅めの朝食をとっているとインターホンが鳴った。宅配業者かセールスだろうと呟きながら玄関へ向かった母が、すぐに目の色を変えて戻ってきた。父の耳元で何かを囁き、父を連れて出ていった。

　何があったのだろう？　部屋の陰から様子をうかがった。玄関には、母や父と同い歳ぐらいの見知らぬ男女が立っていた。

　しばらくすると、突然、男が頭を下げて家中に響き渡る声で叫んだ。

「ウチのバカ息子が、大切な娘さんを汚してしまい、申し訳ございませんでした。息子が勝手に結婚を申し入れたようですが、認めるわけにはいきません。娘さんとの結婚はなかったことにさせてください」

　男は父に一センチ以上ある分厚い封筒を差し出した。

「どうか、息子との結婚は諦めてください。子供を堕ろしていただけるよう娘さんを説得していただけないでしょうか」

　冗談でしょ！　彰彦の父から発せられた言葉に耳を疑った。これから義理の父親になろうという人から、こんな残酷な言葉を浴びせられるなんて。人格さえ疑ってしまう。

「こんなもの受け取れません。あなた方は何をしているかわかっているのですか！」

　父は怒声を上げて男の手を払いのけた。音を立てて封筒が落ちた。封筒から札束（さつたば）が散らばった。お金で解決しようだなんて、父が一番嫌いな手段だった。

　それでも男と女は頭を下げ続けた。セメントで固められたように動かない。

「どうか、顔をあげてください」

　何度目かの母の呼びかけでようやく男が頭を上げた。しばらく呼吸をするのも忘れていたのか、顔は真っ赤になっている。

「以前から息子は紹介したい人がいると言っていました。息子が女の人を私たちに紹介したことなんて一度もありませんでした。てっきり私は彼女でも連れてくるのかと舞い上がっていました。ところが、昨夜、突然大学をやめて働くと言い出したんです。理由を問い詰めると、彼女を妊娠させてしまい、その責任を取るんだと。その子を支えるために家を出て働くと。バカなこと言っているんじゃないと私は息子を張っ倒しました。すでに向こうの親御さんにも結婚の許しを得たと。息子は反対されれば、私たちと縁を切ってでも彼女と結婚するんだと話を聞きません。息子には幼いころから何不自由なく教育を受けさせ、世間からみたら一流という大学にも進学させることができました。先日二十歳になり、ようやく親の責任は果たせたねと、女房の労をねぎらっていた所です。こんな大事なことを二人で判断するにはまだまだ世間のことなど何も知らない子供同然です。とはいえ、まだまだ未熟者です。お願いします。息子の暴走を止めるため、どうか今回のお約束はなかったことに――。お願いします」

男は何度も頭を下げた。

やっぱり……。こうなる予感はしていた。けど、香奈枝たちの話も聞かずに一方的に結婚も出産も認めないだなんて……ひどい、ひどすぎるよ。悲しくて、悔(くや)しくて、涙も出てこない。

何も言わずに固まっている父。いや、言えないのかもしれない。普段であれば、真っ先に拳が飛んでいってるはずなのに。怒りを通り越しておかしくなってしまったのだろうか。「お父さん」助けを求めるように心の中で何度も呟いた。

沈黙に耐えきれなくなった母が口を開く。

「二人が決めたことです。この先後悔するようなことは幾度も訪れるでしょう。それでも私は二人の決断を見守ってあげたいし、できる限りサポートをしてあげたいと思います。それが二人のためです」

母は父を見た。父はぴくりとも反応しない。父の大きな背中がだんだんと霞んでいく。

香奈枝はこれ以上見届けることができなかった。

「お父さん、もういいよ」心の中で呼びかけた。

裏口から家を飛び出した。自分のせいで苦しむ父と母の姿を見ていられない。それだけじゃない。このままでは彰彦の家族までめちゃくちゃになってしまう。彼には彼の人生を歩んでもらいたい。

行くあてもなく高校へ辿りついた。サッカー部の練習は休みだった。野球部とラグビー部がグラウンドを占領している。校舎裏の部室に駆け込んだ。

彰彦から想いを打ち明けられたのも、小さな命が宿ったことを告げたのもこの部室。部員たちの汗とホコリにまみれた小さな空間は、二人の思い出もたくさん詰まっている。

それから声を上げてどれぐらい泣き続けただろうか。十七時を知らせる「夕焼け小焼け」の切ないメロディーが、空っぽな心をさらに寂しくさせる。

突然、部室の扉が開いた。夕陽が逆光となり顔は見えないが、浮かび上がったシルエットは紛れもなく彰彦だった。

「やっぱりここにいたんだね」ほっとしたように呟いた。

彰彦は、隅で膝を抱える香奈枝のそばに駆け寄ると、そっと肩を抱いた。

「私に構わないで」さっと手を振り払い、顔をしかめた。

「僕の親が勝手なことをして申し訳ない。香奈枝のご両親も心配しているから、さあ帰ろう」

そっと手を差し出した。しかし、香奈枝はそれを握ることができなかった。

「周りの反対を押し切って、祝福されない結婚なんて考えられないよ。あなたは大学を卒業して、実家の会社を継いで、お父さんやお母さんの期待に応えなければならない。私は一人で大丈夫だから……。お願い、私のことはすべて忘れて」

もちろん本心ではない。彰彦の両親の気持ちも痛いほどわかる。もしも、大学生の息子が「彼女に子供ができたから結婚する」と言い出したら、「一時の感情に振り回されないように」と真っ先に反対するだろう。

彰彦は言葉を失い黙り込んだまま香奈枝を見つめている。

妊娠を告げたとき、親に反対されれば、縁を切ってでも香奈枝と結婚すると言ってくれた。そこまでしてもらうつもりはない。気持ちだけで充分だった。

今の彰彦はどうだろうか？　迷っているのが表情に表れていた。

「正直に話すよ。僕の両親は、香奈枝との結婚をあまりよく思ってくれていないんだ」

そう前置きして彰彦は自宅での出来事を語り始めた。

父に結婚の意思を伝えると、真っ向から否定され、向こうの親御さんに会うまでもないと一方的に話は打ち切られた。彰彦は反抗するように家を出る準備を始めた。その様子を見ていた母が「そんなことをしたら生きていけない。死んだほうがマシだ」と取り乱した。それを見て頭を冷やし考えたという。

「こないだは、両親の反対を押し切ってでも香奈枝と結婚すると言った。もちろん今でもその気持ちはかわっていない。けれど……今まで二十年間育ててくれた両親への感謝を想うと……それはできない」

香奈枝の視線から逃れるように下を向いた。目には薄っすらと涙が浮かんでいる。

「それは当たり前よ。私だってご両親が悲しむようなことは望んでいないわ」

「わかってくれるのか香奈枝！」と言って彰彦が振り向いた。その目にはついさっき見た涙は消えていた。そのまま香奈枝の両肩をぎゅっと摑んだ。

「大学を卒業したら必ず結婚する。だから、今お腹の中にいる僕たちの子供は諦めて堕ろしてくれないか」

勢いよく頭を下げる。

——堕ろす！　彰彦の言葉にカッと頭に血が上って立ち上がった。

「どうしてそんなに簡単に諦めろとか言えるの！」声を荒らげた。

ついさっき聞いた彰彦の父親の言葉が頭の中を飛び回る。

「彰彦の口から堕ろすなんて言葉聞きたくなかったよ」

頭の中で吐き捨てたつもりが、いつのまにか言葉にしていた。

「…………」彰彦は言い返す言葉が何も見つからないのか、身じろぎして後退した。

「あなたにとって、子供ができたって実感はないかもしれない。けど、堕ろすってことは、お腹の中の小さな命を殺すってことだよ。そんなことできるわけないよ。そんなことしたら私……一生引きずって生きていかなければならない」

ホコリにまみれた床に崩れるように膝をついた。

「すまない。香奈枝が産みたいって言うならば責任はきちんととるつもりだ。もう少し時間をくれないか」

今さらもっともらしい言葉並べられたって全然説得力ないよ。その場しのぎの言葉にしか聞こえなかった。本当にこの人に惚(ほ)れていたのだろうか？

「あなたの言う責任って何？」冷静さを欠いていた。

「大学を卒業して、就職して、父さんや母さんに認めてもらえたら、必ず迎えに行く」

「ふざけないで！　堕ろせとか平気で言う人を信じることなんてできないよ！　私はこの子を産んで一人で育てるから。あなたに何一つ迷惑はかけないから。二度と私の前に現れないで」

「待ってくれ！　香奈枝」

彰彦に摑まれた手首を振り払って飛び出した。

嫌いになったわけではない。彼の優しさはこれまで充分感じてきた。しかし、彼の人生を台無しにするわけにはいかない。へんな期待を持って生きるのも辛かった。

自宅へ戻ると、玄関で母が待っていた。顔を見て何も言わず抱きしめてくれた。

「……お母さん、私、一人でも産みたいの」

素直な思いを母にぶつける。こうして母の温もりを感じるのは何年ぶりだろう。少し曲がった母の背中から過ぎた年月が感じられる。

「お父さんもお母さんも、香奈枝が決めたことを精一杯応援するわ。何も心配いらないわ」

母の言葉に嘘偽りはなかった。彰彦が並べた薄っぺらな言葉とはまるで違う。これまで我慢していた想いが一気にせり上がってくる。

高三で出産することを理解してくれる人なんていない。両親も仕方なく同調しているだけで、本心は快く賛成してはいないと疑っていた。迷惑をかけたくないので、家を出て、一人でやっていく覚悟はあった。けれど一人じゃない。抱え込まずに甘えていいんだ。

そのまま声が嗄(か)れるまで母の背中で泣いた。両親の愛を胸いっぱいに感じたのは生まれて初めてかもしれない。

夏休みが終わる前に、退学届を提出した。担任は重い病気にでもかかったのかと心配していた。理由も言わずやめてしまったことに心が傷んだ。千葉の田舎町(いなかまち)で、高校生で子供ができたなんて噂が広がったら笑いものだろう。彰彦の家族にも迷惑がかかる。彰彦と交際していたことは親しい友人しか知らない。妊娠のことは誰にも言っていない。

——家族が一人増えるんだ。この家じゃ手狭になるから新しい所へ引っ越そう。

父は慣れ親しんだ一戸建てをためらうことなく手放した。

いい物件が見つかったからと、家族三人で埼玉に移った。

翌年、生まれてきた男の子を真斗と名付けた。香奈枝にも母にも父にも似ていなかった。

この子はきっと彼の血を引いている。だからきっと優しい子に育つだろう。

※

「ぼくのこと好き？」

幼い真斗は、毎晩布団に入るとこう尋(たず)ねる。

「もちろん。ママは真斗が大好きよ」

香奈枝は真斗の小さなおでこにキスをする。

「ママは誰とも結婚しちゃダメだよ」

「どうして？　パパはほしくないの？」

「パパなんていらないよ。ぼくが大人になったらママと結婚するんだ」

真斗は口を尖らせて言う。

「そう……ママ、嬉しいな。ありがとう」

「約束だからねー」

最後は指切りをしたまま眠ってしまう。

ごめんね、真斗。

真斗があんなことをしてしまったのは、ママが約束を破ったからだよね。

真斗は何も悪くない。

ママを許して。

(六)　決意の朝

翌朝、部活に出かける真斗を見送った。

いつも通り「いってくるよ」と大きなスポーツバッグを肩から下げて出ていった。ランドセルを背負って出ていく幼いころの真斗の幻影と重なった。このまましばらく余韻に浸っていたかった。が、のんびりしている時間はない。気持ちを瞬時に切り替える。

リビングへ戻り、昨日訪ねてきた刑事が置いていった名刺を手に取る。管轄警察署の番号を確認する。スマホを持つ手は震えている。

本当にこれでいいのだろうか？

殺人犯を演じる覚悟はできているはずなのに、最後の一歩が踏み出せない。

数字を押してみたものの、発信ボタンを押すことができない。

でもやるしかない。

すべては真斗のため。

愛する真斗のために。

神さま、十六年前の私の選択は間違っていたのかしら？

あのとき、無茶な選択をしなければ、大学に通って、就職して、結婚して、普通の生活を送れていたのかしら？　……でも後悔はない。

だってそうしなければ真斗に出会えなかったのだから。

覚悟を決めて発信ボタンを押す。

何度も頭の中で復唱していた言葉を思い返す。

三度目のコールで窓口の女性が出た。

「――主人を殺したのは私です。今から自首します。阪谷刑事に伝えてください」

第二章　早まるな！

……阪谷英行（刑事・五十八歳）

（一）思いがけない出頭

「たった今被害者の妻・武田香奈枝から電話がありました――」

部下の中三川が血相を変えて飛び込んできた。

「なにぃぃー！」

所沢警察署・刑事課の阪谷英行は、昼食を取ろうと弁当の蓋を開けたまま固まった。

「署内を封鎖して、一般の立ち入りを禁止するようです」

「イ、イタズラじゃないのか？」動揺から言葉が絡む。

「着信番号を確認しました。香奈枝の自宅からで間違いありません」

犯人逮捕や追っていた事件が大きな局面を迎えるときに感じる高揚感とはまるで違う。空腹の胃をぎゅっと握り潰されたように重くなる。

食欲は一瞬で失せた。半分疑いながら動きを待つ。

二十分後、窓の外が騒がしくなり始める。

刑事課のある二階から一階へ向かおうと階段に差しかかったそのときだった。

切迫詰まった女の奇声が耳に入り、阪谷は息を呑んだ。階段を半分ほど下りたところでエントランス付近を覗き込む。

飛び込んできた光景に足がすくんだ。

若手巡査に両腕を摑まれ、髪を振り乱しながら暴(あば)れる女の姿が……。

間違いない。昨日阪谷たちが聴取に訪れた被害者の妻・香奈枝である。

夫を殺されたことへの怒りが、犯人を逮捕することのできない警察へ向けられているに違いない――とっさに感じた。

「奥さん！」阪谷の呼びかけに香奈枝はピタリと動きを止めた。

命乞(いのちご)いするように阪谷を見上げた。

「私が、私が、主人を殺したんです」

香奈枝の声は想像していたよりも低くかすれていた。

阪谷はその言葉の真意を違った形で受け止めた。〝自分のせいで旦那が死んだ〟――遺族であれば、犯人が捕まらない限り、ぶつけようのない怒りを抱え続けて生きていかなければならない。精神的に追い詰められ、守れなかったことへの後悔が、自身に向けられることはよくあることだ。

あのとき違う行動を取っていれば、巻き込まれることはなかったのに――後悔の念に駆られ自ら命を絶つ者もいる。一番の被害者は残された遺族かもしれない。

「辛いお気持ちはわかります。とにかく落ち着いてください」

愚図った子供をなだめるように、優しく呼びかける。

泣き続けていたせいか、目は真っ赤に充血し整った顔立ちは台無しである。

「正面玄関から入ってくるなり、逮捕しろ、逮捕しろの繰り返しで」

香奈枝の横にいる巡査は、お手上げとばかりに阪谷に助けを求める。

阪谷は香奈枝の前に立ちはだかり大きく両手を広げた。

「奥さん、何があったのですか？」

香奈枝は阪谷の呼びかけを無視して叫ぶ。

「凶器は見つかっていないんですよね。主人を刺した包丁は私が持っています」

阪谷は思わず香奈枝の顔を凝視した。

「ほ、本当か？」

後からやってきた捜査員の顔色が変わった。ハンドバッグを慌てて取り上げる。中身を取り出しながら、引っ掻き回す。

「――何もありません」

最後にバッグを覗き込むとひっくり返した。

「警察をからかうような真似はやめてください。お話はいくらでも聞きますから」

「凶器は実家の中庭に埋めてあります。捜索していただければ出てくるはずです」

苦し紛れの言い訳にしか聞こえない。

「わかりました。これからじっくり話を聞きますから、会議室に行きましょう」

「ここで、ここで、今すぐ私を逮捕してください」

香奈枝は小さな身体を震わせて声を限りに叫ぶ。過呼吸を起こして倒れてしまいそうだ。

「とにかく、一度こちらへ」

両腕を引っ張った。なんとかして人目につかない廊下の奥へ連れていきたいが、応じてくれない。男であれば、多少強引に体を持ち上げてでも連行できるのだが。相手は若い女性、しかも妊婦だ。もしものことを考えると……。

香奈枝は地団駄を踏んで大きな音を立てる。

「私は殺人犯よ！」

「後で話はいくらでも聞きますから、とにかく一度落ち着きましょう」

さっきから何度もこの繰り返しだ。

「どうして、私を捕まえないの」口調は次第に荒々しくなっていく。

演技と決めつけていた思いが、少しずつ揺らぎ始める。

女性刑事が香奈枝の背後に回ろうと横切ったときだ。香奈枝が女の胸元を掌(てのひら)で叩いた。女は不意をつかれ、鈍い音とともにうずくまった。

「何をする！」

一瞬何が起こったのかわからなかった。

「さあ、公務執行妨害で私を逮捕してください」阪谷の目の前に両手首を突き出した。

「阪谷さん――」屈み込んだ女の眼が訴えていた。

現行犯逮捕という形はとりたくない。しかし、騒ぎが大きくなり興奮状態が続けば、胎児にも危険が及びかねない。苦渋の決断だった。

唇を噛みしめて、腕時計に目を落とした。手錠を取り出す。それを見た香奈枝の全身から力が抜けていく。

「十二時十八分、公務執行妨害で逮捕します」

静まり返った署内に手錠を嵌める乾いた音が響く。同時に、香奈枝はほっとしたように息を吐き胸をなでおろした。女性刑事が取調室へ連行していく。


「何か話したか？」

阪谷の問いかけに隣にいた刑事は不機嫌そうに首を振る。

マジックミラー越しの香奈枝は、死を待つ死刑囚のように、ぼんやりとただ一点を眺めているだけ。捜査員の呼びかけにも反応しない。

「別の班が捜索に向かっています。証言通り見つかればいいんですが」

刑事は早期の解決を望むように天を見上げた。

しかし、阪谷は彼らとは異なる感情を抱いていた。

――頼む。見つからないでくれ。すべて狂言だ。香奈枝が犯行に及ぶわけがない。

この感情は何なのだろう？　自分でもわからない。

一時間後、鑑識からの報告に待機していた捜査員たちはドッと沸いた。犯人逮捕が見えたことより、犯行に及んだのが被害者の妻だったことへの衝撃が大きかったのではないか。

「凶器に付着していた血液は、ガイシャのものと断定されました」

「これで香奈枝が事件に関わっていたことは間違いないな。だが、香奈枝一人の犯行とは到底思えん。今後は動機と共犯の線も含めて捜査を進めてくれ」

捜査員たちは早期解決のめどがつき、意気込んでいた。

その瞬間、ぎゅっと喉元を摑まれたような苦しさを感じて、慌ててトイレに駆け込んだ。数々の凶悪事件を前にしても怯むことなど一度もなかったのに、何をこんなに動揺しているんだ。自分を奮い立たせるように言い聞かせた。

（二）重要参考人

その日の夕方、阪谷は千葉に向かっていた。長期戦を覚悟していた捜査員たちは、あっけない結末に肩透かしを喰らった格好だ。聴き込み班や、県警から派遣されていた捜査員らは、行きつけの居酒屋で慰労会をするようだ。

阪谷も声をかけられたが、そんな気分になれなかった。そこへ署長からお呼びがかかった。気になる人物がいるので、千葉まで聴取に行ってくれというのだ。先入観を持ってはいけないから、詳しいことは伝えられないと――。聴取先の住所と、名前だけ聞かされた。通り魔事件の共犯の疑いがかけられているのか？　それとも香奈枝や被害者をよく知る人物だろうか？　いずれにしても、事件のキーを握っているとみて間違いないようだが……。なぜ千葉に？

捜査本部のある所沢から千葉までは片道約二時間。千葉県警に応援を要請することはできなかったのだろうか。そんな疑問を抱きながら総武線に揺られていた。

阪谷が向かったのは、千葉駅からペデストリアンデッキで直結しているビル群。その中で、ひときわ大きくそびえ立つガラス張りの外観が目印だ。

エントランスで入館証を受け取り二十三階へ向かう。これから会う人物が、事件となんの関わりがあるのかと考えた。香奈枝の出身は千葉県旭市と聞いていた。旭市は千葉からさらに一時間三十分ほど東に進まなければならない。特別関連があるようには思えない。

エレベーターが到着してまず驚いた。広々とした入り口に、革張りの高級ソファー、明るさを調整した間接照明は、高級ホテルのラウンジのようだ。

社名を確認する。――アサヒエステートホールディングス株式会社。

若い事務員が近づいてきた。

「お客様、お待ち合わせでしょうか？」明らかな疑いの視線を感じた。

阪谷は警察手帳を取り出す。「取締役の佐々木さんにお会いしたいのですが」

すぐに来客室に通された。十分ほどして背の高い男がやってきた。

「いやー、急な来客が入ってしまいまして、お待たせしてすみません」

取締役の肩書きがついていたので、それなりの風貌を想像していたが、あまりに若くハキハキとした声に驚いた。

「こちらこそお忙しいところお時間を取らせてしまって――」と男の足元から視線を持ち上げたところで、思わず「あっ！」と声が漏れた。

「どうかされましたか？」男が不思議そうな目で見つめ返してきた。

「あっ……いや……所沢警察署の阪谷と申します」と、できるだけ平静を装うように努めたが、驚き、興奮していた。

なぜなら、その男の顔に見覚えがあったからだ。つい先日、武田恭一の葬儀で目にした男に……正確にいうとその少年と瓜二つだった。

男が名刺を差し出した。――佐々木彰彦。

署長があえて理由を言わずに、阪谷を行かせた理由が納得できた。真斗は高校生には思えないほど大人びていたが、彰彦は童顔で年齢よりも遥かに若く見える。顎に生やした髭を剃れば、二十代、いや大学にいたって疑わないだろう。真斗の高校生離れした長身で手足の長い体型は、彰彦から遺伝したのだろう。

勧められて腰を下ろす。

「立派な会社ですね」

どこから切り出そうかと探るように話題を選ぶ。まだ核心に触れるのは早すぎる。焦燥に駆られながら室内を見渡す。

「もともとは、父が一代で築きあげた会社なんです。五年前、本社を千葉市内に移した直後に父が他界して……私は父の足元にも及びませんよ」

実に謙虚な男だ。物腰も柔らかく、言葉遣いも丁寧だ。捜査を抜きにしてこの男に興味をそそられた。

「先ほど会社のパンフレットを拝見しまして、不動産以外にも幅広くやられているようで、こんなお若いのにやり手なんですね」と言いながら手を揉んだ。

彰彦は、いえいえと顔の前で照れ臭そうに手を振った。

「私は何もしていません。新しく招き入れた社長に先見の明があったとでもいいましょうか。有能なベンチャー企業に投資したり、事業拡大を狙った戦略が功を奏しまして」

「そうでしたか。ベンチャー企業に——どうりで私には、社名を見ただけでは何をしている会社かさっぱりわからないわけだ、Ｃ……Ｇ……ＺＡ……」

阪谷はそう言いながら、パンフレットで目についたアルファベットの社名を読み上げた。

「ああ、それはシーザリオと読みまして、ＣＧ映像からアニメーション制作、加工アプリの開発などを手がけている会社です」

「いやいや、失礼いたしました」話についていけそうもないので、慌てて話題を変えた。「しかし、外部から社長を招き入れるとはずいぶん思い切ったことをされましたね」

「父の口癖だったんです。会社を私物化しちゃいけない。そういう会社は、必ず二代目で行き詰まると……」

二代目経営者の多くは、会社を潰さないよう守りに入るか、資産を食い潰して遊び呆けるドラ息子のどちらかである。わかっていても身内に甘いのが人間の性だ。

「お父様は大したもんですね」

「父は私を見抜いていたのでしょう。私が継いでいたらここまで大きくなっていませんよ」

「私は会社を経営したことがないのでえらそうなことは言えませんが、潰さないことも、経営者の手腕なんじゃないでしょうか」

「もちろん、家族が生活するには困らない財産は残してくれていたので、目の行き届く範囲で細々と経営していくのも選択肢の一つかもしれません。ただ、そんなことを父の前で言ったら、お前は経営者失格だと怒鳴られます。社員は皆家族。経営者は働いている従業員のために、常に高みを目指して挑戦し続けなければならないと。挑戦する気持ちがなくなったときは、高い志を持った者に会社を譲るべきだと常々言われていました」

彰彦の話は、セミナーでも聞いているような説得力があった。

家柄もよさそうだ。金銭的な心配があったわけでもない。話を聞いている限り、責任感も強くしっかりしている。なぜ香奈枝と別れる道を選ばなければならなかったのか？

何か複雑な事情を抱えていそうだ。

「先ほどの話で、本社を千葉市内に移したと言っていましたが、その前はどちらで？」

「県内出身じゃない方に地名を言ってピンとくるかわかりませんが、私が生まれ育った旭市という街です」

「旭市ですか！」思わず口をついて出た。

「刑事さん、ご存知なんですか？」彰彦は瞬きせずに阪谷を見た。

「ええ、まあ……」と愛想笑いを浮かべた。

これで二人は同じ街で暮らしていたことが判明した。ただ、彰彦の様子から事件を知っているとは思えない。まさか、香奈枝が自分の子を産んだことすら知らないのだろうか。どう切り出すべきか考えた。

へんな探りを入れるより、率直に訊いたほうが核心に迫れる気がした。

「武田香奈枝さん……いや、相原香奈枝さんをご存知でしょうか？」

「かっ……かなえ……」

彰彦は眉を上げて驚愕の表情を浮かべた。阪谷が訪ねてきた訳を察知したのだろう。

「実は……彼女の身の回りで事件が起こりまして」

彰彦の目から表情が消えた。

「香奈枝に、香奈枝に、何かあったのですか！」

彰彦はかすれた叫び声を上げながら立ち上がった。

「一週間ほど前、所沢市内で通り魔殺人事件が発生したのですが、ご存知ですか？」

「いや……」彰彦は全身を震わせ、苦悶に固まった顔をひねった。

阪谷は事件の概要を説明して、最後にこう言った。

「被害者の男性が、香奈枝さんのご主人だったんです」

「そ、そうでしたか……」

数秒の沈黙をおいて、彰彦はほっとしたのか脱力したようにソファーに座り込んだ。

「香奈枝さんと連絡は？」

彰彦は小さく首を振った。「私が二十歳のとき、彼女は私の前から姿を消しました」

「それ以来一度も？」阪谷は訊いた。

彰彦は力なく首を振り続けた。

「香奈枝が高三の夏、妊娠が発覚しました。私の両親は出産も結婚も大反対でした。若かった私は、両親の反対を押し切ってまで香奈枝と一緒になる覚悟はありませんでした。子供を堕ろしてほしいと頭を下げた私に、香奈枝は幻滅したんでしょう。そこから連絡も取れなくなりました。――高校の後輩や担任にも聞きましたが、誰も行き先はわかりませんでした。自宅が売りに出されていたことも後から知りました。――彼女には本当に申し訳ないことをしてしまったと……今でもあの一言を悔やんでいます。香奈枝をどんなに苦しめ傷つけてしまったことか……香奈枝さえ元気でやっていてくれればそれで……」

　彰彦の目にはうっすら涙が滲んでいた。この十六年間、彼は胸に刻まれた十字架を背負い続けて生きてきたのだろう。今ここでかけてあげるべき言葉は何だろう。彼が背負ってきた責任を思えば、軽はずみな慰めの言葉など響くわけがない。

　返す言葉が見つからず目を瞑った。

「刑事さん」突然、彰彦が何かを思い出したように声を上げた。「香奈枝に子供はいましたか？　今年の春に高校生になっているはずなんです」

「ええ、高校生になった息子さんがいらっしゃいます」

「そうですか――」と天を仰いだ彰彦は、噛みしめるように息を呑み込んだ。

　苦しみから解放されたように涙が頬をつたっていった。

「息子さん、市内のラグビーの強豪校に入り、頑張っているようです。私の口からお伝えできるのはここまでですが――」

　阪谷は話の途中で、うっかりよけいなことをしゃべってしまったと気づいた。香奈枝や真斗を心配する彰彦を、少しでも安心させてやりたいという思いからつい出てしまったものだ。

「犯人はまだ捕まっていないんですよね。私に協力できることがありましたら何でもします。犯人を逮捕して、香奈枝たちの無念を晴らしてやってください」

　頭を下げた彰彦は、涙を隠すように腕で顔を覆った。

　阪谷は襟を正した。

「事件が起きた七月十七日の夜、あなたは何をされていましたか？」

彰彦はポケットからスマホを取り出して、スケジュールを確認する。

「その日はいつも通り仕事を終えて、二十時前に会社を出て自宅に帰りました」

「ご自宅はこのあたりですか？」

「ええ、会社から歩いて十分ほどのところにあるマンションです」

「ご家族は？」

「恥ずかしいのですが、この年まで独り(ひと)身なんです。アリバイを証明しろと言われましても……会社のエントランスの防犯カメラをご確認いただければ――」

彰彦はスマホを操作し始める。

阪谷は慌てて立ち上がり、「その必要はございません」と止めた。彰彦に怪しいところはないので、そこまでする必要はなさそうだ。礼を言って立ち去った。

ビルを出たところで体の底から大きなため息が漏れた。真斗の実の父親が判明したことは収穫だった。彰彦は、会話の節々に香奈枝に対して未練が残っていることを窺(うかが)わせていた。恭一を殺す動機は考えられるかもしれない。

しかし、阪谷には彰彦が犯行に及んだとは到底思えなかった。

彰彦は、十六年の間誰よりも香奈枝と真斗の幸せを願っていたのではないか。恭一に香奈枝を奪われた嫉妬心から犯行に及んだとは考えられない。仮にそうだとしても、彰彦の犯行を香奈枝が庇って身代わりになる理由など存在しないのだ。

今にも雨が降り出しそうな鉛色の空を見上げた。香奈枝が守りたいものは何なのか？　何とも表現できないもどかしさが頭の奥で渦を巻くように蠢いている。

(三) 家宅捜索

規制線が張られた香奈枝の自宅マンション前には、何事かと野次馬連中も集まり始めていた。阪谷が気にかけているのは年頃になる真斗のこと。世間から殺人犯の息子というレッテルを貼(は)られてしまう。しばらくは外を出歩くことさえ難しくなるだろう。現実を受け止めきれず、塞ぎ込んだり非行に走ってしまわないか心配である。

階段で三階へ上がる。奥の部屋から捜査員が出入りしている。玄関には押収物を入れた段ボールが積み上がっていく。その横に土のついたラグビーボールが転がっている。息子のものだろうか。やりきれない思いで一杯になる。そっと手に取り玄関脇の籠に戻した。

一人の若い男が、段ボールを抱えてやってきた。県警から応援に来た鑑識課の佐藤昌幸(さとうまさゆき)だ。

「事件の証拠になりそうなものは見つかりそうか?」

「いいえ」佐藤は額に溜まった汗を拭いながら首を振った。

「どんな感じだ?」部屋の中に目をやる。

「マンションの大家に話をうかがったところ、郵便受けにホシから封筒が届いていたようです。部屋の鍵と謝罪する手紙に加え、現金で五十万ほど包んであったとか」

「そんなに!」と驚きながらもどこか納得した。

世間を騒がす事件の容疑者が住んでいたマンションとなれば、近隣住民にも迷惑がかかる。入居希望者は当分現れないだろう。そのあたりまで考え香奈枝は行動している。そんな気遣(きづか)いのできる人間がなぜ殺人を。それも身内である旦那を。まったく理解し難い。

「部屋は特別片付けられた様子はありませんでした。おそらく阪谷さんが聴取に訪れたときとほとんど変わらない状態かと」

「そうか」と言って段ボール箱を受け取り玄関脇に積み上げていく。

「物証は？」

佐藤は首からかけていたデジカメを起動した。

「タンスの中から血のついたパーカーが」

「事件との関連は？」

「犯行時にホシが着用していたもので間違いないかと。戻ったらすぐに鑑定します」

佐藤は液晶ディスプレイをこちらに向けた。

「たったこれだけ？」想像していたものと違った。

事件現場は大雨の影響もあり、あたり一帯血の海だった。どっぷり血に染まった衣服を想像していたが、擦りつけたような跡が袖にあるだけだ。

「これを着用して、返り血を浴びたにしては血の付き方が不自然じゃないか？」

「事件の夜は大雨でした。この上にカッパなどを着ていた可能性もあります。手元に大量の血を浴びて、気づかぬうちに袖の部分に付着してしまったのではないでしょうか」

「なるほどね」阪谷は納得した。感心して佐藤の推理に耳を傾けた。

「そうだ、外側のドアノブの指紋は入念に採って調べておいてくれ」

「何か思い当たる節でも？」

「以前にピッキングをされたような跡が気になってな」

佐藤は任せてくださいとでもいわんばかりに軽く目配せしてみせた。


その足で、被害者・武田恭一の自宅に立ち寄ることにした。香奈枝の家から歩いて十分ほどの所にある。七、八世帯ほどが暮らす木造二階建ての貧相なアパートだ。

エントランスの前で掃除をしていた大柄な女に声をかける。年は七十ぐらいだろう。ハーフパンツの上にだらしなくのっかった贅肉を揺らして近づいてくる。阪谷の前で、首元のタオルで額の汗を拭きながら、「こんにちは」と不敵な笑みを浮かべた。話を聞くと、このアパートの大家だという。事情を説明して少し話を聞かせてもらうことにした。

「被害者はどちらの部屋に？」

「二〇二号室です」

女はアパートの二階を見上げた。

恭一が住んでいた真ん中の部屋は、何かを隠すように黒いカーテンで閉ざされていた。

「いつもあのように？」続けて阪谷は訊いた。

「ええ、朝から夜までずっと閉めっぱなしです。空気の入れ替えもしないで、部屋の中にカビでも生えないか心配ですよ」

「お会いすることは？」

「いいえ、仕事してるんだか、遊んでるんだか……。帰ってくるのはいつも夜遅くになってから。ほとんど顔なんて見ませんよ。結婚していたなんて、ニュースを見るまで知りませんでした。家賃だって滞納が多くて、入居してからもうすぐ二年になるんで、次の更新のタイミングで出ていってもらおうかと思っていたぐらいですよ」

恭一に対してあまりいい印象を持っていないのか、常に顔が引きつっていた。高年女性への聞き込みはわりと得意なほうだが、目の前の女は手強(てごわ)そうな予感がした。

「これまでにどなたかご自宅を訪ねてきたことは？」

「休みの日に一度だけ、女の人が来て、部屋の中に入っていくところは見ましたけどね。あの方が奥さんだったのかしら？」

「他にはどなたか？」

「さあ、どうだったかしら……」大家はしばし考え込んだ。「そういえば、亡くなられた後に息子さんとアパートの前で会ったわ」

女はポンと手を叩いた。

「高校生になった息子さんのことでしょうか？」

「ええ、向こうが二階から下りてきたときにばったりと」

食いつきたい気持ちを堪えるのに必死だった。

女はペンキのはげかかった赤茶色の外階段を指した。

「息子さんのこと、ご存知だったんですね？」

女は被害者が結婚していたことさえもニュースで知ったと言っていた。なぜすれ違っただけで息子とわかったのだろうか、疑問が湧いてくる。

「お葬式に出席した際に初めてお会いしました。背も大きくて、しっかりした立ち居振舞いで、とても高校生には見えませんでしたよ」

どうやら真斗に初めて会ったのが葬儀の場だった。そしてその席で阪谷と同じような印象を受けていたようだ。母子家庭で育った真斗は、普段から母親のことを気にかけていたのだろう。その優しさが想像できた。

不思議と女と視線が合った。女は次の質問を待つようにさっと構えた。

「息子さんとは何か話をされたんですか？」

「階段の下で軽く頭を下げただけです。お葬式で顔を合わせた程度ですから、向こうは私のことなんて覚えちゃいませんよ。遺品の整理にでも来ていたんじゃないかしら」

「何か荷物を持ち出していたんですね？」

「どうだったかしら？　バッグやリュックは持っていなかったと思いますよ。でも……確かに遺品の整理に来ていたんだとしたら、何も手に持っていなかったというのはおかしいわね。奥さんも一緒に来ていて、先に息子さんだけ帰られたのかもしれませんね」

女は自分の言葉に納得するように何度かうなずいた。

それから、被害者についていくつか尋ねた。恭一は、家賃の滞納以外、周辺住民との目立ったトラブルはなかったと教えてくれた。

一通り話を聞き終え、礼を言って立ち去ろうとすると、女が呼び止めてきた。

「もしかして息子が、怪しいのかしら？」

女は阪谷の耳元で声をひそめて言った。

「はっ？」阪谷はギクリとして顔を見た。

「結婚して早々に別居状態だったなんて、やっぱり父と子の関係がうまくいっていなかったんでしょ？」

女は覗き込むように同意を求めた。捜査に協力したい気持ちはあるのかもしれないが、家庭に問題があったと決めつけて、話してくる態度はあまり好感が持てるものではない。女の言葉を鵜呑みにするのは危険だと感じる。

阪谷は逃げるように顔を逸らすが、女は気にせずしゃべり続けた。

「まあ、あの年齢で突然新しいお父さんだって連れてこられても、素直に受け入れられるものじゃないわ。奥さんも、もう少し考えてあげるべきだったわよね。どう思います刑事さん？」

「ど、どうと言われましても」と口籠もりながら、香奈枝の逮捕を知った後の大家の行動を想像してみた。――間違いなく隣近所に言いふらすだろう。それも聞いた話に尾ひれをつけて。

阪谷は女に心情を読み取られないように無表情を貫き通す。

「で、どこまで捜査は進んでいるのよ？　金品は取られていなかったんでしょ？　やっぱり身内の犯行かしら？」

素人とは思えない鋭い指摘だった。

「捜査状況については、現段階でお話しできることはありません」

冷淡な口調で言いながらその場を立ち去ろうと背を向けた。

「私は刑事さんに知っていることをすべてお話ししましたよね。何が起きているか私にだって知る権利あるでしょー。この家の大家ですよ」

空気の読めない女だった。そういう問題ではないだろうと怒鳴ってやりたかった。ぐっと堪えため息を一つついて振り返った。女は悪びれる様子もなく、後ろポケットに挿していたうちわを取り出して、パタパタと扇ぎながら追ってくる。

「ねえ、やっぱり息子が怪しいの？　それとも奥さんのほうかしら？　教えてくださいよー」

大家は唇を尖らせ、隣近所に聞こえそうなボリュームで嘲るように言った。

思わず襟元に手を伸ばしそうになったが、辛うじて堪えた。

「いい加減にしてください！」歯を噛みしめて叫んだ。

女は斜め下を向いた。ちらりと表情を確認すると、こっぴどく叱られた子供のように、ふてくされている。本気で怒鳴られるとは想像もしていなかったのだろう。

おどおどとしながら、しばらく黙ったままだ。

阪谷はその場を離れようと軽く頭を下げた。

「ご、ごめんなさい。私……」今にも泣き出しそうな震える声を出したので驚いた。反省したというよりは、阪谷の迫力にビビっただけだろう。

阪谷は何も言わずに大きくうなずいた。

「私、自分のことしか考えていませんでした。早く犯人が捕まって事件が解決してくれないと、次の入居者が決まらないものだから……つい頭に血がのぼって刑事さんに――」

女は深々と頭を下げた。

事故物件ではないが、殺された被害者が暮らしていたアパートに、進んで住みたいと思う変わり者はそういないだろう。ましてや犯人も捕まっていない。家賃を下げたところでたかが知れている。女が八つ当たりしたくなる理由も理解できる。犯罪が起きたとき、遺族だけが被害者ではない。こうして周りに付随する人たちもまた、間接的に害を被っているのだ。感情的に声を上げてしまったことを少しばかり反省する。

「住民のみなさんが安心して生活を送れるよう、我々も犯人逮捕に努めます」

「刑事さん、お願いします。このアパートは夫が私に残してくれた唯一の遺産なのよー。ここの収入がなくなったら、私どうやって暮らしていけばいいんだか……」

女はアパートを見上げて寂しそうに呟いた。

さすがに返す言葉に困った。女の顔をまじまじと見つめるしかなかった。

「刑事さん、捕まえてくださいね。これじゃ迂闊に外も歩けないわ」

そう言い残して女は自ら立ち去った。最後だけは空気を読んでくれた。

（四）捜査会議

翌朝、長机が並ぶ所沢署の会議室に捜査員は集められた。県警からの応援を含め総勢三十人ほどになる。どこか余裕の色がうかがえる。

「会議を始めるぞ！」

そんな緊張感の欠如を察してか、捜査の指揮を執る刑事課長・峯島駿助が低く太い声を上げる。暑さで思考能力を欠いた脳天に峯島の声はガツンと響く。

峯島とは警察学校の同期である。といっても峯島のほうは、異例の出世で県警本部の捜査一課に配属された。その後も、係長、課長代理と順調に昇級を重ね、出世街道まっしぐら。強引で人使いが荒いところはあるが、上からの人望は厚い。先日の人事で刑事課長就任が決まり、最初の特別捜査本部立ち上げとなれば、気合いが入るのも納得できる。

班ごとの報告が終わる。

峯島は捜査員を鋭い目つきで睨みつけた。

「ところで、事件現場にホシがいたという裏取りのほうは進んでいるのか？」

しばらく沈黙が続く。捜査員たちが探り合うように互いの顔を見合わせた。他班へのネタ隠しは珍しいことではないが、すでに容疑者の身柄は拘束されている。どこも聞き込みの成果は上がっていないようだ。

部屋の一番後ろに座っていた若い捜査員が手を上げた。

「事件当夜はバケツをひっくり返したような大雨でして」

「そんなこと関係あるか！」

峯島は言い訳など聞きたくないとばかりに、しゃくるように怒鳴り上げた。

「はっ、はい……近隣住民を中心に聞き込みを行っていますが、容疑者に結びつく有力な手がかりは上がっていません。今後は捜査範囲を広げていきます。同時に周辺の防犯カメラ映像も解析していきます」

事件当夜の天候を想像すれば、目撃者探しが困難であることは予測がつく。雨となると通行人の視野は狭まる。しかも急などしゃ降りとなれば、傘も持たず血相を変えて走る人影をみても、不審に感じないだろう。返り血を浴びていても、流されてしまったり目立ちにくくなっていることは事実だ。犯人にとっては恵みの雨だった。

「それで、動機の解明はどうなった？」

峯島は最前列に座っている松山美鈴に視線を移した。容疑者が妊婦であるという特殊な事情から、急遽捜査本部に召集された。小学生になる一児の子を持つ母親だ。

「ホシは黙秘を貫いていまして」

「口を割らせるのがお前の仕事じゃないのか！」

「も、申し訳ありません……」松山は怯えた仔犬のように身を丸めて小さくなる。

「なんのためにお前を抜てきしたかよく考えてみろ！」

教室ほどの広さの会議室に峯島の罵声が響く。

取り調べが難航していることは、周知の事実だ。香奈枝は、事件についての問いかけはもちろん、体調を心配する女性署員の呼びかけにも反応を示さないという。

峯島の耳にも入っているはずだが、衆人環視の中で恥をかかせるヤツの性格は相当ひん曲がっている。峯島の言葉に異論を唱える強者は誰もいない。

「課長！」

目の前の男が手を挙げた。眠気を吹き飛ばすような威勢のいい声。顔は見たことがあるが名前は出てこない。県警から出向いた捜査員だろう。

「なんだ？」

「動機については、捜査資料の通り、保険金目的の線が強いのではないでしょうか」

峯島はおもむろに後ろを向くと、ホワイトボードに書かれた二千万という金額を叩いた。

「これっぽっちの金額でか？」

「ええ」

「説得力ないな」と言いながら男に向かって右手を払った。

「ですが――」男も簡単には引き下がろうとしない。

峯島の瞼がガッと開いた。

「ガイシャは数ヵ月前に結婚している。妻は子供も身籠もっている。ガイシャだけじゃない、香奈枝にも保険は掛けられていた。結婚を機に夫婦が互いに保険を掛ける。これって世間じゃ普通のことだろ？」

峯島は他の捜査員に呼びかけた。

結婚や人生の節目に保険に入るのはよくあることだ。

阪谷自身も、若いころは保険など気休めとしか考えていなかった。結婚して妻から保険を勧められた際も、資料を取り寄せたきり手をつけていなかった。考えが変わったのは妻の妊娠がわかったときだ。万が一自分に何かあったとき、残された家族はどうなってしまうのかと不安になり、生活に困らない程度の遺産を残してやりたいと保険に入った。

被害者が保険に加入していたこと自体、決して不自然なことではない。峯島の言う通り、保険金殺人と決めつけるには尚早だ。

話を切り替えるように、峯島が両手で机を叩いた。

「おい、鑑識！　ガイシャの遺品から、ホシの犯行に結びつきそうなブツは出てきたか？」

前方の佐藤がノートを開きながら立ち上がった。

「被害者は事件当夜、財布とスマホ、カバンを所持していました。財布から現金、カード、身分証が抜き出された形跡はありません。スマホのほうは通報直後に水没しています。専門業者に回してデータの復旧を急ぎます。カバンには仕事の書類が入っていただけですが、一つ気になるものがでてきました……」

「なんだ？」

「ポストカードです。表に宛名や切手は貼られていなかったので、送られたものではありません。知人など親しい人間から受け取ったものかもしれません」

「何と書いてあった？」峯島が食いついた。

「残念ながら大雨とガイシャの血液で、何が記されていたかまでは……解読不能です」

「まあ、直接手渡すとなれば、身近な人間に違いない。少なくともここ数日の間にガイシャと接触していた人間だろう。例えばガイシャが不倫をしていたとか――」

その言葉にどよめきが起こり、書類に目を落としていた捜査員の顔が一斉に上がる。

「ガイシャの人間関係がはっきりしてくれれば、香奈枝の動機解明にも繋がるはずだ。調べる価値はありそうだ。ところで、昨日の家宅捜索はどうなった」

別の捜査員が立ち上がって答える。

「はい、段ボールにして十五箱分、事件に関わりがありそうなブツは押収しました。袖の部分に血の付いたパーカーですが、ＤＮＡ鑑定の結果、被害者の型と一致いたしました。犯行時に着ていた衣服で間違いないかと」

「パソコンは？」

「常用していたタブレットから、インターネットの閲覧履歴などの解析を進めていますが、情報サイトを検索していた程度にとどまります。メールの発着信履歴からも、怪しいやりとりは見受けられません」

「まあ、共犯者がいればすぐにアシもでるだろう。これからじっくり解析していけばいい。ホシの供述通り、犯行に使われた凶器も見つかった。犯行時に着用していた衣服も特定できたとなれば、香奈枝を逮捕する証拠は充分揃ったわけか」

　峯島は満足気に腕を組んでみせた。

「あのぉ」阪谷が右手を挙げると、獰猛（どうもう）な顔が一斉にこちらを振り向いた。

「なんだ」

「事件の夜、被害者自ら救急車を呼んでいる。その際、知らない男に刺されたと言っている？　その矛盾はどう説明する。今回の事件は目撃者もいない。被害者が唯一の目撃者となっていたわけだが……」

「状況からみてガイシャの供述に対する信憑性は低いと俺はみる。ガイシャは大量の出血で意識朦朧（もうろう）としていた。そんな状況で人の判別ができるだろうか」

　峯島は瞬きするのも忘れて熱弁を振るう。

　それに続くように四方八方から他の連中の声も上がる。

「現場は街灯も少ない緑道だ」

「しかも大雨ときたら」

「犯人が変装でもしていたら、男女の判別なんてそう簡単にできるもんじゃないだろ」

　鋭い野次が飛び、阪谷の意見は真っ向から否定された。

「二人は夫婦だぞ。顔は見なくたって、仕草（しぐさ）や匂いで何かを感じたはずだ。それに、ガイシャとやりあったときに、犯人だって多少の声はあげていたはずだ」

怯むことなく阪谷は言った。

「結婚といっても出会って半年だ。しかも別々に暮らしてる。普通の夫婦とは状況が違う」

またも阪谷の意見は前方の捜査員に否定された。

「事件を解決させたい気持ちはわかるよ。逮捕するにしても、もう少し慎重にやったほうがいいと思うんだ。せめて共犯者の線を当たるとか——」と言いかけたところで、峯島が遮るように口を開いた。

「お前んところは嫁子供がいるから想像できるだろう。ガイシャと同じ立場になったとき、まず自分がどういう行動を取るか考えてみろよ」

「はあ？」と言いかけてしばらく口を開けたままでいた。

峯島は続けた。

「お前が夜道で突然襲われたとしよう。お前は自分の命が助からないと悟った。意識が遠のく中で犯人の顔を見た。それがもし嫁さんだったらどういう行動を取る」

想像もしていなかった言葉に、急所を突かれたように思考が固まった。

しばらくして浮かんできたのは、献身的にサポートをしてくれる妻の笑顔だ。

今では二人の息子も大学生となり落ち着いた。思春期は荒れていた。そんなときでも妻は愚痴一つ言わずに家庭のことはすべてやってくれた。

いつだったか——結婚記念日に二人で食事に行くつもりで、ホテルのディナーを予約したことがあった。急な事件が起こり現場へ急行しなければならなくなった。妻に連絡する余裕もなかった。夜遅く、子供たちが寝静まった後に帰宅した。約束をすっぽかしたことに腹を立てているに違いない。恐る恐るリビングの扉を開けた阪谷を、妻は笑顔で迎えてくれた。こんなときぐらい仕事はどうにかならないのかと、愚痴の一つでも言われる覚悟をしていたが、「大変だったわね。遅くまでお疲れ様――」と優しく言葉をかけてくれた。

あのときの妻の微笑（ほほえ）みは、今でも脳裏に焼きついている。どんなことがあっても妻だけは守らなければならないと強く心に誓ったのだ。

愛する妻に裏切られた被害者の心情はどんなだったろうか。朦朧とする中で妻に刺されたと認めたくない自分がいたのかもしれない。そして残された子供たちのことを考え、知らない男に刺されたととっさに嘘の証言をしたのかもしれない。

阪谷が返答に困っているとトドメを刺すように峯島が口を開いた。

「お前、まさかホシに入れ込んでるんじゃねえだろうなぁ」

その言葉を聞いた瞬間、プツリとこめかみのあたりで何かが弾けた。

「おい！　冗談はよせ！」

自らの一言でカッと頭に血が上った。冷静になれと言い聞かせても頭が言うことを聞いてくれない。両手で力いっぱいテーブルを叩いて立ち上がる。

峯島に言われるまで気づかなかったが、図星だったのかもしれない。香奈枝に特別な感情は抱いてないにせよ、容疑者に寄せる憎しみの感情は忘れていた。これまで扱ってきた殺人事件とは何かが違う。まるで身内が容疑者であるかのように、香奈枝の犯行を裏付ける証拠が挙がるたび、胸が締めつけられるように苦しくなる。いつ爆発してもおかしくない時限爆弾が、身体のどこかに埋め込まれているみたいだ。

峯島は表情一つ変えず、ゆっくりと近づいてくる。目の前のテーブルに一枚の書類をすべらせるように置いた。香奈枝を公務執行妨害で逮捕した際のやりとりを記した調書だ。

「ホシは自首する際、お前を指名したらしいじゃないか。気に入られるのは勝手だが、捜査に私情を持ち込むのはいかがなものかね」

「はぁ？　私情だと！　お前こそ、犯人逮捕を焦っているんじゃないのか」

さすがにここまで言われて、黙って引き下がるわけにはいかない。阪谷は反撃に出た。

「おい！　もう一度言ってみろよ！」

いつ手が飛んできてもおかしくないほど峯島の目は血走っている。

「ああ、言ってやるよ。お前は市民の安全より手柄（てがら）がほしいだけなんじゃないのか！」

たまらず周りにいた連中が間に入る。彼らが止めに入るのが遅かったら、阪谷から手を出すところだった。

「チッ」とあからさまに舌を鳴らして峯島は前方に戻った。

「一昨日になって急に彼女が自首してきたことに、俺は納得がいかないだけだ。お前が言うように俺に逮捕してほしいと思うなら、前日に聴取に行ったときになぜ自首しない？　彼女の周りで何かがあったんだ。俺はそこを調べるべきだと言ってるんだ。それに――」と言いかけて阪谷は口籠もった。

周りの捜査員に阪谷の訴えは、遠吠（とおぼ）えのように聞こえているのだろう。客観的にこの状況を見たとたん、自分がカッコ悪く思えてきた。

「言いたいことがあれば言ったらどうだ」

阪谷は一気にトーンダウンした。

被害者の人間関係をもう少し当たるべきだと言いたかった。

しかし、今の雰囲気では誰も阪谷の考えに耳を傾けてくれないだろう。

「会議を中断させてしまい申し訳なかった」そう言って座った。孤独感だけが残った。

「他は！」

峯島は無駄な時間を消費したと言わんばかりに顎をしゃくった。

「チクショー」阪谷は左手で机の角を叩いた。

捜査に私情を持ち込んでいるつもりはない。しかし、香奈枝の人のかわりようからすると、彼女は、犯人かそうでないかは抜きにして何かを隠している。何か触れられたくない過去でもあるのではないか。

香奈枝を犯人と決めつけて捜査を行うことは非常に危険だ——ただそれだけを伝えたかっただけなのに……自分の不甲斐(ふがい)なさに嫌気がさした。

その後の話し合いで峯島に真っ向から向かっていくものは誰もいない。

香奈枝が犯行に及んだという大筋を外れることはなかった。

峯島は何をそんなに焦っているのか？

周りにいる連中もなぜ異論を唱えない。

これじゃまるで〝接待捜査〟じゃないか。阪谷は嘆息した。

（五）消えた日記帳

捜査員たちが退散していった会議室で、阪谷は深いため息が漏れた。

峯島とのやりとりで、魂ごと持っていかれてしまったみたいだ。放心状態でしばらく立ち上がれないでいた。

背後から名前を呼ばれて振り返ると、鑑識課の佐藤が緊張した面持ちで立っていた。

「実は押収したブツの中に、被害者の血液反応を示したものがもう一つありまして」

「なぜ、さっきの捜査会議で言わなかったんだ？」強い口調で訊いた。

「いや、まだ確証が摑めていないもので……先に阪谷さんに見てもらおうと」

峯島の迫力を前にして萎縮してしまう佐藤の気持ちも理解できる。

佐藤が見せた写真には、半透明なプラスチック製の箱が写っている。

「衣装ケースがわりに使っていたんじゃないのか？」

思い浮かんだのは、返り血を浴びたパーカーだ。

「いいえ」と佐藤は首を振った。「入っていたのは、これなんです」

佐藤が見せた画面には、卒業証書、文集、答案など、小学校の思い出の品が――。

「これって息子のものか？」画面を指して聞いた。

「ええ」佐藤がうなずいた。

「なぜそんな所から血液反応が？」

「事件後、ホシは一時的にこの中に凶器を隠していたのではないでしょうか？」

「それはおかしいだろう。息子の私物だぞ！」

阪谷は苛立ち、短く吐き捨てた。

「我々の裏をかいたということは考えられませんか？　万が一捜査が入っても息子の部屋までは捜索しないだろうと――」

佐藤の言い分は一見正論に聞こえたが、阪谷は引っかかった。息子の私物に、しかも小学校の思い出が詰まった大切な箱の中に、凶器を隠す母親などいるだろうか。万が一息子が疑われでもしたら、それこそ取り返しのつかないことになる。

かといって、独身の佐藤に子を育てる親の気持ちなど熱弁したところで、現実味はなさそうだ。やめておこう。

空気を察してか、話を広げることなく佐藤はすっと息を呑んだ。

「実はもう一つ気になることがありまして」

ここからが本題のようだ。

「もったいぶらずに言ったらどうだ」阪谷は身を乗り出しかけた。

「この中に入っていたと思われる日記が一冊消えているんです」

「日記？」身構えていた阪谷は拍子抜けした。

「これなんです」

佐藤は紙袋から、日記を二冊取り出した。

「これって、息子の真斗君が書いたものか？」阪谷は手に取った。

「ええ、真斗君は四年生の一年間、日記をつけていたようです」

「へえー、今どきの子にしては珍しいな。俺も書いたよ。初めの数日は気合い入れて書くんだが、だんだん面倒になって、ネタもなくなっていくんだ。しまいには、今日はつまらなかったとか、一行しか書けなくなって、いつのまにか書かなくなっていくんだよ」

「私もです」と言った佐藤と目が合った。

「で、その日記がどうかしたのか？」

佐藤は再び真面目な顔に戻る。

「一学期と三学期の分はここにあるんですが、二学期の日記が見当たらないんです」

佐藤の手に握られたゴムバンドは、不自然に伸びている。確かにこの緩くなったバンドを見ると、つい最近まで三冊まとめて留めていたように思える。しかし、これが事件となんの関係があるというのか。

「で、どんな内容が書いてあるんだ？」

「私が説明するより読んでいただいたほうが早いかと」

ぱらぱらとめくってみる。中学年ぐらいが書いたのか……ひらがなと漢字が交じり、文字のバランスも悪い。母親への愛や感謝の気持ちがこれでもかというぐらいに綴ってある。

「普通このぐらいの男の子であれば、自分のことばかり書きたがるはずだが……」

「変わった子ですよね。幼いのか大人びているのかわかりません」佐藤は首をひねる。

香奈枝にとってこの日記は宝物だったのだろう。なおさら同じ箱に凶器を隠しておいたとは信じ難い。

隣でじっと様子を見つめる佐藤は、阪谷の見解を待っているようだ。何と切り抜けようか、日記を読み進めながら模範解答を探している。

そのとき、扉の隙間から中三川が顔を見せた。グッドタイミング！　さすがは相棒だ。

中三川の言葉を待つ。

「先輩、ここでサボってたんっすね」

生意気な口調だった。用があったんじゃないのか？　その横顔に視線で語りかける。

中三川は気にすることなく机の角に腰かけた。もう一冊の日記を手に取る。

「なんっすかこれ？」

「見りゃわかるだろう。日記だよ」

中三川はしばらく無言でめくっていく。

「なんだろう？　最近どこかで読んだような……」

誰にともなく言った。構ってほしいのだろう。

「お前の脳みそは小学生で止まっているんじゃないのか」

「それ、ひどいっすよ。こう見えても一応大学は出ているんですから」

「それは俺に対する嫌味か」高卒の阪谷はかみつくように睨みつける。

「す、すみません」急にかしこまった顔になって中三川は阪谷を見る。場の空気がピンと張り詰めていく。

「冗談だ。なんの変哲もない、ごく普通の日記だろう」阪谷は日記を閉じた。

「まあ、そういわれてしまえば、そうなんですけどね」

中三川は何か引っかかるようで、眉間にシワを寄せて読み進めていく。

「どうかしました？」佐藤が不思議そうに中三川の顔を覗く。

「いや、日記の中に出てくる文章のリズムというか、言葉のチョイスがなんか引っかかるんですよね」

中三川が言葉を選びながら言った。

「ふん、急に専門家らしい言葉使いやがって」

子供の書いた文章は、接続詞が抜けていたり、ですます調の使い方がおかしかったり、何かしら個性や特徴がある。阪谷も子育ては女房に任せきりだったが、長男が書いた作文やポエムは、出だしを読んだだけで不思議とそれとわかる。

「僕、こう見えても一応文学部だったので」中三川が言った。

「へぇー、私もです」続いた佐藤が阪谷の顔を見る。

「だから俺は高卒だって」額に手を当て阪谷は言った。

普段なら中三川からもう二、三返しが来るのだが……。阪谷が滑ったように反応は薄い。中三川は真剣に日記に視線を落とす。

しばらく嫌な沈黙が流れた。

「思い出しました！」中三川が顔を伏せたまま高い声をあげた。

「何、気持ち悪い声あげてんだ」すかさず突っ込み、横目で顔を見た。

「犯行声明です。事件のニュースの掲示板に書き込まれていた意味不明な犯行声明に雰囲気がそっくりです」

中三川は日記を開いたまま両手で引っ張りながら興奮気味に叫んだ。

「そんなものがあったんですか？」

佐藤が身を乗り出す。鑑識には情報が伝わっていなかったようだ。

「ええ、この手の事件が起きると、自称犯人がイタズラで書き込むことはよくあることです。その中に今読んだ日記に似た犯行声明が紛れていたんです。マスコミが絡んでいるようなニュアンスで書かれていたので、新聞社、テレビ局に確認をとっていますが、今のところ犯行声明が届けられたという連絡はありません」

中三川は真面目な眼差しになる。

「で、その犯行声明とやらはどんな文章なんだ？」

中三川は、待ってましたとスマホを取り出し、すばやく画面を表示してみせた。

「おい！　小さくてこんなの読めねえよ。もっと大きくならねえのか！」

向けられた画面に向かって叫んでいた。

五十を過ぎてから一気に老眼が進んだ。最近はスマホが発する光にさえもくらっとくる。

「読みましょうか」佐藤が言った。

「気が利くねえ」嫌味を込めて中三川に言う。

佐藤にスマホが渡る。

「佐藤みたいに気の利く相棒がほしかったなあ」と呟くと、中三川は拗（す）ねるようにそっぽを向く。子供だなあと内心毒づく。

「まあ、お二人とも喧嘩しないで」とフォローを入れながら、佐藤がスマホの文章を読み上げる。幼児に読み聞かすような優しい声だ。

「僕にはパパがいません。僕が生まれる前からパパはずっといません。僕がママのお腹にいる時、パパはママに食べられちゃったのかもしれません。だから僕はこんなに栄養をつけて大きく育ったんだと思います。横綱先生からカマキリの話を聞いて――」と読んでいる途中で、佐藤の言葉が止まった。

　何か重大なことに気づいたのだろう。視線は一点を捉（とら）えて離さない。

「どうした？　その続きを聞かせてくれよ」探るように佐藤の目を覗き込む。

「よ、よ、よこづな……せんせい」

　佐藤は宙に浮いたような声を出して目を丸くしたまま固まった。

「おい、大丈夫か、佐藤……」阪谷の呼びかけにも反応しない。

「ちょ、ちょ、ちょっと、失礼します」

　突然、佐藤は中三川の手から日記を奪い取った。

「何がどうしたっていうんだ？」阪谷は自分だけが取り残された気分だった。

「犯行声明の中に出てくる『よこづな先生』が、真斗君の日記にも出てくるんです」

　佐藤は早口でまくしたてながら、鼻息を荒くしてページをめくり「あった！　ありました！」と叫ぶ。

　佐藤の指先には『よこづな先生』と真斗の字で書かれている。

　犯行声明と日記に、よこづな先生が登場している。いったいなぜだ？　単なる偶然か？

　阪谷の頭は混乱していた。

「犯行声明と日記に繋がりがあるとしたら、ここにない二学期の日記に、モデルになったカマキリのことが書かれていたのではないでしょうか」

　カマキリの活動期は夏から秋にかけてだ。佐藤の言う通り、真斗の日記が犯行声明に使われたとなると、二学期の日記に書かれていた可能性が高い。そしてそれがなくなっているということは、明らかに不自然である。

「犯行声明として日記の中の文章を利用して、証拠ごと持ち去ったということですね？」

　中三川がためらうように訊いて、阪谷の顔色をうかがった。

「なんのために？　誰が？」

　香奈枝自ら、息子の日記の文章を犯行声明に流用するなど考えられない。

「共犯者が他にもいたということでしょうか？」中三川に聞かれた。

　阪谷の気持ちを知ってか、中三川も佐藤も真斗の名前をあえて挙げない。阪谷は戸惑いを顔に出さないよう必死に平静を装う。

　もちろん真っ先に疑うべきは、日記の持ち主である真斗が事件に関わっていた可能性だ。しかし、真斗は高校生だ。仮にそうだとしても、自らの犯行を暗示するような証拠をさらすだろうか？　まず疑うべきは、真斗に罪を着せようとした第三者の仕業によるものではないか。

　消えた日記の謎が解明できれば、事件解決に大きく前進しそうだ。

　再び日記を手に取り確認する。各ページに、新幹線を模った手作りの印が押してある。よく見てみると、印の真ん中に『こだま』と記されている。確認印がわりに押したものだ。

「真斗君の出身校はどこだ？」

「確か、入間第四小学校——」

「日記に出てくるこだま先生に、コンタクトを取れないか？」

「当時から六年経っているので、他の学校に転勤しているかもしれませんが」

中三川が顔を曇らせる。

「仮に転勤していたとしても、学校に問い合わせれば、新しい赴任先ぐらい教えてくれるはずです」

佐藤がすぐに言った。

「担任であれば、日記の内容を覚えているかもしれない」

掛け時計に目をやると、十時三十分を回っていた。

「すぐに小学校に連絡をいれるんだ。十分後に出るぞ！」

「はい」とうなずいた中三川は会議室を飛び出した。

「それと、犯行声明が書き込まれた元を調べてくれ」

ＩＰアドレスを辿ればすぐに書き込んだ人物を特定できるはずだ。

佐藤に日記を渡して阪谷も部屋を出た。

(六) よこづな先生

「これが小学校か!?」

阪谷は近代的な美術館のような外観に驚いた。

「最近の小学校なんてこんなもんですよ」

校門をくぐりながら中三川にさらりと躱（かわ）された。

かわいくないやつめ……。背中に呟くように言った。

校門横のプレートに『創立二〇一五年』と記してある。どうりで新しいわけだ。

「私立じゃないよな？」

「さいたま市立——公立ですね」

「市民の税金はこういう所に消えてるわけか。俺の時代はオンボロ校舎で、夏は扇風機、冬はストーブに近い席の奪い合いだったがな」

「時代を感じますね」中三川が前を向いたまま呟いた。

ここを訪れる前、真斗が通っていた小学校に問い合わせると、児玉は二年前に転勤したと教えられた。すぐに転勤先の小学校に連絡を入れアポをとった。

事務室の守衛に身分を伝えると、しばらくして廊下の奥から足音が響いてきた。

「どうも、どうも、刑事さん」児玉はハンドタオルで首の汗を拭きながら呼吸を整えた。

ニックネームにそぐわしい想像通りの男だ。まん丸とした肉まんのような顔をしている。周りの温度が少し上がったようにムンとした。

名刺を渡し自己紹介をしながら応接室へと通された。

「ここは児童がたくさんいるんですね」

中三川の視線の先には、全校生徒が写った写真がある。校庭に並んで校章の人文字をやっている。

「ええ、三年前にここ一帯の開発が終わりまして、ファミリー向けマンションがいくつも建てられたんです。世間じゃ少子化と言われていますが、まったく実感ありませんよ」

児玉は大きな口を開けて笑った。捜査を忘れてしまいそうな和やかな時間が流れる。

「先生もお忙しいかと思いますので」中三川が切り出した。

「これは失礼」と言って、児玉は椅子を勧めた。

阪谷は机を挟んで向かいに座る。

児玉が座ると、パイプ椅子が悲鳴をあげるようにミシリと軋んだ。

「六年前のことなんですが、先生が入間第四小学校で、四年生の担任をされていたころの話をおうかがいできますか」

事前に電話で確認をしていたので話はスムーズに進む。

「相原真斗君のことですね」児玉は旧姓を確かめてから続けた。「あの学校は一クラス二十四、五人と少なかったですし、彼は背が高く周りの子供たちよりも頭一つ抜けていたので、はっきりと覚えていますよ。それよりもあんな事件に巻き込まれてしまって、お気の毒に」

児玉は唇を噛んだ。先ほどまで緩んでいた頰の肉がぎゅっと固くなった。

「先生のクラスでは一年間、日記をつけていましたよね？」

阪谷は念を押すように聞いた。

「ええ、あれは僕のクラスだけというわけではないんです。校長が作文とか日記がやたらと好きでね、四年生になると全クラスに取り組ませるんです」

自ら進んで取り組んだのではなく、学校の方針だったことを強調した。

「先生に一つ見てもらいたいものがあるんです」

阪谷の言葉に合わせて、中三川が用紙を前に差し出す。

「なんですか？　これは」児玉は警戒心を露わにして阪谷と中三川を順に見た。

「それは後ほど説明いたします。まず読んでいただけませんか」

児玉は納得いかないのか目を細めた。感情がすぐ顔に出るタイプのようだ。

阪谷は児玉の視線に注意しながらじっと観察する。

しばらくして、上下をスムーズに行き来していた眼球がぴたりと止まった。

「これって、真斗君が書いた日記じゃ？」そう言って顔を上げる。

やっぱり……。知りませんという返事を心のどこかで期待していた。心の中で思わずため息をつく。

「真斗君が書いたものだって、先生わかりますか？」中三川が訊く。

「ええ、思い出しました。夏休みが終わってすぐ、子供たちが学校の裏庭でカマキリを見つけたんです。教室で飼いたいというので、職員室に置いてあった虫かごで飼うことにしたんです。そしたら、数日後に共喰いをしてしまったんです。なぜ仲間同士で共喰いをするのかと生徒の一人から質問があって、どう説明すれば子供たちが理解できるか考えまして、交尾を終えたメスがオスを食べる習性を人間に例えて話したんです。次の日、真斗君が日記にお父さんのことを書いてきたので、まずいことを話してしまったなと……」

児玉の言葉の後半は歯切れが悪かった。

「まずいことというのは何ですか？」中三川が訊く。

「真斗君にお父さんがいないことを知っていながら、カマキリのオスはメスの出産のため、自らの身を犠牲にして食べられるという残酷な話です。真斗君が生まれたときには、すでに父親がいなかったということを知らなかったもので……」

どうやら香奈枝は真斗にも彰彦の存在を隠していたようだ。

彰彦を訪ねた際に、うっかり真斗の話をしてしまったことが脳裏に蘇る。彰彦が真斗に接触したりしないだろうか……不安がよぎる。

重くなった雰囲気を変えようと、中三川が話の趣旨を変える。

「子供たちとやりとりした日記を、子供たちの前で発表したことはありましたか？」

事件を知った同級生が、面白半分で日記を投稿した可能性を疑っているのだ。

「あくまでこの日記は先生と子供たちとのやりとりで、それを発表したりということはありません。女子生徒たちは、仲のいいグループで見せ合ったりはしていたみたいですけど、真斗君はどちらかというと恥ずかしがりやでした。日記を受け取ると、そのままランドセルにしまっていたと思います。日記を読むとわかりますが、お母さんへの感謝や愛情が顕著に現れています。本人も他人に見られるのが恥ずかしかったのではないでしょうか」

「そうですか」阪谷は軽く頭を下げた。期待していた日記の行方は摑めなかった。

立ち上がろうと腰を上げた阪谷に、不安そうな顔をした児玉が近寄ってくる。

「もしかして、真斗君が事件に関わっているのですか？」

「……いいえ、事件とはまったく関係ありませんよ」

阪谷がうっかり戸惑った顔をすると、中三川がすかさず言った。

「でも、刑事さんがわざわざ学校までくるなんて……犯人、捕まっていないんですよね」

「先生、違います。我々刑事は犯人を逮捕することだけが仕事ではありません。同時に被害者の心のケアもしていかなければならないのです」

そう言って中三川はまじまじと児玉の顔を見る。

どこかで聞いたことあるぞ……。

おい、今の言葉、俺が普段から口をすっぱくしてお前に言ってる言葉じゃねぇか。

一本取られた気分だ。阪谷はぐっと言葉を呑み込んだまま唇を嚙みしめた。

（七）窃盗騒ぎ

「――これで真斗が事件に絡んでいる可能性がぐんと高くなりましたね。彼は母親である香奈枝と共謀して、父親を殺したんです。今すぐ真斗の高校へ聞き込みに行きましょう」

「待て！」阪谷は叫んだ。「仮にあの親子が共謀してガイシャを殺したとしよう。日記を犯行声明に使えば、自分たちが疑われることは明らかだ。二人に容疑をかけようとしている第三者の犯行を疑うのが筋だろう」

「ですが……犯行声明が書き込まれたのは市内のネットカフェです。その前に我々で真斗を」

ＩＰアドレスはすぐに特定されたが、ネットカフェということで個人を特定するには時間がかかる。その前に中三川は真斗を引っ張って自供させようと考えているのだろう。

「いいか、捜査には順序ってものがあるんだ。お前一人で動いているんじゃない。俺たちはチームで動いているんだ」

自分の手柄のように話す中三川を咎める。

「わ、わかりました……」中三川は拗ねるように唇を尖らせた。

そこへ若い女の事務員がやってきて、中三川にプリントを差し出した。

「これ、先ほど頼まれていたものです」

書類に目をやると、なにやら地図が記してある。

「ああ、これ必要なくなったわ。ごめん」中三川が素っ気なく言った。

「そうなんですか。また聞き込みに行かれるのかと思って、これまでの経緯も一緒に印刷しておいたんですけど」女は鼻にかかるような声で言うと、残念そうに立ち去りかけた。

阪谷は二人のやりとりを聞いていて、うん？　と思った。

「今、君、またって言ったよね？」

振り返った女はうなずいた。

どうやら他の刑事が、先に聞き込みに行っているようだ。出遅れた、と心の中で唸った。

「ちなみに聞き込みに行ったのは誰だい？」

「確か、盗犯課の山里さんと菊池さんが……」

「はあ？　盗犯が！」

「ええ、十日ぐらい前に」

「そんな前に！」

二度驚いて思わず聞き返した阪谷の様子に、女は何か勘違いしているなと感じたようだ。

「あれ？　校内で起こった窃盗事件を調べていたんじゃないんですか？」

「狭山東高校で、窃盗が起こっていたのか？」

「ええ、てっきりその捜査が再開されたのかと」

女はファイルをめくり、阪谷の前に差し出した。

七月十四日、狭山東高で窃盗が発生している。事件の三日前だ。問題はその後だ。

「なぜ被害届が取り消されている？」

阪谷は書類の最後に記された『取り消し』の判を叩いた。

「突然、学校側から連絡があったんです。被害届を取り下げたいと」

痴漢や傷害など、当事者同士で示談が成立すれば、取り下げられることは稀にある。今回のようなケースで届けを取り下げるなど前例がない。

「理由は？」

「さあ？」と言ったまま女は阪谷の視線から逃れ、助けを求めるように中三川を見た。

「在校生が犯人だった、ということは考えられませんか？」

黙っていた中三川が決然と言った。

身内の犯行となれば、学校側は名誉のため、進んで協力しないだろう。取り下げそのものに捜査への抑止力はないが、警察だって暇じゃない。捜査中止とまではいかなくとも、優先順位が下がるのは否めない。

阪谷は一通り書類に目を通してから訊いた。

「ここに書いてある被害に遭った運動部って、具体的に何部だったんだ？」

真っ先に浮かんだのは真斗が所属しているラグビー部だ。

「被害に遭ったのは確か、野球部とサッカー部でした」

「ラグビーは？」

「聞いていないので、被害はなかったんじゃないでしょうか」

阪谷は「そうか」とうなずくだけだ。

「そういえば！」女は思い出したように声を張り上げた。「盗犯課の刑事さんが、ラグビー部の部室は、サッカー部と野球部の間に挟まれていたにもかかわらず、被害がなかったのが不思議なんだよなぁと呟いていました」

「意図的にサッカー部と野球部が狙われたということか？　それとも、ラグビー部の部室に部員がいたとか……鍵がかかっていたんじゃないのか？」

阪谷は早口でまくしたてた。

ここぞとばかりに女は首を振った。

「確かあのとき、もう一人の刑事さんが、犯人も気が小さいなって」

「ラグビー部のイカツい連中にビビって、窃盗犯は何も盗らなかったわけですね」

名探偵気取りの中三川が言った。

いや、そうだろうか。窃盗犯の狙いは純粋に金品だったのか？　阪谷は引っかかった。窃盗騒ぎで校内がパニックを起こした隙に、他の計画を実行していた可能性だって否めない。以前、他県で、教師の気を引くため意図的に小競（こぜ）り合（あ）いを起こし、手薄になった職員室からテストの答案を盗み出すという騒ぎがあった。

「犯行の状況は？」中三川が尋ねる。

「放課後、部室が空のタイミングでやられたようです」

「部室に鍵は？」

「ついています。部員が当番制で管理しているって」当然のごとく言った。

「野球部とサッカー部だけ鍵を閉め忘れていたとか？」

女は首を振る。「やられたんです。ピッキング――」

阪谷は思わず息を呑んだ。

香奈枝の自宅に聴取に訪れた日の記憶が蘇ってくる。鍵穴の周りには、ピッキングをされたときにつく特徴的な細かい傷があった。香奈枝は、鍵を忘れた真斗がつけた傷だと言っていたが、本当にそうだったのだろうか。

なぜあのとき深く突っ込まなかったのか。

真斗の周りで、これでもかというぐらい不審なことが起こるのはただの偶然か？

窃盗犯と通り魔事件は、何か繋がりがあるかもしれない――。

じっとしてはいられなかった。デスクを両手で叩いて立ち上がった。

「中三川、行くぞ！」当てつけるように叫んだ。

「ど、ど、どこにですかぁ？」動揺した中三川の声が裏返りかける。

「決まっているだろ、狭山東高だ！」何も持たずに部屋を飛び出した。

アポなど取っている時間はなかった。

校門の前は賑やかだ。ズボンの裾を引きずりながらアイスを咥えた男子生徒が、奇声を上げて追い抜いていく。向こうからやってくるブラウス姿の女子生徒は、流行りのラブソングらしきものを口ずさんでいた。

中三川は、学生時代を思い起こしているのか、彼らに視線がいったまま浮ついている。

仕方なく阪谷が窓口で手続きを済ませ、来賓室へ通された。

しばらく待たされて、入ってきた男は挨拶もせずに言った。

「先日の窃盗事件でしたら、すでに解決したはずですが」

「ええ、そのことで二、三おうかがいしたいことがありまして」

「はっ？」男は立ち止まり固まった。

「なぜ突然、被害届を取り下げたのでしょうか？」

「えっえっと、それはですね」

男はそこで、ようやく教頭の小柴と名乗った。

「盗まれた財布やお金が戻ってきたのですか？」中三川が訊いた。

小柴は首を横に振ってから答えた。

「校内で窃盗があったとなれば、学校のイメージも悪くなります。盗まれたお金も大した金額じゃなかったもので」手を揉むように答えた。

予想通りの答えだった。

中三川が勢い込んで訊いた。

「窃盗は、被害の多い少ないにかかわらずれっきとした犯罪です。子供たちに社会生活を教える学校が見て見ぬふりをしていては、生徒に示しがつきません。他にも何か理由があったんじゃないですか？」

ふいに沈黙が訪れた。小柴は両手をこすり合わせて、すがるように視線を向けた。

「実は、生徒に聞き込みをしていくうちに、犯行時間帯に部室付近で一年生のジャージを着た怪しい人影を見たという証言が上がりまして、犯人探しが始まってしまったんです。立場の弱い子を犯人に見立てたり、上級生から目をつけられた一年生が槍玉（やりだま）に上がったりと、ちょっとしたごたごたもありまして、生徒もかなり動揺しているんです」

小柴の声は震えていた。

「ならばなおさら、捜査のほうは警察に任せていただけないでしょうか。届けを取り下げたり、事件をうやむやにしようとすればするほど、生徒たちは真相を知りたがり、警察ごっこを始めたがるものです」

「ですが……」

小さな声を出して、小柴は中三川の視線から逃れるように、グラウンドに体を向ける。額ににじみ出た汗を拭き取るのも忘れ、ハンドタオルを握りしめたまま固まっている。

聞き込みには緩急が必要だ。黙って二人のやりとりを訊いていた阪谷は、中三川からバトンを受け取り口を開く。

「教頭先生、生徒の将来を考えているのであれば、今のうちに悪いことは悪いと正すべきです。強盗や傷害などの事件を起こす子供たちも、初めは万引きなどの小さな犯罪から手を染めていくものです。それがだんだんとエスカレートして、大きな犯罪へと繋がっていきます。信じてあげましょうよ、生徒たちを。もう一度、被害届を出してください」

小柴はどうにも浮かない顔で二度うなずいた。

二つの事件は何らかの繋がりがあった可能性も考えられる。学校側が積極的に捜査に協力してくれなければ、警察だけではどうにもならないこともある。懇願(こんがん)したい気持ちを堪え、小柴の良心に委(ゆだ)ねることにした。

鋭い眼光で睨みつける中三川を右手で制して本題に入る。

「武田真斗君のお父さんが、事件に巻き込まれて亡くなられたことはご存知かと思いますが」

「お気の毒に」とか細い声を出してから、小柴は先ほどよりはっきりとした口調で続けた。

「一年生で唯一メンバー入りしたのが武田です。今回の件で精神的に参っているようでした。体調も心配だったので、少し休んだらどうだと持ちかけたんですが、先輩たちを花園へ連れていくんだと聞きませんでした」

真斗の顔を思い浮かべた。香奈枝が逮捕されたことで、絶望の淵(ふち)をさまよっていることだろう。想像するだけで胸が締めつけられそうになる。

「真斗君の様子で、変わったことはありませんでしたか?」

「ここだけの話にしてほしいのですが、数日前、私の所に突然やってきて、窃盗があった日、実はジャージを盗まれていたんだと――」

小柴は囁きかけるような声を出した。言うかどうかギリギリまで迷っていたかのような自信のない口調だった。

「数日前というのは?」

「葬儀が終わり、武田が何日かぶりに練習に参加した日のことです。三、四日前だったでしょうか。なぜもっと早く言わなかったんだと尋ねると、黙り込んでしまいまして」

「真斗君が言い出せなかった理由はなんとなく理解できますよ」阪谷は言った。

遠慮がちな真斗の性格では、他の生徒が財布や金品を盗られた中で、ジャージを盗まれたとは言い出せなかったのだろう。ジャージぐらいでギャーギャー騒ぐなと、陰で言われることを恐れていたのだろう。

「違うんです。窃盗事件のあった翌日、武田がジャージを着て部活をやっている姿を、私は確かに見たんです」

小柴は瞬き一つせずに阪谷の目を見て言い切った。嘘をついているようには見えない。

中三川が訊いた。

「教頭先生は真斗君が嘘をついていると？」

「いいえ」と首を振ってから小柴は答えた。「武田は上級生から嫌がらせを受けていたようです。部室の鍵を管理しているのは一年生です。部室を荒らされたのを武田のせいにされ、その腹いせにジャージを汚されたかゴミ箱に入れられたかしたんじゃないかと――」

「嫌がらせですか？」たまらず阪谷は訊いた。

「武田がメンバーに入ったことで、外れてしまった上級生もいます。三年生でメンバーに入れなかった連中は、入部してすぐにメンバー入りした武田のことが気に入らなかったんでしょう。今思えば、武田を選出すべきではなかったと反省しています」

「しかし、それは勝負の世界です。社会に出ればもっと厳しい闘いが待ち受けています」

「いいえ、実力でいったらメンバーから外れた三年生のほうが格段に上です。ですが、来年以降の新しいチーム編成を見据えて、素質ある下級生に経験を積ませるため、メンバーを選ばなくてはならないんです」

小柴の顔は苦悩に満ちていた。

花園の常連校ともなると、ＯＢからのプレッシャーも相当だろう。花園に出場できれば選手の頑張りを讃えられ、出場できなければ監督や顧問が叩かれる。問題が起こったとき、部下の尻拭いをしなければならないどこかの企業とそっくりだ。

「教頭先生は、実際に真斗君が嫌がらせを受けている所を見られたのですか？」

「まあ、何度か」と小さな声で小柴は答えて、少し間を空けてから続けた。「シゴキと称して、練習後にグラウンドの周りを長時間走らされたり、ひたすらタックルを受けさせせられたり、これは少しやりすぎだなと私も心配していたんです」

「真斗君には確認したのですか？」

「それとなく聞いてみました。盗まれたというジャージも、彼らにゴミ箱に入れられたか汚されたかしたんじゃないかと……」

「それに対して彼は何と？」

「先輩たちが自分のために居残りで練習を教えてくれていると——。本人がそう言い張る以上私には何とも」

首を小さく振りながらうつむき加減に口をつぐむ。

お前は教師だろ！　生徒の言葉を鵜呑みにして、なぜ心情を読もうとしない。自分の口からいじめられているだとか、助けてくれだとか、言えるわけがないだろう。「ジャージが盗まれた」というのは、真斗が発したSOSのサインだったかもしれないのに――。

何と伝えようか困っていると、中三川が先に口を開く。

「高校一年生にもなると、見た目は大人とほとんど変わりませんが、内面はまだまだ子供です。人前では明るく振舞っていても、心に大きな傷を作っているのかもしれません。先生から積極的に声をかけてもらえると、心を開いてくれるんじゃないでしょうか」

小柴から大きなため息が漏れた。困ったように頭を掻く小柴を阪谷は頼りなく感じた。

ぐっと堪えて本題に戻る。

「事件があった十七日の夜、真斗君はいつまで学校にいたか覚えていらっしゃいますか？」

「あの日は夏の大会のメンバー発表もあり、練習が終わって十九時ごろに背番号を渡しました。それから部員たちは一時間ほど日課のウエイトトレーニングをしていました。全体練習が終わったのは二十時三十分ごろだったかと」

「その後は？」

「二十一時過ぎに私が車で裏門を出て、グラウンドの横を通った時、部員たちの姿がありました。大会に向けて張り切って自主練でもしているんだなと感心して帰りました」

「真斗君はその中にいましたか？」

「……どうでしょうか」小柴はぐっと首をひねる。「でも一年生は先輩連中が帰った後に、部室の掃除とグラウンド整備をして帰るのが決まりです。武田もその中にいたのではないでしょうか。時々保護者から、帰ってくるのが遅すぎると苦情が出るんです。なので二十二時までには必ず校門を出るようにと指導しています」

「そうですか」とぼそっと返して中三川は肩を落とした。

「一緒に自主練をしていたメンバーに聞けば、武田がいつまで学校に残っていたかわかるかもしれませんが」

小柴は再びグラウンドに目を移す。

「一年生の部員を何人か呼びましょうか？」

小柴がこちらの反応をうかがうように切り出した。

阪谷はしばし考えた。確かに真斗と一緒に下校した生徒がいれば、彼のアリバイを証明してくれるかもしれない。

お願いしますと言いかけてためらった。

聴取を行えば、勘のいい生徒は、真斗が事件に関わりがあるのではないかと察してしまうかもしれない。校内に噂が広まれば、真斗の立場はますます悪くなってしまう。

「――今日はその必要はありません」阪谷は席を立った。

帰りがけ、中三川が部室を見たいと小柴に持ちかけた。鍵を取りに行こうとする小柴に、外から確認するだけなのでその必要はないという。

五分もしないうちに戻ってきた。

（八）香奈枝の勤務先

所沢駅で電車を降り、改札へ向かっていたところで、中三川が切り出した。

「先輩、先に戻っていてもらえませんか」

「どうかしたか？」

「いやぁ……ちょっと調べたいことがありまして」

どこへ行くんだと声をかけようとしたとき、すでに中三川はホームへ走り出していた。

呼び止めようとして思いとどまった。

——あいつも一人前の刑事（デカ）になろうとしているんだ。喜ばしいことじゃないか。

自分に言い聞かせて、背中を追いかけたいのをぐっと我慢した。

改札を出たところで『住ま居ーる　所沢店』の広告看板が目に入り、ふと、思った。

香奈枝の勤務先にでも話を聞きに行こうか——。

取り急ぎやらなければならない仕事があるわけでもない。中三川がいると聞きにくいこともあった。ちょうどいいかもしれない。

阪谷は所沢署とは反対方向に歩き始めた。大通りを十分ほど歩いたところに目的のビルはあった。エレベーターでオフィスのある六階へ上がる。

香奈枝の上司である男が名刺を差し出してきた。手のひらは汗で湿っていた。目黒弘樹という名前の横に『総務課・係長』と記してある。

「お忙しいところお呼び立てしてしまってすみませんね」

阪谷は目黒の緊張を解すために親しみを込めて呼びかけた。

「忙しいだなんて……僕は会社にとってお荷物ですから」その顔には疲労の色がうかがえた。

「こんなにお若いのに係長なんて、すごいじゃないですか」

歳は三十前後だろうか。いや、この頼りなさを見ると二十代かもしれない。

「係長だなんて形式だけです。僕が任されている仕事なんて、他の社員が嫌がるようなクレーム処理や雑用ばかり、――パシリのようなものですよ」

「目黒さんみたいな方が陰で頑張っていらっしゃるから、会社もうまく回るんですよ。縁の下の力持ちじゃないですか」

「縁の下の力持ち、ですか……」聞き流してくれてよかったのだが、なぜだか目黒は愛想笑いを浮かべていた。

「ええ、そうですよ。我々警察の仕事だって、ドラマや映画では刑事が駆けずり回って、一人で手柄を挙げているように思われがちですが、裏で鑑識や聞き込みやら地道な捜査があるから、犯人を逮捕できるんです」

自ずと鑑識課の佐藤の顔が浮かんだ。

「でも」と言って目黒は首を横に振った。「僕は周りの社員の足を引っ張ってばかりです。こないだだって、僕のミスで武田さんにとんだ迷惑をかけてしまって……」

重りがのっかったように目黒は肩を落とした。

「迷惑、といいますと？」阪谷は引っかかった。

「武田さん、僕がやらなければならない仕事を、残業してまで手伝ってくれたんです。本当はその夜、予定があったはずなのに……」

「それっていつの話でしょうか？」

「ご主人が亡くなられた日のことです」

目黒はこれ以上言葉が出てこないのか、口元を手で押さえて下を向いた。

事件の夜、香奈枝は友人が計画してくれた食事会に出席する予定だったと話していた。しかし、当日急な仕事が入ってキャンセルせざるを得なかったと――。どうやらその仕事は、目黒に頼まれたものだったようだ。

あまり長く引き止めてはいけないと、質問の趣旨を変える。

「係長から見て、香奈枝さんってどんな方ですか？」

「ど、どんな方と申しますと？」

質問の的が広すぎたのか、目黒は困ったように顔をしかめた。

「勤務態度とか、周りのスタッフとのコミュニケーションの取り方だとか、一緒に働いていて気づいたことがあればなんでもいいんですが」

「息子さんがいて家のことも大変だというのに、いつも仕事を気にかけてくれていました。数日前、ご主人が亡くなられて大変なときに、届けなくてはならない大事な書類があると、メールをくれたんです。なので僕は仕事帰りにご自宅まで取りに行きますと返信したのですが」

「自宅にですか？」

「あっ、僕たち家が近いんです。それで僕にお願いしただけだと思います」

関係性を疑われたと勘違いした目黒は慌てて付け加えた。

「そのときの香奈枝さんの様子は？」

「結局不在で、ドアのところに袋がかかっていて、メッセージが添えられていました。『さっきのメールは私の思い違いでした。ごめんなさい。よかったら食べてください』と中に手作りのお菓子まで入っていて……僕より年上なんですが、そういうところはかわいいんですよね」

香奈枝の話題になったとたん、人が変わったように目を輝かせて饒舌になった。大好きなアイドルを語るオタクのように、次から次へと言葉が湧いてくる。

あまり話を膨らませないようにと、相槌だけ打って終わらせようとするが、空気の読めない目黒はなおも話し続ける。カップルののろけ話を聞かされているみたいで、こっちまで恥ずかしくなってくる。

「彼女、係長のことをとても信頼されていたんですね」

阪谷は話を止めるつもりで言ったのだが、さらに目黒は熱くなって語り続ける。

「武田さんが僕を――とんでもありません。逆ですよ。彼女がフォローしてくれるから、なんとかこの会社に居続けられるようなものです。もしも彼女がいなかったら――」

会話の節々に香奈枝への好意が見て取れた。他の同僚からは毛嫌いされているのだろう。それでも香奈枝だけは優しく接してくれていたのではないか。香奈枝は想像していた通りの人間だった。

目黒の話を聞けば聞くほど、香奈枝が殺人を犯したとは信じ難い。なんで？　という疑問しか湧いてこない。

目黒は停止ボタンの効かないラジカセのように、しばらくしゃべり続けていた。

阪谷は、次の予定があると告げて、強引に会話を終わらせようとした。

目黒は話し足りないようで、鼻息を荒くして詰め寄ってくる。

「武田さんは、会社のこと、いや、僕のことを何か言っていませんでしたか？」

何か聞いていただろうか？　――目黒に聞かれしばらく考えてみるが何も出てこない。

この場から逃れたい一心で差し障りなくくぐり抜けようと考えた。

「働きやすくて、とてもいい会社だって言っていたかなあ……」

軽く会釈をしながら答えると、目黒は前のめり気味にテーブルの上に頭を突き出した。

「ぼくのことは、ぼくのことは、何か言っていませんでしたか？」

「い、いやあ、とてもいい上司に巡り合えてよかったなぁと……」

阪谷はのけぞるように答えた。もちろんその場しのぎの嘘である。

「ほ、ほんとですか！　か、香奈枝さん、ぼくのことをそんなふうに！」

高揚を抑えきれず立ち上がった目黒を見て、言わなきゃよかったと後悔する。

社交辞令に発した言葉も、目黒には通用しなかった。

さっきまで「武田さん」と呼んでいた目黒の口調は「香奈枝さん」に変わっていた。

「ヒィ、ヒィー、ヒッ、ヒッ、ヒー、……」

突然、目黒の様子がおかしくなった。餌を求める鯉のように口をぱくぱくとさせ、過呼吸でも起こしたように苦しそうに見える。嬉しさのあまり泣いているのか？

「大丈夫ですか？」心配になって阪谷は呼びかける。

「い、いやっ、ヒッ、キッ、キッ、キッ……」

どうやら興奮のあまり引き笑いを起こしていただけだった。

結局、大した証言も得られず『住ま居ーる　所沢店』を逃げるように飛び出した。

（九）捜査本部解散

時計ばかり気になる。中三川はどこへ何しに行ったのか？

思い返せば、改札で別れたときの中三川は獲物を見つけたような鋭い目をしていた。まさか犯人に目星がついたというのか？　それともこっそり真斗に接触するつもりだろうか。

しかし、中三川が向かったのは、真斗の通う高校がある西武新宿線のホームではなく、西武池袋線のホームだった。

となると事件現場へ——香奈枝が暮らしていたマンションは令状なしでは入れない。聞き込みに向かうのであれば、行き先ぐらい告げていくだろう。何を考えているのか？

そんなことを気にしていて、カバンに突っ込んでおいた携帯の振動に気づかなかった。

〈先輩、やっと出てくれましたね〉中三川の声はいくらか弾んでいた。

「で、どこへ行ってたんだ？」はやる気持ちを抑えて聞いた。

〈まあ、いろいろと聞き込みをしていまして〉

「それで、成果のほうはあがったのか？」

〈ええ、先輩は香奈枝の自宅にピッキング痕があったと言っていましたよね？〉

「ああ」

〈もしかすると、それは部室へ盗みに入るための予行演習だったのかもしれません〉

「どういう意味だ！」

〈これから香奈枝の自宅に確かめに行ってきます――〉

そう言うと中三川は電話を切った。

すぐに中三川の目論見(もくろみ)はわかった。真斗に窃盗の疑いをかけて別件で逮捕するつもりだ。狭山東高校で帰りがけに部室を確認しに行ったのは、ピッキング痕を確かめるためだったのだ。

仮に真斗の犯行だったとしても、金品ほしさに窃盗したなんて信じられない。上級生に脅されていた可能性だって考えられる。慎重に進めなければ真斗を傷つけることになるぞ――。

すぐに折り返し電話を入れる。しかし、電話は繋がらない。しまいには着信拒否された。

「チクショー、勝手な真似しやがって！　事件はお前が思っているほど単純じゃないんだ」

阪谷は周りの目も気にせず握っていた携帯をテーブルの上に叩きつけた。

冷たい視線が一斉に阪谷のほうに向けられた。

「し、しつれい……」

阪谷は耐えられずに席を立った。

長らく禁煙していたが、ムシャクシャして一服せずにはいられなかった。引き出しの奥底に眠っていたメンソールの箱を握って喫煙室へ向かう。何ヵ月前に開けたかわからないぐらいカサカサに乾燥している。

喫煙室には先客がいた。

その横顔を見て、来なければよかったと後悔する。後ずさる阪谷の気配に気づき男が振り返った。

「なんだ、お前か」

怪訝(けげん)そうな顔を向けてきたのは、捜査会議でやりあった刑事課長の峯島だ。

飲みたくもないカフェオレを自販機で買い、微妙な距離を空けてベンチに座った。

タバコを取り出し、火をつけようとライターをカチャカチャやってみる。燃料切れだ。

「ほら」と言って峯島が火を貸してくれた。

「おう」と礼のかわりに軽く顎をしゃくる。

ベンチは心の動揺を表すようにぎぃぎぃと揺れる。久しぶりに吸い込んだ煙はやけに辛く感じた。放置していたせいで味が変わったのか、肺が覚えていないからなのか、わからない。こんなまずい煙は、学生時代に興味本位で吸ってむせ込んで以来だろう。

先に口を開いたのは峯島だった。

「さっきは悪かったな」

「はぁ？」

峯島から詫(わ)びの言葉をかけられるとは思いもしなかった。

なんのことを言っているのか、戸惑っている阪谷を見て、峯島は細く笑った。

「つい、昔のお前と話しているような錯覚に陥(おちい)ってしまってな」

捜査会議の一幕を謝っているらしい。

「俺とお前の仲じゃないか」

先に頭を下げてきた峯島に一本とられたような気がして悔しかった。全然気にしちゃいないとばかりに、タバコの味を消そうとペットボトルを口に運ぶ。

阪谷は高校を卒業して警察学校に入学した。そこで出会ったのが峯島だった。卒業後は別々の所轄に配属され連絡を取り合うことはなかった。阪谷が交番勤務でくすぶっていたころ、同期の峯島は異例の出世で県警本部に召集された。

あるとき、阪谷が勤務する管轄内で殺人事件があった。捜査の中心にいたのが峯島だった。土地勘のある阪谷は犯人逮捕への思いから、峯島の手足のように動き回った。やがて犯人は峯島の手で逮捕された。

しばらくして県警からお呼びがかかった。峯島が裏で手を回してくれたのだろう。

それからすぐに昔のように打ち解けた。時には朝まで刑事学を熱く語り明かした。峯島は喧嘩っ早い性格で、意見の食い違いから取っ組み合いになることも珍しくなかった。

距離が生まれたのは峯島が結婚してからだ。飲みに行く機会はなくなり、交流はパタリと消えた。

二人きりで向き合うのはいつぶりだろう。気まずい時間だけが流れていく。

「お前んところの息子、いくつになった?」

沈黙に耐えきれなくなった峯島が口を開いた。

「二人とも大学生だ。浪人せずになんとか入ってくれたよ。お前ん所は娘二人だよなぁ」

「ああ、上の娘は四月から社会人として働いている。ようやく重い荷物が一つ下りたよ。結婚相手に求める条件は警察官じゃないこと、だとよ」

峯島は笑いながらも少し寂しそうに呟いた。

「俺たちの仕事を理解してくれるのは女房だけで充分さ。俺だって娘がいて、結婚相手だと刑事の男でも連れてこられた日には、真っ向から反対してやるさ」

真っ先に浮かんだのは中三川の憎ったらしい笑顔だった。

「どうしてだ？」峯島が意味を計りかねたようにじっと見つめてくる。

「お前はどうかしらんが、俺は父親として、とても合格点をあげられたもんじゃない。子供と遊びに出かけたり、勉強を教えたり、すべて女房に任せきりだ」

子供が小さいころは、警察官のカッコイイお父さんは憧れの存在だった。しかし、物心ついたころから距離を感じるようになった。

成長して反抗期になり、母親に手を上げようとしたとき、子供を張り倒してこっぴどく叱ったことがあった。子供であれ、愛する女房を責めるなんて許せない。子供に向かって、感情に任せて怒りをぶつけてしまった。

今になって、あれは子供のしつけのためにやったのではなかったと反省している。

大学生になった息子は阪谷に敬語を使う。時々早く家に帰り、談笑している輪に入ろうとすると、空気が冷めていくのを感じる。水の中で分離してしまう油のように、阪谷だけが浮いた存在だった。

「それでいいんだよ。世間じゃイクメンだとか、仕事よりも子育てを優先するほうがえらいみたいな風潮になっている。父親の威厳ある姿はどこへ行っちまったのかって。父親は悪さしたとき、カミナリを落とす嫌われ役でいいんだ。最近の父親はナメられたもんだよ」

峯島は同意を求めるように阪谷の顔を覗いた。

「ああ」珍しく意見が合ったことに驚いた。

「俺は息子を育てたことがないから想像つかないんだが、母親が連れてきた再婚相手って、そんなに受け入れられないものか？」

捜査会議で見るいつもの固い表情に戻った。香奈枝と真斗のことを言っているようだ。

「どうだかな。俺は小学校に上がる直前、お袋とオヤジが離婚して、オヤジのほうに引き取られた。物心ついたころにはお袋はいなかった。だから、オヤジが再婚するって綺麗な女性を紹介したときには、飛び上がって喜んだけどな」

幼いころ、母親と過ごした記憶はほとんどない。母はキャリアウーマンで朝から夜まで仕事に明け暮れていた。父も仕事はしていたが、収入は母の半分にも満たなかった。それゆえ、母に頭が上がらず、家事も育児もすべて父がやっていた。次第に夫婦の仲は冷え切っていき、父から離婚を切り出したと聞かされた。

「そうだったのか。そんな話初めてきいたな」

「特別話す機会もなかったからな。俺にとっちゃ産みの親より育ての親。あの人がれっきとした母親だ。だが……逆の立場だったらどう思っていたか想像つかないよ」

もし、両親が離婚する際に母親に引き取られ、突然新しい父親を紹介されたとしたら、戸惑っていたに違いない。まさに香奈枝と真斗の関係だ。

「母子家庭ってことか？」

「ああ、片親の場合、特に母親と息子、父親と娘といったケースでは、親と子以上の感情が互いに芽生えていてもおかしくない」

阪谷の言葉を聞き逃さないよう、じっと口元を見つめていた峯島の視線が宙をさまよった。

不自然な沈黙の後、峯島が唐突に切り出した。

「香奈枝を殺人容疑で逮捕する。今晩、記者会見で公表する」

「ちょっと待て！　確かに自供して、凶器だって挙がっている。しかし犯行に至った動機が不明じゃないか？　保険が掛けられていただけで、保険金殺人と決めつけるのは尚早だと言ったのはお前じゃないか」

「動機？　それに関しては、今お前が言った通りだ」

「俺が？」峯島の言葉の意図を汲み取れず眉をひそめた。

「香奈枝の家庭環境だ。香奈枝に母親以上の感情を抱いていた息子は、新しくやってきた父親を受け入れることができなかった。それに気づいた香奈枝が息子のために――」

それ以上説明はいらなかった。

「確かに息子と父親の仲はうまくいっていなかったかもしれない。けれど、ガイシャは関係がうまく築けず塞ぎ込んでしまう息子のことを考えて、同居をためらっていたんだ」

阪谷は自分にかけられた容疑を払拭するように、峯島の目を見て必死に訴える。

それからしばらく長い沈黙が続いた。

「仕方がないんだ」峯島は天を仰ぎ目を瞑ったまま力なく呟いた。

「何をそんなに焦っているんだ？」

「……上からの命令だ」唇を噛みしめて悔しそうに言った。

「命令って――」

言葉は続かなかった。お前はそんな理不尽な命令に従う男じゃなかったはずだ――阪谷は必死に視線で訴えた。

本当にお前は俺の知っている峯島なのか？　上層部の顔色などうかがって捜査するような男ではなかった。あのころ剝き出しにしていた牙はどこへいってしまったのか。

「春に起きた大宮のストーカー殺人があったろう」その声は歯切れが悪く、含みがあった。

四ヵ月前、アイドルを目指しながら女子大に通う二十歳の女性が、イベントの最中、以前からつきまとわれていたファンの男に刺殺された。

事件から二ヵ月が経ったころ、被害者が友人に送っていたメールから、警察の失態が明らかになった。

被害女性は警察に何度も足を運び、ストーカー被害を訴えていた。にもかかわらず、担当者は実際に被害がなければ男を捕まえることが難しいとためらっていた。しまいには女性のアイドル活動が問題であるかのような発言をし、被害届を出す前にやること（アイドルをやめること）があるだろうと罵った。

すぐにそのニュースはマスコミで取り上げられた。

県警には抗議の電話やメールが今も寄せられている。

「それと今回の事件と、どう関係があるというんだ？」

「お前だって長い間組織にいればわかるだろう」峯島はもごもごっとしゃべる。

「まさか、香奈枝の逮捕で、事件の追及をすり抜けようって魂胆か！」

「……そういうことだ」峯島はさらりと言ってのけた。

「本当にそれでいいのか！　万が一、香奈枝が無罪だったら、お前が責任取らされるんだぞ」

激しい憤りに体が震えた。峯島も県警の上層部に都合よく使われている駒の一つだということに——。

「幸いにも香奈枝は自ら罪を認めている。もし香奈枝がやっていなかったとしても、警察が責められる心配はない。殺人を犯したと自首してきた犯人を、そのまま野放しにはできなかったと。第二、第三の犯行を未然に防ぐための仕方ない措置だったたと。ホームページに謝罪文の一つでも入れておけば、市民は納得するだろう」

「しかし——」

阪谷が反論しかけたとき、すでに峯島は立ち上がっていた。

「お前はまっすぐなやつだ。納得できない気持ちはよくわかる。だがな、俺たちは組織で動いているんだ。仲間の失態を他でカバーする。社会じゃ常識のことだろう」

「おい、待て！」

峯島は阪谷の呼びかけには応じず、うつむき加減に歩き始めた。そして入り口の所でぴたりと立ち止まった。

「よけいなことはしないでくれ。捜査本部は今夜中に解散だ」

カツカツと遠くなる足音を聞きながら、不甲斐なさに押し潰されそうになっていた。

「チクショー！」

阪谷は飲み終えたペットボトルを床に投げつけ、ベンチを力いっぱい蹴り上げた。

県警は己のプライドや都合で、一つの家族の人生を大きく狂わせようとしている。

真斗の気持ちを考えるだけで、もどかしさとともにやりきれない思いが込み上げてくる。

(十) ウイルス感染

「阪谷さん！　納得いきませんよ」

隣に座った佐藤が珍しく声を荒らげ、ジョッキをテーブルに音を立てて置いた。中身は減っていないので、酔っ払ったわけではなさそうだ。

「俺だって同じだ。だが上が決めた決定だ。どうにもならない」なだめようと肩をさする。

「今の県警には、阪谷さんのようなしっかりとしたポリシーを持った人間はいません。その下で働ける中三川さんが羨ましいですよ」

「そう言ってくれるのはお前ぐらいなもんだよ。中三川からしたら振り回されっぱなしで災難だろうけどよ」

中三川の顔が浮かぶ。ヤツは自己中で周りが見えず、突っ走ってしまうところはあるが、刑事としての勘は鋭い。もう少し冷静に物事を判断することができれば立派な刑事になれるだろう。果たして定年までに一人前の刑事に育ててあげることができるだろうか。

「中三川さん、言っていましたよ。先輩みたいな人情味ある刑事になりたいって」

「アイツがそんなことを？」

佐藤の言葉に胸の奥がじーんと熱くなった。てっきり面倒臭い頑固オヤジ、さっさと定年退職してくれればいいのに、と陰で言われているものと思っていた。

「恥ずかしくて面と向かっては言えないんでしょう」

「そんなもんか」とさらりとかわすが内心嬉しかった。

佐藤は残っていたビールを一気に飲み干した。

「明日の朝には荷物をまとめて県警本部に戻ることになりそうです」

「そうか、いろいろと無理な頼みごとばかり言いつけて悪かったな」

佐藤は急な鑑定や検証依頼にも、愚痴一つこぼさず付き合ってくれた。

「それが私の仕事ですから」

そう言って佐藤は腕時計に視線を落とした。これでもう三度目だ。

「この後、予定でもあるのか?」

阪谷は小指を立てた。佐藤は独身だ。彼女の一人ぐらいいてもおかしくない年齢である。先客があるなら、あまり長く付き合わせては悪いと思った。

「これからデートです、と言えたらいいんですけどね。もう何年も一人ですよ」

佐藤は苦笑いを浮かべた。

立て付けの悪い音がして扉が開いた。「いらっしゃい」とマスターの野太い声が響いた。

他の客が入ってきたのかと、振り向いた視界に見慣れた顔が飛び込んできた。

「なんでお前が!」ジョッキを置いて指差した。

驚いた顔をした中三川と視線がぶつかった。

「どうして先輩が?」店に足を踏み入れた所で固まっている。

「そりゃ、こっちのセリフだ！」

佐藤が申し訳なさそうに手を挙げる。

「中三川さんを呼んだのは私です。見てもらいたいものがあると相談を受けていたので」

店はカウンターだけが横並びになった小さな店だ。空いているのは阪谷の隣の一席だけだ。

「僕はこれだけ確認していただいたらすぐに出ます」

中三川はぶっきらぼうな声を出して、阪谷に背を向けて座った。

「まあまあ、まずは一杯飲んでから」と言って、佐藤が中三川のビールを注文した。

中三川は運ばれてきたジョッキを受け取ると、勢いのまま口に流し込んだ。よほど喉が渇いていたのだろう。コマーシャルのように豪快に飲んだ。唇に白い泡ヒゲをつけて「ぷふぁー」と息を吐いた。

「いい飲みっぷりだなあ」阪谷は呟いた。

「午後から今まで一滴も水分を取っていなかったので」

少し機嫌が戻ったようだ。

「ご苦労だったな」

阪谷のその言葉に中三川は眼を丸くした。

「先輩から優しい言葉かけられると、気持ち悪いですよ」

怒鳴られることを想像していたのか、阪谷の態度が逆に不気味に映ったようだ。

「佐藤さんに見ていただきたいものはこれなんです」中三川はスマホの画面を差し出した。

「なんだこれ？」阪谷は訊いた。

「鍵穴の写真です」

「どこの？」

「先輩には後で詳しく説明しますから」

あまり口を挟んでほしくないというように素っ気なく躱された。

しばらく黙っていることにした。

「まずこれです」そう言って画面を指した。

佐藤はカバンから眼鏡（めがね）を取り出し、画面を覗き込むように目を細めた。

「肉眼で辛うじて確認できる程度の細かい傷ですね。鑑識の私でも、ピッキングをされたと知らされていなければ、見過ごしてしまうでしょう」

佐藤は感心するように答えた。

「で、次がこれです」

「ああ、ずいぶんと派手な傷がついていますね。もしこれがピッキングによってつけられたものだとしたら、間違いなく素人の犯行でしょう。この二つの犯行はまったく別物ですね」

写真を見てすぐに佐藤は言い切った。

「そうですか」と肩を落としてから中三川は続けた。「最初に見ていただいたのが狭山東高の部室の鍵穴で、次に見ていただいたのが香奈枝の自宅の鍵穴です」

「なるほど」中三川の推理に感心して何度もうなずいた。

「隣の狭山署管内では、数ヵ月前から空き巣被害が頻発していたようです」

「それとこれとがどう関係あるというんだ？」阪谷は首をひねった。

「狭山東高の立地を思い浮かべてみてください」すかさず中三川が言った。

狭山東高校は所沢市と狭山市のちょうど境にある。所沢市にありながら『狭山東高校』という名がつくのは、地元の人なら誰でも知っている。

「まさか！　狭山東高に盗みに入ったのは、狭山市内を中心に犯行を行っていたホシの可能性が高いってことか？」

中三川は一つうなずいてから答えた。

「彼らは、相当慣れた手口で犯行に及び鍵穴にほとんど証拠を残しません。狭山署では、狭山東高の事件も市内で起こった一連の被害と同じと見て捜査を進めているようです」

「だが、運動部は他にもあっただろう。三つの部室が狙われたのには何か理由があったんじゃないのか？」

「部員の数ですよ。高校生が所持している額なんてたかが知れています。部員数の多い部活を狙ったのも犯人の策略でしょう」

「ということは、ラグビー部の生徒が絡んでいたかもしれないという線は消えたわけだな」

「犯行の手口からして、高校生の犯行ではないと断言できます。小柴の早とちりでした」

そう言って中三川は唇を嚙みしめた。真斗を別件で引っ張ろうと考えていた中三川の思惑は外れたようだ。

真斗は事件には絡んでいなかった。ほっと胸をなでおろした。

「そもそも、香奈枝の自宅の鍵穴に付けられた傷は、ピッキングではなく鍵を忘れた真斗君がつけた可能性が高かったんだぞ」

阪谷は毅然とした口調で言った。

「ですが……」中三川はまだ諦めきれないのか、唇を尖らせた。

「香奈枝だって何も盗まれた物はないと言っていたんだ。ピッキングまでして盗みをしないマヌケな窃盗犯がどこにいる」

阪谷は笑いながらジョッキを摑んだ。

ふと、中三川のスマホが目に入った。表示されていた写真が突然点滅して画面が真っ暗になった。

「ああ、まただー」

中三川がうんざりした顔でスマホを持ち上げた。

「どうかしましたか」佐藤が中三川の手元を覗き込む。

「最近調子悪いんです。急にフリーズしたり、通話中に声が聞こえなくなったり――」

「怖いですね。ウイルスじゃないですか？　最近新しいのが出回っているみたいですよ」

「もしかしたら侵入されたのかもしれませんね」中三川が神妙な顔で言った。

二人の会話を聞いていた阪谷は何を話しているのかさっぱり理解できなかった。

だが、侵入というワードの響きに引っかかりを覚えた。

「あっ」と声が漏れたのと同時にある可能性に気づいた。

ピッキング犯の目的は盗むのではなく、香奈枝の家に侵入して何かを隠すことだったとしたら……。そう、ウイルスを仕込んだのだ――。

「真斗君の部屋のボックスだ！」叫ぶと同時に立ち上がっていた。

「どうしました？」

「何者かが、香奈枝の家に侵入して、凶器のナイフを真斗君の部屋に隠したんだ！」

「なんのためにですか？」中三川が遮るように訊いた。

「真斗君に罪を着せるためだよ！」阪谷は興奮気味に二人の顔を見た。

「それに気づいた香奈枝が、息子の身代わりになって自首したというわけですね」佐藤が続けて言った。

「親爺（おやじ）さん、お会計」

阪谷はカウンターの上に一万円札を置いた。

「すぐに署に戻って一から捜査資料の見直しだ」

「は、はい」威勢のいい返事とともに、中三川が飲みかけのビールを口の中に流し込んだ。

「すべてはあの親子を陥れるために仕組まれた巧妙な罠（わな）かもしれない。俺たち警察もまんまと騙（だま）されたんだ。狭山東高校での窃盗は、今回の事件とは何も関係なかったんだ！」

暖簾をくぐると生ぬるい風が吹き抜けた。

何が捜査本部解散だ！　事件はまだ終わっていないぞ！

第三章　スクープ

……若狭悠介（わかさゆうすけ）（記者・二十八歳）

（一）犯人逮捕

若狭悠介はキーボードの音が響く社内で、唸り声を上げ大きく背伸びした。

できあがった書類を印刷にかけ、打ち出されるのを待つ。

若狭が籍を置く『週刊タイフーン』は、週刊とは名ばかりで、発行は二週間に一度。紙媒体が売れない時代の煽（あお）りをもろに食らっている。

本社があるのは一応、東京……だが。まあ、大手企業や主要施設が犇（ひし）めく二十三区を想像してもらっては困る。東京都の端のほうの西東京市で、生活圏は埼玉に近い。扱うネタも大手新聞や民放テレビが取り上げないB級もいいところ。二流、いや、今では世間から『三流週刊誌』のレッテルを貼られている。

我々がやることといえば、大手の取りこぼしや彼らが記事にしない些細なネタを誇張（こちょう）して書くこと。取材力では大手誌に対抗できないので、読者の関心がありそうな見出しの大タイトルをつけ、中身は尻（しり）つぼみといったところだろう。それは、過大広告を打って顧客に物を買わせ、後は知らんぷりのどこかの詐欺（さぎ）会社がやっていることとさほど変わらない。発行された翌日、社員の大半はクレーム処理に追われることも珍しくない。

出力されたばかりのあたたかい用紙を揃えようと手にした所で、渋い声がして振り返った。

「おっ、新しい企画でも考えているのか」

「えぇっ、まあ」

背後から顔を出したのは編集長の山中和彦だ。グレーの顎髭を触りながら隣に座る。

「どれ、見せてみろよ」と言いかけたときには、書類は山中の手に渡っていた。

「まだこれから詰めていこうと思っているところですが……」

嘘である。僕の作った企画書です。見てください——と得意げに差し出すのは苦手だ。

自信がないわけではないが、真っ向から否定され、プライドを傷つけられないための予防線だ。

書類に目を落とした山中の表情をうかがう。この時間がじれったい。

しばらくして返ってきた山中の反応は予想通りのものだった。

「まあ、目の付け所は悪くないんだがな……」歯切れの悪い口調だった。

「ボツですよね」冷静を装ったつもりだが、内心穏やかではない。

「——お前の企画は、どこかインパクトが足りねえんだよなー」

山中は鼻で笑いながら椅子にもたれかかった。ここから長いダメ出しが始まるのだろうか。

ぱらぱらと書類をめくる山中の手が止まった。何かに気づいたようだ。

「そういやお前、ラグビー部出身だったっけか？」

「はっ、はい、浦和大成高校で……」

そこは突っ込んでほしくなかった。

「大成といったら花園の常連じゃねぇか」

浦和大成高校といえば花園をかけて行われる埼玉県予選で、毎回上位まで駒を進める。

だが、若狭には胸を張れない事情があった。

優勝確実といわれて臨んだ高校最後の県大会決勝、リードして迎えた後半ロスタイム、若狭のミスが火種となり、逆転トライを許し花園の夢は絶たれたのだ。

「おや？　その表情を見るとお前らの代は、花園行けなかったのか？」

おちょくるような山中にムッとくる。

引退して以来、ラグビーボールにすら触れていない。今でも花園を逃した試合が、悪夢となって眠りの邪魔をする。

「ほっといてくださいよ」

用もなくパソコンを開き、メールのチェックを始める。

隣で山中はスマホを操作し始めた。指先を小刻みに動かし真剣な顔をしている。

「もしかして、不祥事があったS高校って、お前らが最後に負けた相手じゃねえのか」

山中が探るような視線を向けてくる。

「そうですが……」

「悪いが、お前の思い入れのために貴重な誌面は提供できないな。客観的に読んでみろ」

山中は叩きつけるように書類を置いた。その音にハッとした。

「ぼ、僕はただ、いじめられている少年を放っておけなかっただけで……」

それらしい言葉を並べてみるが、説得力のカケラもないと自分でもわかっていた。

すべて見透かされていた。山中の言う通りだ。若狭が調べていたS高校こと狭山東高校は、十年前に涙を呑んだ憎き相手だった。

――狭山東高校のラグビー部で、上級生による下級生への暴力が常習化している。

タレコミが届いたのは一ヵ月近く前のことだ。SDカードも入っていた。その時点では、狭山東高校が若狭にとって、因縁の相手であるとは気づかなかった。

同封されていたSDカードを再生すると、ある違和感に気づく。

この光景どこかで見たような……。芝生と赤土が入り混じった楕円形のグラウンド。腕の所に三本の縦縞が入ったジャージ。蓋をしていた記憶が蘇る。

幾度となく練習試合に通った狭山東高校のグラウンドではないか！

映像はスマホで隠し撮りされたものだろう。簡易的なナイター照明の下で、下級生らしきターゲットにサンドバッグを持たせて、四方からタックルを喰らわせている。初めのうちは地べたに足を踏ん張り必死に耐えているが、大柄な男が突進すると、下級生の体は宙を舞い激しく地べたに叩きつけられた。

「オイ！」苛立ちを抑えきれずに画面に向かって叫んでいた。

打ち所が悪ければ、脳震盪を起こし後遺症が残る大怪我をする可能性もある。

高校生たちは、軽い気持ちでやっているのかもしれないが、間違いなく度を超えている。ふざけていた――では済まされない事態になる。

若狭は確認のため、狭山東高校に立ち寄った。

グラウンドで行われていることを目の当たりにして、自然とペンが走り出した。取っかかりは、陰湿ないじめをやめさせたいという正義感だった。書き進めていくうちに、個人的な感情が強くなっていくのは自覚していた。

無残（むざん）に散らばった書類に目を向ける。ゴシックで書かれた見出しが入ってくる。

『ラグビー強豪のS高校で、上級生による暴力事件！　出場停止の危機!?』

団体で行うスポーツは、部員の不祥事が公になれば、すぐに県の教育委員会や体育連盟が調査に動く。事実が判明した段階で厳重な処分が下る。そうすれば狭山東高校は対外試合ひいては、秋の花園を懸けた試合にも出場できなくなるだろう。

若狭にとってそれこそが、因縁の相手への仕返しだったのだ。そうすることで、心の中に燻（くすぶ）っている苦い過去と決別できるだろうと――。

まさに自己都合で書いた記事だった。


突然、騒々しくなり、スタッフが部屋の隅にあるテレビへと大移動を始めた。

目の前を通り過ぎようとした同期の高橋舞依（たかはしまい）に声をかける。

「何かあったのか？」

「所沢の通り魔事件、動きがあったみたいよ。このあと十八時半から県警の会見ですって」

「ってことは犯人捕まったのか？」

確かあの事件は目撃者も犯人に繋がる遺留品も残されていなかったことから、迷宮入りかと騒がれていた。

高橋の後を追い、前方に陣取った頭の隙間から画面を覗き見る。

アナウンサーが、原稿を見ながらぼそぼそと何かをしゃべり始めた。

しばらくすると、画面がマイクが並んだ会見場に切り替わる。テロップで『所沢警察署より生中継』と表示される。長机にパイプ椅子が二脚。殺風景な部屋だ。会議室の一角だろう。

画面の右側から紺のスーツに身を包んだ警察官が二人、神妙な面持ちで入ってくる。

報道陣から一斉にフラッシュがたかれる。

二人は『署長』『刑事課長』と筆で書かれた椅子の前で立ち止まる。報道陣の視線が集まっていることを確認して、合わせたように頭を下げた。

署長がうつむき加減にぶつくさと話し始めた。

「後ろまで聞こえねえよ！　もっとボリューム上げてくれ」

山中の罵声とともに音量がぐんと上がる。

〈――ええ、本日、七月十七日に所沢市内で発生した通り魔殺人事件の犯人を逮捕いたしました。容疑者は武田香奈枝。三十四歳。人妻……し、失礼、被害者・武田恭一さんの妻にあたる人物です〉

報道陣からどよめきが上がり、署長は落ち着くのを待った。

「旦那を殺すなんて、とんでもねぇ女だな」山中が誰に言うともなく呟いた。

〈――武田容疑者は一昨日の昼間、所沢警察署に主人を殺したのは自分だと自首してきました。供述通りに犯行に使われた刃物が見つかり、血痕も被害者のものと一致いたしました〉

原稿を棒読みしたような濁った声が会見場に響く。歯切れも悪い。

一人の記者から質問が上がる。

〈被害者は亡くなる直前、知らない男に刺されたと言っていたんですよねえ？〉

〈そ、それはぁー、いま、あのー〉

しどろもどろの受け答えに、こちらまで冷や汗が出てきそうだ。

会見場のあちらこちらから投げつけるような質問が飛ぶ。

〈殺害動機は？〉

〈ですからそれはいまー、捜査中でしてぇ……〉

〈容疑者逮捕までの経緯を教えてください〉

〈す、すみません、一度に質問されましてもぉ……私、聖徳太子じゃないので答えられませんよ。挙手をして、社名とお名前を言ってからお願いします。——はい、そちらの方〉

署長は左前方に座っている若い記者を指した。

〈さいたま新聞の坪井です。事件以来、市民は第二、第三の事件が起きるのではないかと不安を募らせています。犯人逮捕で本当に事件は解決したのでしょうか？　警察は何かを隠しているのではないですか？〉

〈か、隠しているだなんてぇ……と、とんでもない〉

画面はあたふたする署長の口元を捉えている。

突然、ドスの利いた低い声が響いた。

〈刑事課長の峯島です〉峯島はぐるりと報道陣に睨みを利かせてから話し始めた。

〈逮捕の決め手は、容疑者の供述通りに凶器が見つかったこと。容疑者が着用していた衣服から、被害者を襲ったときの返り血が検出されたこと。その血液はＤＮＡ鑑定の結果、被害者本人のものと一致し、事件当夜についたものと断定されたからです〉

集まった記者を強引に押し黙らせるような尖った声だった。

峯島に気圧され、しばらく会場は静まり返った。

まさかこれで終わりじゃないだろうな……。

そのとき、立ち向かう勇者が手を挙げた。

〈東浜テレビの堤下です。被害者には生命保険が掛けられていたという噂も出ています。共犯の線も考えられるのではないでしょうか？〉

峯島は目を細めて質問した記者を睨んだ。

〈先ほども言ったように詳しい動機は現在精査中だ。捜査に関わることなので今この場では話せない！〉

これ以上質問をぶつけられても答える気はないと、口を結んでマイクを置いた。

間髪入れずに、女性の高い声が響いた。

〈週刊太陽の嶺井です。事件のことはお話しできないとのことなので署長にお聞きします。大宮で起きたストーカー殺人の責任を、県警はいつ取られるのでしょうか？〉

質問の的が、数ヵ月前に発生したストーカー殺人へと切り替わる。被害女性は殺される直前、何度も警察署を訪れ被害を訴えていたのだ。にもかかわらず、警察は何も動かず女性を見殺しにしたと、埼玉県警には非難の声が殺到していた。

署長は助けを求めるように峯島の横顔をちらりと見た。

〈まさか、今回の事件解決でなかったことにしようだなんて考えていませんよね〉

嶺井が強い口調で詰め寄る。

さざ波が立つように会見場が揺れた。

〈今回の事件と関係ない質問にはお答えできません。他に質問がないようであれば、これで会見は終わりにします〉

会場の隅にいた進行役の男性が強引に打ち切った。

罵声が飛ぶ中、二人の刑事は逃げるように画面から消えた。

会見時間わずか十分足らず。

悶々とした空気だけが胸の奥に残る。

画面が気象情報に変わった。取り囲んでいたスタッフが散らばっていく。

「なんのための会見だったんだ?」山中がぽつりと呟いた。

(二) 殺人鬼・カマキリ

「バイク便でーす」背後から気怠い声がして振り返った。

「こんな時間に配達ですか?」

時刻は十九時半を回っている。入り口に近い若狭が対応するのはいつものことだ。

「ええ、当日預かりで十九時から二十一時必着のお荷物だったので」

原稿の締め切り間近ともなれば、深夜に当日便を使うことはよくある。

カレンダーを確認するが締め切りはまだ先だ。何が送られてきたのだろうか？

伝票にサインして宛名を確認する。差出人は『カマキリ』とだけ書かれている。

「ふざけやがって」思わず口走る。

読者から、時々スクープもどきの写真が送られてくる。大半は加工ソフトで製作されたアイコラ写真や、二流芸能人のオフショットをバカげた値段で買えというものばかり。中でも多いのが、人気アイドルがデビュー前に付き合っていた自称彼氏からのニャンニャン写真だ。大半は顔が隠れていたり、そっくりな別人をモデルに撮られたものばかり。仮に本物だったとしても、写真一枚でそれを判別するのは難しい。

今回もその類いだろうと千切るように封を開けた。折り畳まれたコピー用紙が入っている。

新聞の切り抜き文字が不自然に並べられている。

ぼくが本当の犯人だよ
証拠の品を入れておくよ
さあ、捕まえてごらん

殺人鬼・カマキリ

いったい、何が云いたいのか？

封筒の中に目をやる。何か入っている。逆さにすると、裏返しに机の上に落ちた。サイズや質感からしてL判のプリント写真のようだ。あまり深く考えずにひっくり返した。

「な、なんだ！　これは」

閃光を浴びたように目の前がクラッとした。

飛び込んできたのは、ドス黒い液体に包まれた物体の写真。

その残像が眼球に焼きついた。鈍器で殴られたような衝撃で頭の中が混乱する。

ＣＧか？　合成写真か？　はたまた動物の死骸か？　――いや、人間だ！　人間の身体から溢れ出た血だ！　座礁した船から溢れ出す重油のように、倒れた人間を包み覆うように広がっている。今にも画面から溢れそうな悍ましさに、空っぽな胃ごと吐き出しそうになる。

見えない手に喉元を締められている気がして、意識が遠のく。

「おい！　若狭、若狭」

遠くで名前を呼ばれた。水中にいるように籠もって聞こえる。現実か、幻聴か……。

今度は、目の前で呼ばれた。視界の先に――ゴツゴツした顔が迫ってくる。

キスでもされるんじゃないか。男に興味はねえ。心の中で叫んだ瞬間、耳栓が取れたように山中の声がはっきりと聞き取れた。

「オイ、大丈夫か？」

肩をがっと摑まれた。

「はっ、はっ、はぁ……」

何かしゃべらなくては。平静を装うように山中に目を向けるが言葉が出てこない。

「急に魂が抜けたような顔するからびっくりするじゃねえか」

山中が目の奥を覗き込むように見つめてきたので、はっと我に返った。

「こっ、これぇー」

持っているだけで血の気が引いてくる。山中に向かって放り投げる。

「ぎょっ」と言って、山中は写真に吸い寄せられたように固まった。

背後から興味本位で覗き込んだ女子社員の悲鳴が連鎖する。

世間を騒がせる大きな事件が起こると、それに便乗して注目を集めようとする輩（やから）が現れる。犯人になりきって、マスコミに犯行声明やコラージュ写真を送りつけてくる。

大抵は一目見てイタズラだとわかるのだが……。

今回送られてきた写真は、これまで見てきたおふざけの類いとはリアリティが違う。

山中の表情がそう物語っている。

しばらく写真を見つめていた山中が顔を上げてフロアを見た。

「誰かー、事件現場の画像、ネットで検索してくれー」

入ったばかりの新入りが、ここぞとばかりに動き始める。

事件は市民の憩いの場にもなっている緑道で起きた。

すぐに山中の前にタブレットが差し出された。

山中は指でスライドしながら見比べていく。眉間にシワを寄せ瞬き一つしない。こんな真剣な表情を見るのは初めてかもしれない。

写真は仰向けになった被害者を上から撮ったものだ。被害者の血液は、雨と混ざり真っ黒な絨毯（じゅうたん）となり、あたり一面に広がっている。ぱっくり開いた腹の間から、腸や胃が溢れ出ていた。思い返すだけで吐き気を催しそうだ。

——タブレットを操作する山中の手が止まった。

「本物かもしれない」視線を落としたまさらりと呟いたが、その一言に社内の空気ががらりと変わった。

政治家や芸能人のスキャンダルの類いは何度も扱ってきた。犯行声明や殺害現場の写真を目にするのはもちろん初めてだ。これからどんな展開を迎えるのだろうか。不安と興味が交錯するような緊張に、身体の内側が蠢くような感覚を覚える。

再び写真を手にした山中は、縁を左から右へゆっくりとなぞっていく。その指が公園の屋外用電波時計の所で止まった。何かに気づいたようだ。

「事件が起きた時刻って？」

「二十二時から二十二時三十分の間です」新入りが答える。

時計の針は、二十二時十六分を指している。ちょうど犯行時刻と同じ時間帯。

「コラージュにしては手が込みすぎているな」

山中の一言にさらに緊張が高まり、フロアは静まり返った。

誰が、どうして、こんなものを送ってきたのか。

容疑者が自ら？　犯行を見ていた第三者の仕業か？　いや、そんなはずはない。この事件は未だに目撃者が現れていないのだから。

「おい、とんでもないスクープになるかもしれない」山中は興奮して何度も叫んだ。

「本物なんですか？」若狭は訊いた。

「これは間違いなく犯行後すぐに撮られた写真だ！」

山中は鼻息を荒くしてフロア中に響く声で叫んだ。犯行写真を握った右手は、当たり馬券を握っているように力が入っている。

「で、ですが、さっきの会見では犯人は逮捕されたと……」

解決済みの事件に世間の注目は集まるだろうか。熱くなった山中に釘をさすように訊いた。

「はぁ!?　お前、まさか、この事件、解決したと思ってんのか」

山中の形相が変わった。目つきが一気にきつくなる。

「えっ、ええ……これって容疑者が犯行時に撮った写真を、ウチに送ってきたんじゃ」

さっき見た会見で被害者の妻を逮捕したと言っていた。ウチの編集部に届けられた経緯はわからないが、捜査の目が自分に向けられていることに気づいた容疑者が、捜査を攪乱するために送りつけてきたのではないだろうか。どうせ送るなら大手新聞社やテレビ局に送ればいいのに。なぜウチに、という疑問は残るが……。

「世の中のモラルや常識を疑えって普段から言ってるよな！」

山中は若狭に詰め寄るようにして言った。

若狭は黙ってうなずいた。

「新聞やテレビの情報が百パーセント正しいのか？」

「いいえ」

「ニュースや事件の裏側を見る。新聞やニュースで取り上げないような闇の部分にスポットを当てるのが、俺たち週刊誌の役目だろ」

耳にタコができるほど聞かされてきた。業界全般に言えることだが、それを山中はあたかも自分が考えたかのように誇らしげに語る。

「ですが……」反論しようと口を開くが、すぐさま山中に遮られた。

「捕まった容疑者には、これを送ることが不可能だったんだ。よく考えてみろ！」

山中は犯行声明が入れられていた封筒を突きつけた。バイク便の伝票が貼られているだけ。さっきも見たが、差出人の所には『カマキリ』としか書かれていない。

「さぁ……」助けを求めるように隣の高橋に視線を向ける。

「あっ！」高橋が何かに気づいて手を叩いた。

「さすが、舞依は頭の回転が早いな」山中は嬉しそうに言った。

この展開に、あーまたか、と嫌気がさす。事あるごとにトゲのある一言を吐き、人をイラつかせる才能は社内一。いや、これまで出会った人の中に、これほどまでに空気を読まない男はいただろうか。

もちろん高橋の才能は認めている。同期入社で、物事の善し悪しを判断する目はずば抜けていた。いち早くその才能に気づいた山中の下で鍛えられ、高橋をいずれ編集長にとの声も役員から上がるぐらいだ。

「答えてみろ」と山中に言われ、高橋は「日付ですね！」と伝票を指した。

「お前、まだわかんねぇのかよ」

「すみません」小さく頭を下げた。

「コイツに教えてやれ」呆れたように山中が若狭に向かって親指を向ける。

「さっきの会見を思い出してみて、容疑者が警察に自首したのが一昨日の昼間、この荷物をバイク便の方が預かったのが今日の午後――」

そこまで聞いて「ああ……」とため息とともに、モヤモヤを吐き出した。

一昨日自首した容疑者には、バイク便で犯行声明を送ることが不可能だった。

容疑者以外の人物がこれを送ってきたことになる。そいつが真犯人なのか？　それとも、犯行現場をこっそり見ていて、犯人が立ち去った後に写真を撮ったのか？　思い当たる理由はこの二つぐらい。どちらかというと後者の気がした。いずれにしても警察が逮捕したということは、香奈枝が犯人だという確証を得てのことだろう。

「まさか、真犯人が他にいるということでしょうか？」高橋が訊いた。

「いいや」山中は首を振る。

「するとこの写真は誰が？」

「このカマキリは、事件の夜、偶然現場を通りかかったんだろう」

「こんな遺体を平気で写真に撮れるなんて、普通の精神状態じゃありませんよ」

高橋が気味悪そうに言った。

「こんなもの送りつけてくるんだ。相当イカれた危険人物に決まってる。恨み妬みで犯行に及ぶ殺人犯の心情のほうがまだ理解できるよ」

「いったい、なんのために？」二人の間に割って入った。

「決まってるだろ金だよ、カネ」山中の声が興奮気味に高くなる。

「要するにこれを高く買えってことですか？」若狭は憎しみを込めて写真を顎で差す。

「ああ、こんなもの大手に送ったところで相手にされない。だからウチが選ばれたんだ」

「金銭を要求するような手紙は入っていなかったと思いますが」高橋が言った。

封筒の中を確認する。もちろん何も入っていない。バイク便のライダーに確認を取ったが、記されていた電話番号はデタラメだった。向こうからの連絡を待つしかないということか。

「でもどうして今になって？」

高橋が封筒を持ち上げながらじれったそうに呟いた。

事件発生当初は、残忍な犯行手口から連日のようにワイドショーを騒がせていた。

被害者が金品を盗られたわけでもない。殺人の動機もはっきりしない。目撃証言もなければ、何もかもが見えなかった。無差別殺人、猟奇的殺人などと世間の不安を煽る。まさにマスコミが好む格好のネタだった。第二、第三の事件が起きるのではないか。事件発生直後は市民もビクビクしていた。

もしも事件の翌日にでもこれが公になっていたら、世間は大騒ぎだったに違いない。

「送り主のカマキリは当初は違った思惑があったんだろう」山中は腕を組んだ。

「思惑というと？」高橋が投げかけた。

「捕まった容疑者にこれを送りつけ、高く買わないと警察にバラすぞとでも脅したんだろ」

カマキリは他にも現場写真を撮っていたかもしれない。犯行現場にいた容疑者の姿を押さえていた可能性も考えられる。

「容疑者は要求に応じなかったということでしょうか？」

「応じたくてもヤツが要求してきた金を払えなかったんじゃないか」山中が答える。

ワイドショーでは、容疑者は被害者と結婚するまでシングルマザーだったと紹介されていた。ギリギリの生活を送っていたのではないかと、容易に想像できる。

「いずれにしても、じきにカマキリからコンタクトがあるはずだ。回線を常に一つは確保しておけ。それから、いつでも録音できるようにな」

山中は呼びかけながらフロアを回った。

まさか！　これを記事にするつもりか？　あの悍ましい写真を掲載したら、クレームどころの騒ぎじゃない。世間からはバッシングの嵐。会社としての質も問われかねない。

「編集長、もう少し慎重に検討したほうがいいのでは」

副編集長の水谷が若狭の気持ちを代弁するように手を挙げた。

「あん!?」山中がしゃくるような声を出した。この二人は普段から相性が悪い。

「この中で実際に殺害現場や遺体を見たことある人っているかな？」

水谷が呼びかけるが誰も反応しない。

「この写真が本当に事件現場で撮られたものなのか、まず専門家にみてもらうべきだ。記事にするのはそれからでも――」

山中は問いかけを無視して構成担当の佐々岡の元へ向かう。何としてもスクープを手にしたいという執念が背中から感じとれる。山中にとって、写真が本物であろうがなかろうが関係ないのだろう。ネタとして面白いかそうでないかで見ているのだ。

「次の特集入れ替えるぞ！」

「い、今からですか……そ、それはちょっと」佐々岡は怪訝そうな表情を浮かべている。特集を入れ替えるとなると、構成を一から組み直さなくてはならない。

山中はそんなことはお構いなしに、士気を高めるように両手を叩く。

「こんなチャンス二度とないぞ、これを逃したら次はいつとれるかわからない代物だ！」

一度スイッチが入ると、社長であろうと聞く耳を持たない。この場にいるほとんどの社員がそれを知っている。山中の暴走を誰も止めようとしない。

「おい！　若狭」

報道取材と無縁の自分には関係ないとたかをくくっていたので、名前を呼ばれて驚いた。

「事件の記事を片(かた)っ端(ぱし)から集めるんだ。犯行現場の写真、容疑者の交友関係、それから近隣住民の証言もな――」

「ぼ、僕が……ですか？」

まさか！　山中はスクープのことで頭がいっぱいになり、他人と混同しているのではないか。確認するように自分に指を向けた。

「そうだ。お前がカマキリから届いた封筒を開けたわけだ。責任持って記事を作れ。これが縁ってやつだ」

いつもの決まり文句を言って若狭の肩に手をかけた。縁だとか迷信だとか根拠のない理屈で、物事を決められるとうんざりする。

うまい言い訳を探しながら山中に視線を向ける。

「お前の力を試すいいチャンスだと思うけどな」山中がぽつりと呟いた。

その言葉に心が揺れた。

巻末のコラムやグラビア、風俗関係の取材記事しか任せてもらえない若狭にとって、特集記事を書くチャンスなどこの先しばらくないだろう。

しかし、今の実力で期待に応えられるだけのものが書けるだろうか。

これまで扱ってきた三流芸能人や政治家のスキャンダル、ご近所トラブルのような甘ったるい事件とはモノが違う。不安のほうが勝っていた。

今の自分には無理だ。

きっぱり断ろうと山中の顔色をうかがう。

「僕には少し荷が重いような……」

「そうか、なら舞依に頼むしかないか」

山中は冷たくあしらうように言った。妙に余裕のある表情も頭にきた。お前に代わる駒はいくらでもいるんだと遠回しに言われているようで悔しかった。

「私、スケジュール調整して取材に行ってきましょうか」

向かいで聞いていた高橋に、さらりと言ってのけられたのも癪に障る。

「編集長、僕にやらせてください」ヤケになって若狭は手を挙げた。

「おお、やってくれるのか」山中は即座に答えた。

少し間が空いて、山中と高橋がアイコンタクトを取り細く笑ったように見えた。

この展開を予想していたに違いない。

心の中まで見透かされている気分だ。

「よろしく頼むな」

山中は若狭の背中をぽんと叩いて立ち去った。

夜のニュースで、容疑者・武田香奈枝が護送される場面が流れた。悍ましい写真を目にしたときとは違った衝動が走った。

——えっ！　なんで？　こんな人が！

カメラが香奈枝の姿をとらえたのは、所沢警察署から送致されるため車に乗せられるまでの数秒だった。妊婦ということを考慮して手錠は嵌められていなかった。両脇に女性警官が付いていた。お腹の膨らみを隠すように纏（まと）ったワンピースから見える細くか弱い手足から、あの残虐な事件現場に立っていたとは想像もつかない。彼女のことをもっと知りたい。抑えきれない衝動に駆られていく。

香奈枝の情報を整理していく。年齢は三十四歳。市内の不動産会社に勤めていた。十八のときに子供を授かり、シングルマザーとして息子を育てている。殺された被害者・武田恭一とは友人を介して知り合い、子供ができたのを機に結婚。妊娠六ヵ月を迎えている。

フェイスブックには息子らしき写真も何枚か上げられている。ジャージ姿なので体育祭の写真だろうか。顔が写らないように加工されているが、見つめているうちに、妙な既視感を抱いた。その疑問はすぐに解消された。息子が着ていたジャージは、若狭が取材をしていた狭山東高校のものだった。

香奈枝の家庭環境、友人関係など、インターネットで検索すればありとあらゆる情報が手に入る。しかしどんなに調べても彼女の心情だけは摑めなかった。

香奈枝にそこまで殺意を抱かせた男とはどんなヤツだろう？

何が彼女を殺人へと駆り立ててしまったのか？

若狭の興味は事件そっちのけで、武田香奈枝という女性そのものに移っていた。

眠気を忘れ、香奈枝に関わることを片っ端から調べていく。頭も冴えていた。

関心を持つだけでこんなにも変わるものだろうか。

掲示板で『武田香奈枝』で検索をかける。容姿や素性など、同じように関心を持った男どもが集まり出していた。本当に彼女が犯人なのだろうかと疑うような書き込みも目立つ。

物事を疑ってかかれ、事件の裏を見るんだ——と山中に言われ続けてきた言葉の意味を、初めて理解した気がする。

明け方までネットに拡散している情報を拾い集めていると、ポータルサイトの記事の掲示板に気になる投稿を発見した。送られてきた犯行声明と同じ『殺人鬼・カマキリ』からの犯行声明が書き込まれていたのだ。もちろん内容はまったく違う。投稿主が『殺人鬼・カマキリ』と名乗っているだけだ。詳しく読んでみると、マスコミに届いたものだと書いてある。内容はカマキリの生態を書いた詩なのか作文なのか、摑みどころのない幼稚な文章だ。被害者に対する恨みもなければ、社会への不平不満、犯行を美化するような言葉もない。果たしてこれが犯行声明と呼べるのだろうか？　これじゃ警察も捜査に動かないだろう。

送りつけられたものは、掲示板を見た第三者のいたずらや嫌がらせの類いも考えられる。そもそも同封されていた写真は本物なのか、コラージュなのかそこから考えなくてはならない。

いや——ひょんな発想からもう一つの可能性が浮かび上がる。

いや、カマキリは、タイフーンに送る以前に他のマスコミに犯行声明を送りつけていたのではないか？　しかし、大手には相手にされなかった。そこで、仕方なく他社へと矛先を切り替えた。そこで三流週刊誌であるタイフーンが選ばれた。これなら送られてきた理由付けができる。――残すは目的か？　山中はカネしか考えられないと言っていた。カマキリからの接触はない。せめて金銭の要求でも書かれていれば、その意図を汲み取ることができたかもしれない。カマキリの心情がさっぱり掴めない。

まずは向こうからのアクションを待つしかないのか。

高橋に意見を求めてみようとメールソフトを立ち上げる。

メッセージを打ち込んで、「送信ボタン」にカーソルをかけたところでふと思った。

ここで高橋の力を借りてしまったら、高橋のおかげと周りからは言われるだろう。手柄はすべて彼女のものにされそうな気もする。

しばらく考えてメールは削除した。

山中は、カマキリは真犯人でも共犯者でもないと言い切った。しかし、若狭にはそうは思えなかった。もし、犯行声明を書いたカマキリが真犯人だとしたら……世間を揺るがす大スクープになることは間違いない。警察は被害者の家族でもある妻を逮捕している。

『埼玉県警が誤認逮捕で前代未聞の大失態』

『無実の罪を着せられた美人妻』……それらしい見出しが浮かんでくる。

若狭の名前が誌面に載れば、大手から引き抜きだってくるかもしれない。名前さえ売れてしまえばフリーとしてやっていける。三流週刊誌に籍を置く必要なんてなくなる。必死に引き止めようとする山中の滑稽(こっけい)なヒゲ面が思い浮かぶ。

どのくらい夢中になっていたのだろうか。部屋のカーテンが薄っすらと光を通し始めた。時計は朝の六時を回ったところだ。まだまだ調べたいことはいくつもある。

少し仮眠を取らなければ。パソコンのスイッチを切った。

今日は事件現場に足を運ぶ予定だ。この目で状況を確認したい。香奈枝と接したことのある人物がいれば話を聞きたい。

自分一人の手で追えるだろうか——そんな不安はとっくに消えている。

(三) 現場取材

どうせウチは大手のおこぼれを狙って這いずり回るハイエナさ——思い返すだけで腹が立つ。

事件現場となった緑道から、最寄りの狭山ヶ丘駅に向かって歩きながら、若狭は自暴自棄になっていた。その要因の一つは、この暑さも関係しているのかもしれない。

取材ってこんなに大変だったっけか？　周りは大手テレビ局や新聞社ばかり。いつだったか、エリートばかりのコンパに参加したときの記憶が蘇る。居場所がない若狭は、開始三十分で会場を後にした。自分が必要とされていないと感じることほど惨めなものはない。

先ほど取材した相手に、去り際に言われた言葉を思い返す。

「タイフーンはどんなに頑張ったってさ、所詮三流週刊誌なんだから——」

悔しい。認めたくないがその通りだ。

スクープ記事を書いて、小馬鹿にする奴らをぎゃふんと言わせたい。世間の見る目を一変させたい――さっきまでの気持ちはどこへ行ってしまったのか。

いたるところに転がっている蟬の死骸と同じように、若狭の心も干からびてしまいそうだ。

現場近くの『狭山ヶ丘公園』に到着したのは一時間前。昨日、香奈枝が逮捕されたことを受け、周辺はマスコミや野次馬で溢れていた。某テレビ局の女性キャスターもいた。世間の注目がこれほど集まっているとは驚きだった。

マスコミの連中が考えていることは皆一緒。

武田夫妻と関わりがあった人物に取材したい。彼女の人となりを探っていく中で、犯行に及んだ経緯や動機を突き止めたいのだ。

被害者となったご主人の女性関係って――、ご主人から暴力を振るわれていたとか――。誘導尋問のようなレポーターの会話が漏れてくる。香奈枝を悲劇のヒロインに仕立てたいだけだろう。読者の興味がそそられ、視聴率の取れる番組を作りたい。大手テレビ局が考えることなんてどれも同じだろう。真実なんて二の次だ。

会社が用意してくれた土俵の上で、のほほんと取材している奴らに腹が立った。

なぜ週刊誌の記者になってしまったのか？　いつものことながら後悔が始まった。

この手の後悔をするのは何度目だろう。「大手テレビ局に勤めている」と出しゃばる男に食いつく女を見たとき、学生時代の友人と飲んでるうちに昇給や出世の自慢大会になったとき……あげればきりがない。自分が惨めに思えてくる。こんなはずじゃなかった……。

大学時代、ジャーナリストになる夢を描いて、新聞社の入社試験をいくつも受けた。しかし、ことごとく書類選考で落とされた。自分が二流大学出身というコンプレックスを感じたのもそのときが初めてだ。

半ば諦めかけていたとき、ゼミの先輩が勧めてくれたのがタイフーンだった。正直にいうと「週刊誌なんて」と真っ先に思った。義理もあってエントリーはしたが、その気はなかった。書類選考と筆記は難なく通過し、最終面接へ進んだ。

面接は五人一組で行われた。面接官が設定した質問に一人ずつ答えていくというものだ。

自己紹介に始まり、長所短所、大学でやってきたことなど当たり障りないことを聞かれた。「じゃあ最後に」と前置きした上で、「なぜ当社を志望したのか」と訊かれた。

若狭までの四人は、マスコミ関係に興味があってだとか、世間をあっと言わせるようなスクープを取ってみたいだとか、ありきたりなことばかり。どうせ彼らも自分と同じように、テレビ局や新聞社の試験に引っかからなかったのだろう。マスコミ関係の仕事に就きたいという一心で、何も考えずにここへ来たのではないか――。

目の前の面接官はうんざりしたような表情でうなずくだけだった。

若狭の番になる。思うように就職活動が進んでいないストレスもあり、彼らと同じに見られたくないと少しひねくれていた。

「子供のころから人の不幸やゴシップが好きで、学校で友達が怪我をしたり、先生に怒られているのを目にするとゾクゾクという高揚感を覚えました。大学生になると、そこから事件の被害者や加害者の心情がどういったものかということに興味を持つようになり、物事の真髄を納得いくまで追求したいと思うようになりました。テレビや新聞では報道されない隠れた真実を公表するという重要な役割を担っているのが週刊誌であり、それこそが報道のあるべき姿ではないかと考え、御社を志望しました」

もちろん嘘は言っていない。周りの学生からシラケた目で見られていた。話を聞き終えた面接官が「君みたいな考えを持っている方に、週刊誌の仕事は向いてるかもしれませんね」と呟いた。それが今の編集長・山中だ。

数日後、内定通知が届いてすぐ、山中から電話がかかってきた。内定を辞退しようと考えていた気持ちを察知したのか、週刊誌記者から成り上がり、大手新聞社に引き抜きで入った男の話をされた。名前さえ売れれば、フリーのライターとしての道も開けると唆された。

最後に山中はこう言った。

「次へのステップとしてウチを利用してくれて構わない。ぜひ一緒に仕事がしたい」

山中の熱意に負けて若狭はその場で承諾した。

同期の高橋は一人前の記者として飛び回っているのに、不甲斐ない自分が情けない。野球で例えたら、鳴り物入りで入団したはいいが、全く活躍できないお荷物選手だ。

自分のこれまでの人生を見つめ直すように、駅の方向へ歩き続ける。

それにしても暑い。出口も見えてこない。まるで砂漠の中をさまよっているみたいだ。なだらかなカーブを曲がると目の前に自動販売機が現れる。オアシスのように見えた。

迷わず立ち止まり、財布を出して千円札を差し込む。

何でも選べというように一斉にランプが点灯する。

さあ、何にしようか……。速やかに水分を吸収するにはスポーツ飲料だが、喉が渇いたときの炭酸飲料の喉越しは最高だ。体が糖分を欲している気もするのでオレンジジュースか……今はアイスコーヒーって気分じゃないな。

目移りしていると、背後に人の気配を感じた。

作業着姿のガタイのいい男とサングラス越しに目が合った。近くの現場から来た職人だろうか。ボンタンズボンに手を突っ込み、片足に重心を置いて怠そうに立っている。早くしろと急かされているみたいで、思わず目に入ったボタンに触れる。

出てきたのは飲みたくもないお茶だった。

釣り銭を受け取り、向かいのベンチに腰を下ろす。

ボトルを口に運び、職人が何を買うのか遠目で観察する。

どうやら千円札を入れるのに手こずっているようだ。

「うわっ、釣り銭切れ、まじかよー」職人が悔しそうに自販機を叩いた。

自分に向かって言っているのかと、慌てて視線を逸らす。

職人は自販機に片手を突き、項垂れるように下を向いたまま動かない。

自分が小銭を持っていながら千円札を使ってしまったせいで、男の安らぎを奪ってしまった。かわいそうに……。居ても立ってもいられなかった。

「よかったら使ってください」

職人の元で財布を開いて小銭を見せた。反応はない。瞬きしながらこちらを向いた。若狭の言った意味を理解していないのだろうか。職人のかわりに小銭を投入していく。

「どうぞ」と手のひらを返す。

「えっ！　いいんか？」

職人は目をまん丸にしながら炭酸飲料のボタンを押した。子供のような無邪気な笑顔で、隣のベンチに座った。若狭が持っているカバンに目をやる。

「もしかして、アンちゃん、取材する人か？」

「えっ、まあ」

カメラを持っているわけでもないのに、職業を当てられたことに驚いた。なんで？　と職人の目を見つめる。

「最近このへんも物騒で、この道を使う人なんてほとんどいないからな」

職人は顎でしゃくるように前方を指した。視線の先には『痴漢注意』の赤い看板がある。

「そういうことですか」

ここへ歩いてくる間、誰ともすれ違わなかった理由に納得できた。

「二、三週間前だったかな……痴漢が出たって娘の高校から連絡があったのは」

「ち、痴漢！　ですか？」食いつきたい気持ちを抑えながらさらりと訊く。

「娘の友達が被害に遭ったんだ。娘もその場にいたらしい。幸い大ごとにはならなかったようだが、全校生徒を集めて緑道一帯には近づかないようにと通達があったみたいだ」

職人は顔をしかめた。

痴漢被害のことより、高校生になる娘がいることに驚いた。香奈枝にも高校一年生の息子がいる。

職人の娘と同級生という可能性もある。

「娘さん、何年生ですか？」と言いかけて言葉を止めた。

職人の顔色を見て、まずい！　と思った。さっと緊張を覚えた。

若狭の思惑に気づいたのか、瞳の奥で何かが蠢いているのを感じた。

「ウチの娘は高三だ！」

これ以上構わないでくれというような素っ気ない口調だった。

「す、すみません」若狭は唇を噛んで頭を下げた。

唐突すぎたのがまずかっただろうか。近所で殺人事件が起きて気分のいい人はいないだろう。こういうとき、積極的に取材に応じてくれるのは、事件と無縁の野次馬ばかりだ。

職人は太ももを叩いて立ち上がった。

「これ、サンキューな」ボトルの底に少しだけ残っていた中身をぐっと飲み干した。

気まずい思いで職人の背中を見送った。同世代の子を持つ親として、複雑な気持ちを抱えているのだろう。

父親を刺殺され、その犯人が母親だった。息子は両親を同時に失ったようなものだ。

被害者心理に好奇心が強い若狭ですら、想像するだけで胸が痛む。

このままそっとしておくべきなのかもしれない。

少しずつではあるが、目撃者がいない理由も見えてきた。痴漢被害が続出していたので、緑道を使う人間はほとんどいなかった。これ以上聞き込みを続けた所で、有力な目撃証言を得られる可能性は少ないだろう。

――収穫なし。山中や高橋に何と報告しよう。

正直に報告すべきか……どうせいつものように鼻で笑われるに違いない。

目の前に掲げられた『痴漢注意』の看板を収めようと、スマホの画面越しに見つめた。

待てよ。この痴漢犯と殺人犯が同一犯だったという可能性は考えられないだろうか……。

いやいや、それはおかしいか。女性が殺されたとなれば、痴漢目的で近づいた男が、騒がれた拍子に殺した可能性も考えられたが、殺されたのは男だ。その確率は極めて低い。

腕時計を確認する。まだ十三時半。せめて夕方まで時間を潰さなければ――。

時間潰しに、職人から聞いた痴漢被害を掘り下げて調べてみてもいいか。

近隣の女子生徒が被害にあったようだ。すぐにスマホで位置関係を確認する。ここから南へ五百メートルほど行った所に『狭山ヶ丘北高校』というのがある。

保護者のふりをして電話をかけると、気の良さそうな女性職員が出た。

「先日発生した痴漢の件で話を聞きたいのですが」

〈あっ、あの、痴漢ですね〉

警戒したような声が返ってきたので、「通り魔事件が起きた後で娘もナーバスになっている」と付け加える。

〈はっ、はい、少々お待ちください〉少し慌てた口調で保留になる。

〈――お待たせしました。生活指導の横田です〉

電話口から聞こえてきたのは威圧的なしゃがれた男の声だった。

保護者のふりをしてかけたことがバレたのか。

「ど、どうも」と言ったまま次の言葉に詰まり固まる。横田は構わず続けた。

〈被害があったのはですね、七月三日の――〉

二、三分は話し続けていたのではないか。マニュアルを読み上げるように淡々としていた。保護者から同様の問い合わせがいくつもきているのだろう。

横田の話では、七月三日二十二時三十分ごろ、事件現場から数百メートル離れた緑道で、帰宅途中の女子生徒が被害に遭ったと。木陰（こかげ）に隠れていた男に突然話しかけられ、強引に体を触られそうになったという。生徒は持っていたカバンで防御しながら一緒にいた友人と大通りまで走り、コンビニに助けを求めたという。

電話を切って、ふと思った。

痴漢騒ぎがあった七月三日は、通り魔事件が起こったちょうど二週間前だ。発生時刻の二十二時三十分は事件が起きた時刻とほぼ同じだ。しかもここ数ヵ月の間、このあたりで痴漢騒ぎが頻発しているそうだ。これは単なる偶然か？

痴漢などの軽犯罪は、味をしめた犯人が繰り返し行うことが多い。その場合、生活サイクルの関係で、同じ曜日の同じ時間帯に、再び犯行に及ぶ可能性が高い。

となると事件のあった夜、痴漢犯がこの場所にいた可能性も考えられる。

すぐに職人が消えていった路地へ走る。娘の友人が痴漢被害に遭ったと言っていた。彼女なら痴漢犯の顔を見ているかもしれない。

二百メートルほど走ると、コンクリートを打ち付ける金属音が住宅街から響いてきた。

音につられて角を曲がる。住宅地の真ん中にぽかりと穴があいていた。まだ基礎工事を行っている段階だ。作業着姿の先ほどの男が、汗を垂らしながら地面に杭を打ち付けている。

「あ、あのー、すみません」

腹から声を振り絞ったつもりだが、重機の音に掻き消された。

しばらく眺めていると、汗を拭った職人と目が合った。

「おぅ、さっきのあんちゃんか、どうした？」と作業の手を止めた。

「痴漢騒ぎの詳細を調べているうちに、事件が起こった曜日と時間帯が偶然一致したんです
――事件の夜、現場付近に痴漢犯が出没していた可能性があるんです」

周りの音に掻き消されないよう声を張り上げ、目を見て訴えた。

「ほぉ」職人は少しだけ怪訝そうな顔をしたが、若狭に対するものではない気がした。

「娘さんの友達にコンタクトを取れないでしょうか？」遠慮がちに尋ね、頭を下げる。

しばらく反応はない。機嫌を損ねてしまっただろうか。

「あんちゃんには借りがあるからな」

予想外の言葉に頭が混乱する。

「ちょっと待っとけや」ポケットからスマホを取り出した。

電話を耳に当てる職人を、祈るような想いで見つめ続ける。

二分後、電話を終えた職人は、真っ黒に日焼けした肌から目をギラつかせて言った。

「あんちゃん、もってるね」

「はぁ!?」

今の電話でどこまで話が進んだのか、判断がつかずに聞き返す。

「ちょうど娘とその友達、新所沢のドーナツ屋にいるそうだ」

「ほ、ほんとですか！」

まさか会ってくれるとは思いもしなかった。その場で飛び上がった。

「今なら話を聞く時間があるようだ。新所沢まではチャリンコで飛ばせば十分ちょっとで行けるだろう。これ使えや」

前籠がぐにゃぐにゃに曲がった自転車を指した。動けば充分だ。

若狭は礼を言ってまたがった。

片側一車線の道路は市街地に向けて延々と渋滞が続いている。車の間を縫うように進んでいく。乾いた風で汗が一気に引いていく。


「ここを左に曲がれば新所沢駅か」

頭上に見える看板に従い、線路に沿って通りを進むと賑やかな繁華街が見えてきた。ショッピングモールのエントランスは、若い女性がひっきりなしに出入りしている。映画館まで備えた複合施設のようだ。

地下の駐輪場に自転車を停めて、職人から教えられた店名をマップで探す。エスカレーターで一階に上がると、ちょうど目の前が探していた店だった。一人で入るのをためらってしまうぐらい、若い女性がいっぱいで華やかな店だった。

職人の娘は、ピンクのゴムで髪を結っていると訊いていた。オーダーしたアイスコーヒーを受け取り、店内をぐるりと回る。さりげなく女性の髪に目をやる。椅子に座った女性の背後はなかなか見にくいものだ。不審に思われないようすばやく確認していく。正面を向いている女性は職人の顔を思い浮かべて判断するしかない。二回りしてみたが、ピンクのゴムをつけた少女はいない。待ちくたびれてどこかに行ってしまったのだろうか。

突然、背後から高く明るい声がした。

「もしかしてぇ、パパの知り合いの記者さーん」

トイレのほうから出てきたのは、背の高い大人びた女の子だった。ガタイのいい職人からは想像もつかないようなかわいらしい笑顔。高校生だというのに不釣り合いなルージュの口紅をつけて、マスカラをつけてばっちりメイクしている。

「若狭と申します」

久しぶりに若い子を前にして、普段より高い声が出てしまったことに自分でも驚いた。

「へぇー、パパにこんな知り合いがいたなんてびっくりぃ！」

どうやら若狭は職人の知り合いという設定らしい。話を合わせながら連れの子が待つ席へと案内された。

「友達のサツキね」と紹介され、彼女たちの向かいに座った。

サツキはショートカットの髪を耳にかけながら「本当に記者の人？　私たち取材受けてるってことだよね――」と興奮して目を丸くした。きっと社名を言ったらがっかりされるだろう。

真っ黒に日焼けした肌に白い歯が際立つ健康そうな女の子だ。痴漢と聞いて思い浮かべていた色白で気弱そうなイメージとは正反対だった。

「痴漢しようとしたジジィのコト、聞きたいんでしょ」

サツキはまるで他人事のように話し始めた。会話の途中で真っ赤な飲み物を何度もズルズルとすする。高校ではハンドボール部に入っていて、部活仲間と都内に遊びに行った帰りに遭遇したらしい。一緒にいた友人が、「可愛いね」と木陰から出てきた男に話しかけられ、強引に袖を摑まれ、引きずりこまれそうになった。慌てて持っていたカバンで男の手首を叩いて撃退したという。すぐに友人の手を引いて走り、近くのコンビニに助けを求め駆け込んだという。痴漢に立ち向かうなんてずいぶんと度胸のある子だ。話を聞きながら感心していた。

「その男の人は追いかけてこなかったの？」若狭は訊いた。

「すごいヨボヨボで足を引きずっていた。とても走って追いかけてこれそうな感じじゃなかったわ。着ていた服も何日も洗ってない感じで、納豆の腐った臭(にお)いがしたし」

サツキは思い出したかのように鼻の頭をこすった。

「それって、ホームレスってことかな？」

「たぶんそう、髪の毛もボーボーに伸びてた。何日もお風呂に入ってなさそうだった」

「マジキモいね」隣で話を聞いていた職人の娘が肩を抱えて口を挟む。

「その人の顔とか特徴って覚えてるかな？」

「うん。背は私と同じぐらいだったから、百六十五センチぐらい。右のほっぺに大きな黒い痣があった」

サツキは頬のところで、親指と人差し指で五百円玉大の円を作ってみせた。暗がりでぱっと見ただけで気づくということは、かなり目立つ傷かシミだろう。有力な証言だ。

それからしばらく談笑した。芸能関係の仕事に興味があるようで、業界では定番の裏話をすると、根掘り葉掘り聞かれなかなか解放してくれなかった。

彼女たちに礼を言って、新しい飲み物とお土産用のドーナツを注文して店を出た。

もしもあの晩、ホームレスが痴漢をはたらくつもりで、物色していた最中に事件を目撃していたら……証言しない、できないだろう。間違いなくそこにいた理由を問われるからだ。大雨の中、ホームレスが緑道にいること自体が不自然である。すぐに過去に犯した余罪を追及される。だからホームレスには事件を見ていても証言できない理由があった。

取材は空振りや無駄足の積み重ねだと言っていた山中の顔が思い浮かぶ。確かにその通りかもしれない。人と人との繋がりなんて、どこで何が起きるかわからない。自販機で出会った職人にジュースを奢(おご)っていなければ、痴漢騒ぎのことも知らないままだった。

――待ってろよ痴漢犯。込み上げてくる高揚を抑えるのに必死だった。

(四) 痴漢犯

〝出会いを大切に〟――事あるごとに耳にする。あの時、あの場所で、あの人と出会っていなければ、今の自分はなかったかもしれない。しかし、それをあからさまに口にする人は苦手である。
すべての物事は出会いから始まっている。何もかもがうまくいっている人は出会いのおかげと豪語する。しかし、若狭のように仕事もプライベートも冴えない人間には、『出会い』という言葉はマイナスのイメージでしかない。あの人に出会っていなければ、今の自分は違っていたのかもしれない。事件や事故で人生を狂わされたらなおさらだろう。

果たして、職人との出会いはどういった方向へ導いてくれるのだろうか？

この先の人生を大きく変えてくれるような出会いになるのだろうか？

わからないが、すべて自分次第な気がする。職人に出会っただけでは何も始まらなかった。自販機で飲み物を買ってあげたから……いや、違う。痴漢被害と事件の共通点に気づいたのは若狭自身である。

出会いなんてきっかけの一つで、自分で切り開いていかなければならないのだ。

線路を行き交う電車の音を聞きながら目的の場所を目指す。職人から所沢駅の近くに、市内に潜むホームレスが集まる場所があると教えられた。昼間は散らばっているホームレスも、夜はそこを寝床にしているという。

通りを外れて路地に入る。飲食店の排気口から吐き出された黒い煙が通りに充満していく。大柄な黒人が片言の日本語でしきりに声をかけてくる。危ない臭いがする。

彼らと目を合わせないよう歩みを早める。

「よぉー、兄ちゃんここはお前さんみたいな人が来るところじゃねぇぞ」

うつむき加減に歩いていたので、老人の声にハッと顔を上げる。その容姿に吸い寄せられた。腰は大きく曲がり、服はミノムシのようにボロ切れをくっ付けているだけ。伸びっぱなしの髪と髭には、今にもハエが集ってきそう。年齢はわからない。

鼻をつくつーんとした酸のような臭いにむせ返しそうになる。

このまま引き返してしまおうかと思った。いや、逃げちゃダメだ。足元にぐっと力を込めて一歩踏み出した。

「人探しをしていまして」

屈みながら老人と目線を合わせる。自分より立場が弱い人間と話すとき、こうすることで相手の警戒心が解けるという。

「人探し⁉」と言ったきり老人は口をあんぐり開けた。それ以上理由は聞かずにゆっくりと歩き始めた。若狭も後を追う。

「兄ちゃん、ここがどんな所か知ってるのかい？」振り返らずに老人が訊いた。

「ええ、僕が探している人は、おそらくこのあたりで寝泊まりしているはずなんです」

若狭は取り繕うように言った。

老人は背中で案内するようにしばらく細い路地を進み、突然振り返った。

「用が済んだらさっさと帰るんだ」険しい声で言った。

よけいな詮索をするんじゃないぞ、とその顔には書いてあった。

若狭は黙ってうなずいた。

さらに入り組んだ路地を進んでいくと目の前が開けた。一瞬足がすくむ。

若狭が目にした光景はまるで野戦病院だった。数人のホームレスが、ベッドがわりの段ボールに横たわっている。目の前の老人は薄っすらと目を開け、若狭を睨んで苦しそうに呼吸をしている。首や腕は掻きむしったのか所々血が滲み出ている。

想像していた以上にひどい。関わってはいけない領域に足を踏み入れてしまった緊張から、胸の奥が締めつけられる。

「兄ちゃんが探しているのはどんな人だ？」老人はか細い声で訊いた。

「右の頬に大きな黒い痣があるんです」

サツキの証言を思い出しながら、親指と人差し指で小さな円を作ってみせる。

「あんた、タッさんの知り合いなのかい！」老人が唾を吐き散らかして叫んだ。

若狭は引き気味に「ええ」とうなずいた。

どうやら探している男は、仲間からタッさんと呼ばれているらしい。

「――一週間ぐらい前だったかな、突然、今日でここを出ていくことになった、と親しい連中に弁当と酒を手渡しながら回っていたのは。それっきり見ていない」

老人は真一文字に口を閉じた。目元が少し潤んでいる。タッさんとは親しい間柄のようだ。痴漢男に辿りつけるかもしれない。期待が膨らむ。

「どこに行くとか聞いていませんか？」

「俺は知らねぇなぁ」老人は誰かに聞かれているわけでもないのに声をひそめた。

「些細なことでも構いません。思い当たる節があれば教えていただけませんか？」

「俺たちホームレスは、仲間に死に顔は見せないようにというしきたりが根付いている。タッさんは自分の命がまもなく終わることを悟り、死に場所を求めてこっそりと俺たちの元から消えていったんじゃないかって……だからそっとしておいてくれないか」

老人はこくりと首を落とした。

意外と人情味溢れる老人だったので少し安心した。同時に、これ以上聞いたところでタッさんに繋がる手がかりは得られないと感じた。

立ち去ろうとしかけた若狭は呼び止められた。

「ノブさんなら何か聞いてるかもしれねえ」

「ノブさん？」初めて出てきた名前に思わず復唱する。

「ノブさん、昔からタッさんと仲がよかった。ここにいる仲間からの信頼も厚い。しかし、お前さん、なぜタッさんを探しているんだい？」

老人は警戒的な目で若狭を睨んだ。

「そ、それは、ですねぇ――」

慌てて思いつく嘘を並べた。タッさんとは遠縁で叔父に当たる人物だ。親戚の叔母の容態が悪化し、最後にどうしても会いたいと言っていると伝えた。会話の中で何度も『おじさん』と強調してみせた。

老人から射竦(いすく)めるような視線を感じた。嘘がバレてしまったのか。その目を直視できずに瞬きをした。

老人が詰め寄ってくる。

「兄ちゃんの力になれるかわからないが、十八時過ぎにもう一度来るといい。ノブさん、そのころには帰ってきてるはずだ。俺のほうから話は通しといてやっから」

一旦(いったん)礼を言って立ち去った。

タッさんは、事件が起こった直後に慣れ親しんだ寝床を後にしている。老人は体調を気遣っていたがそんなわけない。まもなく命が終わろうとしている人間が、痴漢しようなどという気になるだろうか。いかにも怪しい。

痴漢騒ぎにスポットが当たることを恐れて逃げたのではないか。いずれにしてもタッさんを見つけることができれば大きな進展がありそうだ。

二時間ほど時間を潰すことにした。駅前の『プロペ通り』と呼ばれる大小二百の店が軒を連ねる商店街をぶらぶらする。所沢が日本の航空発祥の地ということから命名されたらしい。高校時代、学校帰りに遊びに来た記憶が蘇る。夕刻が近づくにつれ、仕事を終えたサラリーマンが次々と現れては居酒屋に入っていく。彼らと先ほど見たホームレスは何が違うというのか。

突然会社をクビになり、マイホームのローンが払えなくなり、家を追われたらと想像してみる。五十を過ぎた高給取りの中年など、雇ってくれる所なんてそうは見つかるまい。家族にも見捨てられ、行きつくあてもなくあの場所に辿りついてしまったのかもしれない。先ほどの老人は杖（つえ）をついていた。足が不自由なのだろう。働きたくても働けない人だって中にはいる。決して人ごとではない。自分だって、将来彼らと同じ末路を辿るかもしれないのだから——。

十八時を回ったころ、再び老人の元を訪ねた。

老人は若狭の手元に気づき、手招きするように人懐っこい笑顔を覗かせた。

「よかったらどうぞ」コンビニで買った酎（ちゅう）ハイやつまみを詰め込んだ袋を差し出した。

「気ぃ遣わせちゃって悪いねぇ」

老人は奪うように袋に手を伸ばして、段ボールの陰にそれを隠した。本当は仲間内で分けてほしかったのだが、目の前の老人にその気はないようだ。

「ノブさん帰ってきてる。兄ちゃんのことも少し話しておいたから」

老人は杖を支えに右足一本でゆっくり立ち上がろうとしていた。

手を差し伸べなければならない場面だが、体は動かなかった。

「さあ、こっちだ、こっち」

ぎこちないリズムで歩く老人の後ろについていく。

老人はブルーシートで覆われた小屋の前で立ち止まり話しかける。

「ノブさん、さっき言ってた子だ。タッさんのこと探しているらしい。力になってくれや」

中から「おう」と返事だけが返ってくる。

がさごそとシートが揺れて男が現れた。

想像していた容姿と違っていたので視線がさまよった。

外見はとてもホームレスに見えない。還暦はとっくに迎えているだろうが、体格もよく、髪は短く散髪され、ヒゲもきちんと剃ってある。着ているものも、ボーダーのポロシャツに黒のチノパンと格好は整っている。

「なんだ、そんなにオレが珍しいか?」男はニタリと笑って反対側の段差に腰をかけた。

男には寝床がないだけで、昼間は日雇いの仕事をしているという。定期的にネットカフェでシャワーを浴びたり、身なりには気を遣っているようだ。

「一週間前、突然オレんトコ来て、他の所に移ると言ってきたんだ。どこかいい所ないかって聞かれたけど、オレには今の所よりいい環境は思いつかなかった」

男は手に持っていたカップ酒を一飲みした。

「何があったんですか?」

「なんも教えてくれないよ。オレだってタッさんが出ていった理由を知りてぇぐらいだよ」

「どこへ行くとかもですか？」

「も、もちろん……オレは何も聞いちゃいねえ」

それまで続いていた会話に不自然な間が空いた。

何か隠している——若狭は直感した。

「何か聞いているんですね？」

「だからオレは知らねえって」男は握っていたカップを置いてふらりと立ち上がった。

「おじさんと僕は親戚なんです。もし何かあったら……このまま放っておくわけにはいかないんです」

男の目を見て訴えかける。

「実はな……」男の顔が若狭の耳元にぐっと近づいて、酒臭い息がぷーんと臭った。「オレだけには教えてくれたんだ。他の連中には絶対に言わないでくれって口止めされている。……兄ちゃんはタッさんの親戚かなんかだろう。なら言ってもいいよな。悪い連中にでも追われているのかもしれない。何かものすごく焦っていた——」

若狭は静かに息を呑んだ。追われているのは警察からだ——内心で苦笑した。

男はさらに声のトーンを下げた。

「最後に会った日、タッさんは川崎のほうへ行くと言っていた。あのあたりはホームレスになる前に住んでいた場所で、土地勘もあるからすぐに馴染めそうだって」

川崎と聞いて嫌な予感がした。川崎は関東近郊でもホームレス人口の多い街として有名だ。ホームレスに無償で食べ物を供給したり、ホームレス専用住宅なるものを建設したり手厚い対応が話題となった。対応に反対する住民と役所の人間がやりあう一幕を以前記事でも取り上げた。川崎駅周辺や近隣の公園、多摩川の河川敷などいたるところにブルーシート小屋が点在していた。果たしてタッさんをその中から見つけることができるだろうか。とても一日、二日で回れる距離ではない。新入りとなれば、接しているホームレス仲間も少ないはずだ。

聞き込みをしてもそう簡単には見つけられないだろう。だが探すしかない。

翌日、東横線に揺られて多摩川を渡っていた。ふと、車窓から飛び込んできた景色に目が止まる。

東京都側の河川敷にはブルーシートが一つもないのに、神奈川県側の河川敷はいたるところにブルーシート小屋が点在している。木で作った物干し竿には、洗いざらしの洗濯物まで干されている。まるでホームレス村。

橋を渡ってすぐの新丸子駅で降り、河川敷へと向かう。

「すみませーん、人探しをしていまして」

目の前の小屋に呼びかけるが反応はない。不在にしているのか、それとも居留守をつかっているのか？

所沢で見かけた段ボールを敷いただけの寝床とはまるで違う。それぞれの小屋は独立している。目隠しがわりのシートで遮断されていて、中の様子をうかがうことはできない。

一つ一つ声をかけて回るわけにもいかない。

ここまでか——諦めかけたとき、一人の老人が足を引きずりながら横切った。

男性の右頬に目がいった。真っ黒な痣のようなものがある。──タッさんだ！

今にも呼びかけそうな言葉をぐっと呑み込み、しばらく老人の様子を観察する。

手にはゴミ箱から拾ったようなビニール袋をぶら下げている。髪は額から頭頂部まで禿げ上がり、側頭部の白髪混じりの髪は、実験に失敗した博士のようにチリチリに絡まっている。年齢は優に七十を超えているだろう。

「タッさん、ですよね？」老人の背中に恐る恐る声をかけた。

砂利を引きずる音とともに、老人の足がぴたりと止まった。

「誰だあんた！　なぜワシの名前を知っている」

老人は振り返ると、眉間にシワを寄せて若狭を警戒した。

「週刊タイフーンの若狭と申します。所沢で起きた事件のことで話を聞きたいと、あなたを探していました」

若狭は用意していた名刺を老人の前に差し出した。

「週刊誌⁉」

老人は若狭の手を払いのけた。

「逃げるんですか？」

老人は若狭の呼びかけを無視して立ち去ろうとする。

「もしかして、事件のあった夜、犯行の様子を目撃したんじゃないですか？」

すぐに老人を追って、背中越しに呼びかける。

「ワシゃ何も知らん、知らん。ついてくるんじゃない！」

「ではなぜ、長年慣れ親しんだ所沢を離れ、こんな所に来たのですか」

老人は反応することなくさらに歩みを早めた。

若狭は老人の前に回り込み、行く手を遮るように立ちはだかった。

「僕は痴漢騒ぎのことを調べているのではありません。通り魔事件に興味があるんです。あの事件は目撃者がいないんです。あの晩、見たんじゃないですか。事件の一部始終を。犯人の顔を。しかし、それを警察に証言すれば、今まで犯した罪を追及されかねない。だから見て見ぬフリをした。いずれ自分に捜査が及ぶことを恐れて逃げてきたんじゃないですか？」

「だから、ワシゃ何も知らんって！　そこをどいてくれ」

老人は掻きわけるように大きく右腕を振り払った。

老人の手が若狭のバッグに引っかかった。丸めて挿しておいた『さいたま新聞』が落ちた。

『所沢・通り魔殺人で容疑者を逮捕』の見出しとともに、警察官に両脇を囲まれ護送される香奈枝の写真が地面に広がった。

「えっ！　女が……」という老人の小さなうめき声が漏れた。そのまま紙面をたぐり寄せると、舐めるように見つめ続けた。

何かを知っているに違いない。その反応を見て若狭は確信した。

「どうかしましたか？」

「な、なぜ、女が逮捕されている。あの晩ワシが見たのは若い男じゃった！」

老人は香奈枝の写真を叩きながら、興奮気味に叫んだ。

それを聞いて若狭の心臓は大きく波打った。

「やはり見たんですね！　事件の一部始終を！」

老人は「うっ……」と言葉に詰まり、しまったというように瞳の奥を揺らした。慌てて来た道を引き返そうと体の向きを変える。

「逃げるんですか。待って下さい」

絶対に逃がすものか！　若狭は老人の後を追う。

「ついてくるんじゃない……し、知らん、知らんって」

老人は惚けたように何度も首を振って、新聞を放り投げた。

簡単に引き下がるものか。若狭は大きく声を上げた。

「そうですか。何も話してくれないのであれば、あなたを痴漢の容疑者として警察に通報します。痴漢をされた女子高生の証言も取ってあります。いいんですね」

若狭はスマホを取り出した。もちろん演技だ。警察に連絡するつもりはない。

「け、け、警察に、そ、それだけは勘弁してくださいよ」

老人は怯えた目をして全身を震わせた。

あとひと押しでいける。拳にぎゅと力が入る。

「あなたが見たことを正直に話していただければ、警察に通報したりしませんから」

老人の目を見て優しく語りかける。緩急をつけると相手の心が支配しやすくなるのだ。

「ほんとか？」降参したように目から警戒心が消えていく。

「ええ、約束します」

若狭は後ろのポケットに用意していたＩＣレコーダーを起動させた。

「あの日は、二十二時前に事件のあった緑道にいたんじゃ」

「七月十七日は急な大雨が降った日です。間違いありませんね？」

念を押すと、老人はこくりとうなずいた。

それから、苦悶の表情を浮かべてぼそぼそと話し始めた。

「痴漢しようだなんてこれっぽっちも考えていなかった。ただ、若い女の子と少しだけ話がしたかっただけなんだ」

川から吹き抜ける強風に飛ばされてしまいそうな小さな声だった。そんな言い訳が通用するはずないだろうと叱責してやりたかったが、ぐっと堪えて続きを促した。

「その先を話してください」

「しばらくあたりを物色していた。遠くで雷が鳴り始めたと気づいた瞬間、バケツをひっくり返したような雨が降ってきた。どこかに身を隠そうとあたりを見回してみると、道の途中にトイレの灯りが見えた。しばらく雨宿りをすることにしたんじゃ」

緊張が解けたのか、強張らせていた身体が少し柔らかくなり、口調もしっかりしてきた。

老人が雨宿りするため身を隠したのは、事件現場から三百メートルほど離れた緑道の中にあるトイレだった。位置関係を思い浮かべながら、頭の中を整理していく。

「被害者の悲鳴や物音などは聞こえませんでしたか？」

「ものすごい雨音で、周りの音なんて何も聞こえやしなかった」

事件の夜を思い返す。移動中のタクシーで突然の雨に遭遇した。車体を叩きつけるような雨音で隣にいた友人の声も聞き取れなかった。

「雨が止むまでトイレの中に？」

「そのつもりじゃった。ところが十分ぐらい経って雨脚が少し弱まったころ、雨音に混じって遠くのほうから奇声が聞こえてきたんじゃ」

　老人が細く小さな目をまっすぐに向けてくる。

「殺された被害者の声ですか？」

「いいや、違う。何事かと思い道へ飛び出したら、背の高い若い男が向こうから猛スピードで走ってきたんじゃ。そして、ワシの前で立ち止まった。手元を見たら真っ赤に染まった包丁を持っていたんじゃ」

　あの夜のことを思い出したのか、老人の口元から苦しそうな息遣いが聞こえてくる。その恐怖は少しずつ若狭に乗り移る。思い出したくはないが、カマキリから送られてきた悍ましい写真が脳裏をよぎる。

　それから長い沈黙が続いた。話の展開からしたら、老人が男を振り切って逃げ切るか、包丁で刺されたかの二択だろう。老人は足が悪い。となると後者か？　しかし、若狭は今老人と向き合っている。その先が気になる。

「その男に何かされたのですか？」

　取材ということは頭の中から消えていた。

「ワシの顔を見て向こうも焦っておった。口封じのため殺されると思ったワシは、恐怖で足も動かなかった。情けないが包丁を見て腰が抜けてしまったのかもしれん。殺されると思いとっさに目を瞑った。そうしたら男はワシの横をすり抜けて再び走って暗闇に消えていったんじゃ。しばらくすると、あちこちから救急車やパトカーのサイレンが聞こえてきた。すぐに事件が起こったんだと確信したんじゃ」

切迫したような眼差しを向けられる。

「男の顔を見たんですね？」

「男と会ったのが街灯の下で、恐怖に支配されたような目をしとった。身体もガタガタと震えとった。今思えば、自分がやってしまったことへの恐怖に怯えていたのかもしれん。背がこーんなに大きかったんじゃ」

老人が伸び上がるように手をかざした。

「他に何か特徴は？」

しばらく考え込んだ老人はハッと顔を上げた。

「ジャージを着とった。腕の所に三本線が入ったような」

三本線と聞いて、真っ先に浮かんだのはタレコミがあった狭山東高校のジャージ。

すぐにスマホで検索して老人に向ける。

「これですか？」

「ああ、これじゃ、これじゃ」老人がスマホを叩くように何度も指した。「ワシが見たのはこの緑色のジャージだ。これを着た男が、あれから何度も夢の中に出てきて、ワシに包丁を向けるんじゃ」

老人は事件の夜を思い出しかけたのか、恐怖のあまり頭を掻きむしった。

狭山東高校は学年ごとに、赤・青・緑に色分けされている。老人が見た緑のジャージは一年生が着ているものだ。頭の中に何か引っかかるものがあった。

すぐにモヤモヤとした気持ちは消えていく。香奈枝が逮捕された日、検索するうちに辿りついた息子の写真。彼が着ていたジャージは、緑地に腕の所に三本の線が入っていた。それを見て若狭は、狭山東高校の一年生だと気づいたのだ。

「まさか、息子が父親を——」途中まで言いかけたところであまりの衝撃に息を呑んだ。

母親離れできなかった息子が、新しく父親となった男を受け入れられず、再婚相手となった男を別の人物が殺したように見せかけた。それを知ってしまった香奈枝は息子を守るため、身代わりとなって自首したのだ。頭の中にはサスペンスドラマのようなシナリオができあがっていく。

これが事実だとしたら世間を揺るがすとんでもないスクープになるぞ。これから挑もうとしているヤマの大きさに気づいたとたん、身体が震え出した。

「さぁ、用がすんだらとっとと行ってくれ。もう二度とワシの所に戻ってくんなよ」

老人の声で我に返る。

これはもう自分の手柄がどうのこうのと言っていられるレベルではない。世間を揺るがす大スクープだ。今すぐ山中に報告しなければ——。

せり上がってくる焦燥に駆られながら電話を操作する。

「編集長、とんでもない事実が発覚しました。香奈枝は犯人ではありません。息子が犯した罪を庇っているんです」

〈ど、どういうことだ？〉

想像通りの返事が返ってくる。

「事件の目撃者がいたんです。犯人は、狭山東高校のジャージを着ていたんです。香奈枝の息子は、狭山東高校の一年生です！」

(五) スクープ

「駅の売店はどこも完売だったぞ！」

山中が出社するなり、カバンを持ったまま若狭のデスクにやってきた。興奮を抑えきれないようで若狭の背中を何度も叩く。

「そうなんですかぁ〜」

とぼけてみせるのは恥ずかしさを隠すため。昨夜は一睡もできなかった。

早めに家を出て駅の売店を覗くと、『埼玉県警の大失態　所沢通り魔殺人に真犯人か！』の若狭が考えた見出しが目に飛び込んできた。いつもは他の雑誌に隠れているタイフーンの赤色の表紙が、誰もが手に取りやすい前方にずらりと並べてある。

「朝から電話が鳴り止みませんよ」新入りが受話器を持ち上げながら言った。

もちろん普段かかってくるクレームの類いとは違う。

「ツイッターのトレンドはどれも事件に関するワードばかりです」

高橋がスマホの画面を山中に向ける。

ユーザーが何を検索しているか、急上昇ワードがリアルタイムにランキングで更新される。

『殺人鬼カマキリ』『タイフーン』『真犯人』『冤罪』……。

どれも事件を連想させるようなものばかり。世間の関心は予想以上に高い。

若狭のスマホも友人からの受信通知で震えっぱなしだ。

スクープを書いて、自分を見下していた連中を見返してやりたい。

若狭が働くモチベーションは見栄とプライドだった。

今はどうだろうか……。

正直、どうでもいい。

若狭が追い求めていたものは何だったのか？

今、再び考えてみると、くだらないことに執着していた自分が馬鹿げてくる。

まだ事件の謎は半分も解明していない。この先、他社に続報を取られてしまっては元も子もない。浮かれている時間があれば事件の謎を一分一秒でも調べたい。

それに——ネタを摑んだのは若狭だが、山中や高橋の協力がなければ書ききることはできなかった。直前まで徹夜で赤を入れてくれた他のスタッフもそうだ。彼らがいなければ途中で行き詰まり投げ出していたかもしれない。

同時に改めて自分の未熟さを痛感させられた。一人で書き上げるなんて今の実力では到底無理だった。ついこないだまで、フリーになろうだなんて豪語していた自分が恥ずかしい。まだまだこの会社で学ぶことは多そうだ。


一週間前、取材から戻った足で山中のいる編集長室に乗り込んだ。

「――香奈枝の息子が犯人です。香奈枝は息子の罪を被って自首したんです」

書き殴った取材ノートをポケットから取り出して訴える。

若狭の手からノートを受け取った山中は、無言でめくりながら確認した。

「甘いな」と当てつけるような声とともに、ノートは若狭の手元に返ってきた。

寝る間も惜しんで調べ上げた事実を一言で片付けるなんて。せめてねぎらいの言葉ぐらいかけられないものかと、憎しみを込めて山中を睨んだ。

山中からは、さっさと出ていけと言わんばかりの冷たい視線が突きつけられる。悔しくて涙が出てきそうになる。

「お忙しいところお時間取らせてしまいすみませんでした」

やけに丁寧な言葉を並べて、部屋を出ようと頭を下げた。

「せっかくいいネタ見つけたっていうのに、これじゃお前の努力が台無しだろ」

山中は首をひねりながら呟いた。

今さら慰めの言葉をかけられてもよけいに惨めなだけだ。なんのフォローにもならない。

そのまま部屋を出ようとする若狭を呼び止めようと山中が言った。

「目撃者がいなかったのは、事件前後の大雨や現場周辺で痴漢が頻発していて、住民があまり近寄らなかったというのは理解できる。――けど、ホームレスが見た若い男が、香奈枝の息子だっていうのは、お前の憶測であり少し強引すぎやしないか？」

振り向くと懐疑的な目をした山中の視線とぶつかる。

「ですが、ホームレスが見た男は、息子が通う狭山東高校のジャージを着て、背格好もそっくりです。それに……」と言いかけて若狭は口をつぐんだ。もう一つ息子が事件に絡んでいると感じたことがあった。しかし、これは若狭が直感で感じたもので根拠などない。

山中は信じてくれるだろうか。若狭は瞬時に考えた。

――いや、信じるはずがない。いつものようにその場しのぎでものを言うなと説教が始まるだろう。

「なんでもありません」とぐっと睨まれた視線から逃げるように顔を逸らす。

「はあ？　言いたいことがあるならビシッと言ゃぁいいだろう」

眉間にシワを寄せた山中の顔が迫ってくる。プレッシャーをかけるように黙り込んだ。若狭の次の言葉を待っているのか？

「……は、犯行声明です」催眠術をかけられたようにぽろりと口にしていた。

「犯行声明？」山中は怪訝そうに首をひねった。

「掲示板に上げられていたり、ウチに送られてきた犯行声明は、香奈枝の息子が書いたものじゃないかと――」

「確かにあれは、犯行声明と呼べるようなものじゃない。何を言っているのか理解できなかった。小学生の子供が書いたというならまだしも、高校生にもなった息子が書いたというのは説得力がないな。逆にあんな幼稚な文章書こうと思えば誰だって書けるさ」

山中は薄ら笑いを浮かべて弄ぶように顎髭に手をやった。

案の定、若狭の考えは速攻で否定された。

若狭には引っかかっていたことがあった。なぜ犯行声明が香奈枝の逮捕直後に送られてきたのか。

「編集長は犯行声明をウチに高く買ってもらうために送ってきたと言っていましたよね？」

「ああ、そうだ」

山中は、偶然犯行を目撃した第三者の仕業だと言い続けていた。香奈枝に脅しをかけたが思うように交渉が進まなかった。香奈枝の逮捕を受けて、マスコミに高く買ってもらおうと送りつけてきたのが偶然ウチだった――。

「しかし、未だに誰からも接触がありませんよね。いったい誰が、なんのために？」

「…………」山中は返答に窮したように黙り込んだ。

「おそらく送り主には他に違った思惑があったのではないでしょうか」

「違った、思惑？」山中が関心を示した。

「息子です。母親である香奈枝のアリバイを証明するためです。息子が送ってきたらと考えるとすべての物事の辻褄（つじつま）が合うんです」

警察の発表では、被害者は「知らない男に刺された」と最後に言い残していた。後に、被害者の言動の信憑性について疑問を呈（てい）され、被害者は意識朦朧とする中で、男女の区別はつかなかったのではないかと警察は見解を変えた。香奈枝は身長が大きいほうではない。被害者が「知らない人に刺された」と言うのならわかるが、「知らない男」と断定している。それは背格好や体格を見て思ったに違いない。どんなに犯人が変装していたとしても、自分の妻を男と間違えるだろうか？「知らない女」ならまだしも男というのが引っかかった。

ここから先は若狭の憶測である。

真犯人は息子である。被害者と息子は親子だったとはいえ、互いを知ったのは半年前だ。だとすると、帽子やマスクで顔を隠していれば気づかなかった可能性は充分に考えられる。事件後、香奈枝は何らかの理由で息子が旦那を殺したことを知ってしまった。そして身代わりとなって自首したのだ。

母親が逮捕されたことを知って息子は驚いただろう。母親の無実を証明するためには、自分が真犯人であると名乗り出なければならないのだから。そこで息子は、第三者の犯行に見せかけて母を救うことを思いついたのではないか。マスコミに写真を送れば真犯人が他にいると世間は騒ぎ出し、香奈枝の無実が証明できると考えたのだ。写真を撮っていたのは偶然だったのかもしれないし、他に理由があったのかはわからない。

写真を大手テレビ局や新聞社ではなく、タイフーンに送ったのは、高く買ってもらうことが目的でなく、この事実を世間に公表してもらいたかったからだ。大手に送れば、出処を探られる。途中でボツにされる可能性だって考えられた。ガセネタばかり扱っている三流週刊誌なら、簡単に掲載してくれるだろうという思惑があったのかもしれない。

身元の特定される高校のジャージを着ていたのは、突発的な犯行だったからではないか。

若狭が一通りの考えを述べ終わったとき、編集長室のドアを誰かが叩いた。山中が返事をする前に入ってきたのは高橋だった。

「今の話、扉の前で少し聞かせてもらっちゃった」

おちゃめな高橋の言い方に部屋の空気が和らいだ。

「聞いていたなら話は早い。舞依は率直にどう思う」

「慎重に進めたほうがいいと思います。証言したのは身元もわからないホームレスよね？」

高橋は人形のような感情の読めない目で若狭に視線を移した。

「そうだけど」

「他に裏付けは取れているの？」

「いいや」若狭は首を振って次の言葉を探しながら黙り込んだ。

確かにホームレスの証言では信憑性が足りない。いっそのことホームレスを痴漢犯ということで警察に通報してしまおうか。しかし、痴漢は現行犯逮捕が原則。証拠がない限り、短期間で逮捕に漕ぎ着けるのは難しいだろう。まして、県警は通り魔殺人事件の捜査に人員を割いている。痴漢犯を捜査するのは後回しに決まっている。

「若狭君が真犯人だと思っている武田容疑者の息子は、未成年。仮に彼が犯人だとしても、マスコミが実名報道したり、写真を掲載することはできないのよ」

高橋が言っていることはもっともだ。少年法によりどんな極悪犯罪者でも、未成年者を特定するような情報を掲載することは難しい。山中であれば逃げ道を探してくれるかもしれないと期待していたが、その気はないようだ。

悔しい気持ちは残るが、これ以上粘ったところで結果は変わらなそうだ。

「今回は諦めます」握っていた取材ノートにぎゅっと力を込めた。

「ちょっと待って！」高橋がノートを手から奪い取った。

「どうした？」山中は不思議そうな顔で高橋を見つめた。

高橋は山中の言葉に反応せず、真剣な表情でじっと若狭のノートを見つめている。

「これ、視点を変えてみたらどうかしら？」顔を上げた高橋に若狭は首を傾げた。

「今さら書き直している時間なんてないよ。裏を取るには時間が必要だ――」

大げさに肩を落としてみせた。

若狭の言葉を高橋が遮った。

「もしもその間にテレビや新聞に先を越されたらどうするの？」

高橋の言葉にハッとした。

この業界、スクープを手にしたものより、最初に報じたもの勝ちだ。二番手、三番手で報じたところで価値がない。握っているだけでは紙切れ同然。公表してこそ価値が生まれる。これまで幾度となく大手誌に先を越された悔しい思いが蘇る。

「しかし――息子が犯人だと決めつけるのは危険だって言ったのは高橋だろ」

高橋の真意が摑めず、もどかしい気持ちを抑えるのに必死だった。

「痴漢犯のホームレスが、証言したことをそのまま載せるのよ」

「狭山東高のジャージを着ていたこと、背の高い若い男だった……それぐらいしか証言は取れていないんだけど」

少し拗ねたような返しになる。

「それだけで充分じゃない。犯人は男だった。世間が驚く大スクープよ！」

高橋は興奮気味に声を上げた。

山中が立ち上がった。

「確かにその通りだ。締め切りまで時間がない。真相は次号へ引き延ばせばいい。翌週の号も売れるかもしれない」

その眼光には嫌らしい企(たくら)みを感じた。

「他のマスコミも、香奈枝が本当に犯人なのだろうか、共犯者がいるのではないかと疑問を抱き始めています。しかし、裏付けをとるのに手間取っているようです。ここでウチがその事実を報じれば、世間は飛びつくはずです。――のんびりしている時間はないわ」

高橋の言葉に胸の奥からせり上がってくる熱いものを感じた。

山中が内線用の受話器を持ち上げた。

「特集入れ替えだ。例の通り魔事件、トップでいくぞ！」


若狭が昼食を終えてオフィスに戻ると、異様な雰囲気が漂っていた。スタッフたちの難しい顔に、突拍子もないことが起きているんだと即座に感じた。記事に対するクレームか、それとも掲載した情報がガセネタだったのか……鰻重(うなじゅう)定食の香ばしい余韻が口の中から一瞬で消えていった。

「たったいま！　容疑者の息子から電話があったみたいよ」

高橋が固い表情のまま詰め寄ってくる。

「えっ！」と驚いたきり、口を閉じるのを忘れていた。

電話番のアルバイト女性が、珍しいものでも見たかのように受話器を持ったまま固まっている。どうやら電話は切れたみたいだ。

真っ先に頭をよぎったのは、息子を名乗った一般人からの冷やかしの電話だ。

本人から連絡があるわけないだろうと半信半疑のまま女の元へと駆け寄る。

「男は自ら息子だと名乗ったのですか？」

「ええ、ぼくは武田香奈枝の息子の武田真斗だと――初めはイタズラかと思いました。けれど声変わりしたての特徴的な低いかすれ声だったんです」

女にも高校生になる息子がいる。彼女の言い分には不思議と説得力がある。

「武田真斗は何と？」

「記事を書いた若狭記者はいないかと尋ねられました。今、席を外していないと伝えると伝言をお願いされました」

「伝言ですか？」

若狭が大声で聞き返したとたん、フロアが一瞬静まり返った。

「お話ししたいことがあるので、十四時に所沢駅前のＪという喫茶店で待っていますと」

「呼び出しですか？　他には何か？」

デタラメな記事を書きやがってふざけるな、などと怒鳴られることを想像していた。予想外の反応に肩透かしを食らった格好だ。

「それだけ言って、電話は一方的に切られてしまいました」

女は申し訳なさそうに頭を下げた。

「ちょっと待って！　十四時に来いって、もう十三時をとっくに回っているじゃないか」

「まさか行くつもり？」探るような眼差しで高橋が見つめてくる。

「ああ」と返事をしながら取材道具をカバンに詰め込んでいく。

「記事を見たどっかのガキのイタズラに決まっているだろ」

後方から山中の声がしたので振り返る。

「本人という可能性もありますから」若狭は微妙な言い回しで答えた。

「着信履歴を確認してみたらどうかしら」

高橋に指摘され、女がディスプレイを確認する。

「042から始まる固定電話の番号です」

それは所沢近辺の発信番号にも該当する。

「イタズラだとしたら、身元のわかるような固定電話を使いますか?」若狭は投げかけた。

「普通、公衆電話やスマホから非通知に設定してかけてくるはずよ」答えたのは高橋だ。

「折り返しかけてみりゃいいじゃないか」山中の眼光が鋭くなる。

気づくと高橋が受話器を上げていた。

「おいおい」と声をかけたが遅かった。若狭の耳に強引に受話器を押し当ててくる。

すでに呼び出し音が鳴っていた。

心の準備は何もできていない。出ないでくれ。とっさに若狭は願った。

——が五回目くらいのコールで相手が出た。

「……もしもし」

警戒したようなぼそぼそっとした声だった。女性!? しかもだいぶ年老いているように感じた。予期していなかった事態に身の毛がよだつ。

何かしゃべらなくては——。無意識のうちに出た言葉が「週刊タイフーンの若狭と申します」だった。

次の瞬間、女の様子が一変した。

「週刊誌！　もう私たち家族のことは構わないで！」

悲鳴のような金切り声を上げて電話は切れた。

呆然と受話器を見つめる若狭に「やっぱりイタズラだったの？」と高橋が訊いてくる。

「お、女の人が電話に……」と言いかけて気づいた。

電話に出たのは、香奈枝の実の母、真斗の祖母にあたる人物ではないか。

おそらく今回の一件で、祖母の家には、連日マスコミからの電話が殺到していた。だから若狭が社名を名乗ったとたん、取材の申し入れと勘違いして切られたのだろう。

ということは、若狭に電話をかけてきたのは、祖母の家に一時的に預けられた真斗だったということになる。

極度の興奮と緊張から身体が小刻みに震え始めた。

まず若狭が釣ろうとしていたのは小魚だった。それを餌に、鮪を釣るつもりでいた。ところが先に大きな鮪がかかってしまったのだ。鮪を釣るための大きな釣竿は用意していない。途中で折れてしまうかもしれない。

しかし、今ここで手放したら――二度と若狭の釣竿に引っかかりはしないだろう。大きな釣竿で豪華なエサを用意したヤツらに釣り上げられてしまう。

そうはさせるものか！

「ちょっと出てきます」すでに部屋を飛び出していた。

何か言いたげな目をした山中に呼び止められたが、振り切ってオフィスを出た。

このチャンス、絶対に逃すものか！

（六）気づいたときには……

所沢駅へ向かう西武新宿線の中で、まだ見ぬ真斗の顔が何度も浮かんだ。

人を殺しているかもしれない男と接触するのだ。話があると誘き出し、人気のない所に連れていかれ、包丁を突きつけられる可能性だってある。

勢いでオフィスを飛び出したものの、所沢が近づくにつれて予想を遥かに超える大変な事態だということを体が理解し始める。好奇心より不安や恐怖が勝ってきた。

それは別れ際にかけてくれた高橋の言葉のせいでもある――。

「――身の危険を感じたときはすぐに逃げるのよ」

「大丈夫だ。俺だってラグビーで体は鍛えていた。高校生が相手なら」とおちゃらけて言いかけたところで、高橋が「ふざけないで！」と叫び、若狭の胸元を叩いた。

今にも泣き出しそうな目で見つめてくる。

何かまずいことを口にしただろうか？　考えてみたが思い当たる節はない。

「命と引き替えにとったスクープなんて、私認めないから――」

それだけ言って高橋は走り去った。

瞳の奥に光る何かを感じたのは気のせいだったのか……。

『次は所沢です――』の車内アナウンスが流れた。

電車は一つ手前の東村山駅を発車してすぐ、不自然なブレーキをかけた。耳を塞ぎたくなるような不協和音が車体の下から響いてきた。妙な胸騒ぎを感じた。

やがて、車掌の切迫した声が車内に響く。

『ただいま、緊急停止装置が作動いたしました。お急ぎの所――』

こんな大事なときに限って、どうして！　スマホで時刻を確認する。ただでさえ約束の時間ギリギリだというのに……。若狭は深く嘆息した。人身事故となると十分、二十分で復旧するようなものじゃない。真斗にも連絡の取りようがない。

しばらくして、再び車掌の声が響く。

『当列車は、所沢駅で発生しました人身事故の影響で運転を見合わせております。復旧までしばらくかかるものと思われます。お急ぎの所――』

アナウンスの後に、乗客のため息や舌打ちがいたるところから聞こえた。

帰宅途中の高校生はイヤホンをつけたまま扉にもたれかかっている。外回りをするサラリーマンは訪問先に詫(わ)びの電話を入れ始めた。買い物帰りの主婦はスマホでファッションサイトを覗いている。彼らの苛立ちは、若狭に比べたら呑気(のんき)なものだ。

じれったいまま無情にも時間だけが過ぎていく。いっそのこと、非常用のドアコックを開いて、線路を突っ走ってしまうことも考えた。

「ウウウー、もぉぉぉー」やりばのない怒りに目の前の扉を拳で叩きつけた。

乾いた音が車内に響いた。向かいの主婦から冷たい視線を浴びせられ、ようやく冷静になる。

背後にいた二人組の女子高生の会話が入ってきた。

「ツイッターに人身事故のこと上がってるよ」

「えっ！　まじ！　自殺？」

「さあ？　けど高校の制服着てたって」

「えっ！　どこ高？」

「わからない。男子高生って書かれてる」

「死んだの？」

「さあ、そこまでは書かれてない……あっ！」

「どしたの？」

「そばに落ちてたスクールバッグが東高のじゃないかって」

「東高って、狭山東？」

「そう、そう」

「コウジ君の行ってる高校だ」

彼女たちの会話が進むにつれ、胸騒ぎが激しくなる。狭山東高校、男子高生……。まさか、真斗が……。

自らの考えを否定するように小刻みに頭を振った。

——そんなことあるはずがない。狭山東高校の男子生徒なんて何百人といるはずだ。

ツイッターで関連の呟きを何度もチェックする。新しい情報はなかなか上がってこない。

ホームに落ちた男が真斗だったかは別として、事故に遭った理由が気になる。

――自殺か、誤って転落したのか、それとも……誰かに突き落とされた！

自分が考え出した結論から、心臓を棒で突かれたような衝撃を受けた。

首元をヒンヤリとした汗がつたっていった。

そのときだ。ポケットの中のスマホが振動を始めた。会社から着信だ。

――急ぎの用件かもしれない。すぐに出た。聞き慣れた高橋の声だ。

〈若狭君、例の写真だけど――コラージュだって〉

「はあ？」状況を呑み込めずに訊き返した。

〈偽物だったのよ。海外の殺人サイトから転用された遺体と、ネットに上がっていた公園の写真を合成したものに間違いないって〉

「まじか……編集長は何と？」

〈だいぶ気落ちしてるわ。増刷するはずだった次号のアテが外れたわけだからね。お詫び文も掲載しなければならない――〉

以前、芸能人のスキャンダル写真として別人のものを掲載したことがあった。担当者は、謝罪行脚が続き精神的におかしくなり退職に追い込まれた。

「戻ったら始末書もんだな」自虐的に呟いて電話を切った。

だが、そんなことどうでもいい。

いったい、誰がコラージュ写真を送ってきたのか？　目的は何だ？

そいつが真犯人かもしれないという憶測が、頭の中をちらちらと飛び回る。

若狭は、真犯人の思惑にまんまとのせられて、気づかぬうちに真斗が犯人であるかのような記事を書かされていたのかもしれない。

同時に、恐ろしい妄想が広がっていく。

事件は、犯行声明にリンクする真斗の家庭環境、不可解な目撃情報など、真斗の犯行に繋がるような脈絡があからさまに多すぎた。高校のジャージを着て犯行に及ぶなんて、身元を特定させるような自爆行為同然だ。そんなマヌケな犯人がいるだろうか。

まさか！　すべては、真斗を犯人と思い込ませるために何者かが仕組んだ罠だったのか。

昼過ぎ、真斗からかかってきた電話の内容を思い返していく。

真斗は若狭と話したいことがあると言ったようだ。真っ先に犯人と決めつけられた抗議の類いだと感じていた。だが、そんな理由で呼び出すだろうか？

真斗は記事を見て真犯人に覚えがあったのではないか。それを若狭に告げるために呼び出したのではないか。

そして、真斗の行動に気づいた真犯人によって命を狙われたとしたら……。

犯人は香奈枝でも真斗でもない。いったい誰だ――。

所沢駅に到着したのは、約束の十四時を三十分以上過ぎてからだった。四十分近く、車内に閉じ込められていたことになる。

電車を降りてすぐにホームを確認する。

所沢駅は西武池袋線と新宿線とが乗り入れていて、五つのホームがある。転落事故が起こった形跡はキレイに片付けられていた。

「週刊タイフーンと申します。先ほどの人身事故について聞きたいのですが」

慌ただしくホームを動き回る駅員に体を寄せるように詰め寄った。

「週刊誌？　マスコミの方ですか」

操作盤に手をやっていた男が動きを止めて振り返った。

「ええ」若狭は大きくうなずく。

「残念だけど記事になるような事故じゃないよ」急に口調が高圧的になった。

「ということは、落ちた人は？」

「見た目には無事だった」

普段の取材であれば肩を落とす場面だが、背中に背負っていた大きな荷物が消えていくように軽くなった。真斗は無事だった。

緊張から解放されると、事故そのものに興味が湧いてきた。

「状況を詳しく聞かせてもらえませんか？」

「今はそれどころじゃないんだ。事故のおかげでダイヤが大幅に乱れてね。この後、西武ドームでコンサートがあるから、その対応に追われてこっちは大変なんだよ」

到着した電車から降りてくる乗客に呑み込まれ、駅員の姿は見えなくなった。

人の流れが落ち着き、駅員の手が空くのを待って、再び詰め寄った。

「少しだけでいいんです。お願いします」

「まだいたの？　さっきも言ったけど、ニュースになるような事故じゃなかったんだから」

「いくつか教えてほしいんです——事故にあった高校生の特徴は？」

「特徴？　ああ、制服を着てなければ、高校生とはわからないぐらい大人びて見えたかなぁ。かなり背が高かったよ」

　駅員が若狭の頭上に視線をずらした。ますます真斗ではないかという確信が高まる。

「他には、何かを持っていたとか、声が低いとか——」

「そういえば」ホームの前方に歩き始めた駅員の足が止まった。

「何か思い出しましたか？」

「いや、特徴じゃないいんだけどね。線路から救出されて、ストレッチャーで運ばれていくときにすれ違ったんですよね。身体を後ろから押されたようなことを誰かに話していたな。ってことは傷害事件になるのか——」

　そのとき、ホームに入ってきた回送列車が、轟音を響かせて目の前を通過した。こんな鉄の塊に体を弾き飛ばされたらひとたまりもない。駅員の証言が本当だとしたら、本気で真斗を殺すつもりだった。想像しただけで内臓ごと吐き出してしまいそうな嘔気が込み上げてくる。

ホームから逃げるように階段を駆け上がった。

　改札前で、聴取を受けていた目撃者の話を盗み聞きした。

　事故が起きたのは、両側を電車が走っている二番ホームだった。コンサートへ向かうための乗り換え客でホームはごった返していた。少年は人混みを避けるようにホームの隅を歩いていたようだ。そこへ列車が入ってきた。

「あっ！」と声がして振り返ったら、少年の体がホームから投げ出され、宙を舞っていたと。そのときすでに、列車は数十メートル手前に迫っていた。警笛がホームに響くと同時に、レールを削るようなブレーキ音が轟いた。間に合わなかった。少年が落ちた遥か前方で列車は止まった。人影はどこにもなかった。列車の下敷きになってしまったのかもしれない。ホームにいた誰しもが最悪の事態を想像しただろう。

「おい！　大丈夫か！」

一両目と二両目の間に立っていた老人が車両の下に向かって叫んだ。

「……はい」

ホームの下から元気そうな声が聞こえると、乗客からは安堵のため息と拍手が湧いた。

少年が落ちた目の前に退避スペースがあり、ホームに転落してすぐに転がるように逃げ込み大事故は免れたのだ。普通の人間ではとても瞬時にできる判断ではない。ラグビーで鍛えた肉体と反射神経のおかげだろう。

「ちなみに、男子高校生を突き落とした犯人や不審な人影を見ませんでしたか？」

警察の問いかけに、目撃男性は「いいや」と首を振った。そこで話は終わった。

「先ほど所沢駅で事故にあった高校生が、こちらに収容されているはずなんです——」

救急設備の整った市内の病院を片っ端から当たっていた。これでもう三軒目。どこの病院もそんな方は収容されていませんと、取り合ってもらえなかった。

出口に向かって歩いていると、ベンチに座っていた男子高校生に目がいった。

……真斗か？　薄暗い蛍光灯の下では判断がつかない。

座っていても背の高さが際立っていた。筋肉質のガッチリした体型を想像していたが、目の前の少年は色白で手足は細く長い。若狭の勘違いだろうか？

半信半疑で近づいてみる。少年が足音に気づいて振り返った。視線がぶつかった。顔を覆う包帯の隙間から覗く切れ長の眼、整った小さな鼻、香奈枝の面影があるかもしれない。

若狭は一瞬迷ったが、気づいたときには言葉が漏れていた。「武田真斗君、だよね？」

「……そうですけど」真斗は弾かれたように立ち上がった。

しばらく見つめ合って、真斗は心底驚いた顔で言った。

「……もしかして、タイフーンの若狭記者!?」

記者と呼ばれることには慣れていない。真斗の視線を気にしながら小さくうなずいた。

吸い込まれそうなまっすぐな瞳で見つめられ、しばらく返事をするのを忘れていた。

「大変な事故に巻き込まれちゃったね。身体大丈夫だった？」

若狭の言葉に反応するように、真斗は微かに口元を綻ばせた。

「これぐらいのかすり傷、大したことありません」

包帯や傷を隠す絆創膏は痛々しいが、見た目には何ともなさそうだ。九死に一生レベルの事故に巻き込まれたというのに、精神的に弱った様子はない。少し拍子抜けした。

「まず君に謝らなくては」そう言って真斗の前で頭を下げた。

真犯人の思惑にまんまと引っかかり、誤った記事を書いてしまった責任は重い。細かい言い訳をするつもりはない。真斗に言われれば土下座でもなんでもするつもりだ。心から謝罪の気持ちで胸がいっぱいだった。

「どうして謝るんですか」

深刻そうな雰囲気を嫌うように、真斗はとぼけた声を出す。

「そ、それは……」予想外の真斗の反応に言葉が出てこない。

しばらく黙っていた真斗は苦しそうな声で続けた。

「てっきりお母さんがあの人を殺してしまったんだと……赤ちゃんができたと聞いたとき、ぼくは幻滅してひどいことを言ってしまったんです。あの人が苦手だったし、いなくなってほしいと思っていたんです」

幼さの残る口調で言った。

生まれてから、一度も父親の存在を感じたことがなかった真斗には、新しく連れてこられた父親を受け入れることができなかったのだろう。

「それを見たお母さんが、君のために……」

真斗の犯行だと疑いもしなかった若狭と同じように、真斗もまた、マスコミの報道により、香奈枝の犯行であると思い込まされていたのかもしれない。

「記者という仕事をしていながら、まんまと真犯人の策略に嵌(はま)り、ガセの記事を書いてしまった自分が情けないよ」

もう少し冷静に判断すべきだった。目の前のスクープに踊らされ、疑うことを忘れていた。

「でも、若狭さんが書いてくれた記事でぼくは救われました。お母さんは犯人じゃないんだって気づかされたんです。お母さんが人殺しなんてするはずないのに……ぼくは……」

正義に燃えた真斗の瞳にはうっすら涙が滲んでいる。香奈枝の犯行ではないと信じ通せなかった自分への忸怩たる思いがあるのだろう。

「君は何も悪くないよ。君たち親子の幸せを奪い、陥れようとしている真犯人が許せない。僕は何としてもヤツに辿りついて、君のお母さんの無実を証明してみせるから」

跡がつくぐらいに、両手の拳をきつく握っていた。

「若狭さんは、ママが無実だって信じてくれるんですね」

真斗が助けを求めるように右手を重ねてくる。

「もちろんだよ」若狭はその手をさらに強い力で握り返す。

母の無実を訴えても信じてくれる人が一人もいなかった。独りぼっちの不安な日々を過ごしてきたのだろう。真斗の気持ちを想像するだけで、胸が苦しくて張り裂けそうになる。

「僕は君に会う直前まで、お母さんが君の罪を被って自首をしたと思い込んでいた。しかし、君が所沢駅のホームから突き落とされたと聞いて気づいたんだ。これは君たち親子に罪を着せるため、真犯人が仕組んだワナだって」

若狭はあたりが気になった。誰かに見られているような視線を感じたのだ。

まさか！　真犯人に尾けられているのか？

真斗はホームから突き落とされたのだ。最悪の事態は免れたが、ほんの少しでもタイミングが悪ければ、身体はバラバラになっていたかもしれない。

真斗が一人になるのを待って、再び襲ってくる可能性だって考えられる。

真斗に視線を戻すと、真斗は目が合うのを確認してから話し始めた。

「ぼくはあの夜、事件現場になんて行っていません。信じてください。ホームレスが見た男の人が、本当の犯人なんです。ぼくと一緒にその男の人を探してくれませんか？　そうすればお母さんを――」

目を輝かせて言った。

再び襲われるかもしれない恐怖より、母の無実を実証できる可能性が見えてきたことへの喜びのほうが、遥かに強いみたいだ。

ここにきて、真斗が若狭に接触してきた理由がようやく理解できた。

真犯人を目撃したホームレスの居場所を聞き出し、一人で探し当てるつもりだったのだ。

目の前の少年をそんな危険にさらすわけにはいかない。

かわりに若狭が真実を突き止めてこの親子を再会させてあげたい。誤った記事を書いてしまったせめてもの罪滅ぼしとして……と思っていたが、それだけでは胸が締めつけられるほど苦しくなるわけがない。正義感だけでこんなにも心を動かされるだろうか。

「しばらくの間、君は一人で外を出歩かないほうがいいかもしれない。真犯人は相当手強いヤツだ。手法を変えて再び君を襲ってくるかもしれない」

「で、でも」その瞳は不安そうに揺れているが、弱気になどなっていなかった。

「僕にいい考えがあるんだ」

「お母さんを助けることができるんですか」真斗は声を弾ませた。

「僕が君のかわりに真犯人の標的になる」

「若狭さんが？」真斗は動揺した様子で声を裏返らせた。

若狭が考えた真犯人をおびき寄せる手法はこうだ。

まず次回発行の号で、事件の続報を特集する。真斗が事件の夜、犯行現場にはいなかったというアリバイを証明する。それらを踏まえて、真犯人に辿りついたと宣言する。最後は、週刊誌お決まりの謳い文句で、『詳細は次号へ』と読者に期待を抱かせる。

「おそらく真犯人は、標的を僕に切り替えるはずだ」完璧を求める抜け目ない犯人だからこそ、必ず若狭に接触してくるに違いない。

真斗ははっとした顔で「そんなことしたら……」と気遣うような目を向けてきた。

君は何も心配いらない――真斗を思いっきり抱きしめてやりたかった。ここへきても若狭の身を案じているのだ。こんなに純粋で無垢な子を……真斗の幸せを奪った犯人を絶対に許すものか！　使命感が全身を駆け巡っていった。

「僕に任せてくれ！　僕が必ずお母さんの無実を証明してみせる！」

「お願いします。どうか、お母さんを助けてください」

深く頭を下げた真斗の肩にそっと手を添えた。

このまま感情に付き合わされていては、真犯人を突き止めることなどできるわけがない。

若狭は頭を切り替えた。

「君をホームから突き落とした犯人のことで、何か思い出せることはないかな。ここ最近で誰かに尾行されていたとか、家の周りで不審な人を見たとか？」

「うーん」と言って、真斗はしばらく下を向いた。

「ホームから突き落とされる直前に何か変わったこととかなかった？」

「身体を押されて、線路の上へ投げ出されたと思ったときからの記憶がないんです。気づいたときには退避スペースの中にいて……ホームの上から大丈夫かと声をかけられるまで、何が起こったかわからなかったんです」

「仕方がないよ」

肩を落とす真斗を気遣い声をかけた。

無理もない。人はあまりの恐怖体験をすると、脳がそれを記憶しないことがあるという。記憶喪失とはまた違う。おそらく真斗の脳も一時的にキャパを超えてしまったのだろう。

真斗は記憶の糸をたぐり寄せるように目を閉じた。

「けど……」真斗が顔を上げて再び話し始めた。「突き落とされる直前、耳元で声がしたんです。へんな笑い声と耳元に吐息がかかるような感覚が残っています」

吐息がかかるということは、身長が同じか、それよりも高くなければならない。百八十センチ以上。やはり真斗を狙った犯人は、通り魔殺人と同一の可能性が高そうだ。

「へんな笑い声って、どんな感じ？」

もう少し絞れないだろうか。些細なことでもいいので、犯人に繋がる証言を引き出せればと質問を続ける。

「うーん」真斗はしばらく顔をしかめて固まった。「そうだ！　甲高い笑い声でした。息を吸いながら苦しそうにヒィーーッて……」

「それって引き笑いじゃないかな。ヒィーーッキキッキキッキキッてやつ？」

若狭は声を引きながら真似してみせた。

「そうです。そうです。落とされる直前に耳元でヒッキキッキキッて聞こえたんです」

真斗は相槌を打ちながら言った。

そのとき、だった。

「ちょ、ちょ、ちょっとぉー」

突然どこからか男の声がした。声のほうを振り向くと、気になっていた廊下の隅から、男の影が二つ近づいてくる。一人は若狭の父と同じぐらいの中年男性、もう一人は若狭と同じぐらいの青年か。いや、もっと若いかもしれない。

真斗の前で中年男が立ち止まった。胸元から警察手帳を取り出しながら「所沢警察の阪谷です」と名乗った。

「今の笑い声どこで、どこで、聞いたんですか?」興奮からか阪谷は早口でまくしたてた。

「ホームで突き落とされたときに耳元で」真斗は戸惑いながら答えた。

それを聞いた阪谷は凍りついたように固まった。重大なことに気づいたというのだろうか。

「笑い声がどうかしたんですか?」後ろにいた若い刑事が声をかける。

「香奈枝が働いていた不動産会社だー。すぐに、すぐに会社に向かうぞー!」

阪谷が叫びながら廊下の奥に消えて行った。

「な、何があったんですか!」すぐに若い刑事も後を追った。

※ぼくの日記帳

……捜査資料より

報告　　六月一日（月）

今朝、君からランチの誘いがあった。君のほうから誘ってくれるなんて！　午前中の仕事は手につかなかった。「報告が遅くなりましたが……この春入籍いたしまして、妊娠四ヵ月になります」君はそう言ってお腹にそっと手を当てた。それってできちゃった婚――喉元まで出かけた言葉を慌てて呑み込んだ。「上司である目黒さんにまず報告をと思いまして」僕はその場でおめでとうと言ったけど、そんな気分にはとてもなれなかった。「どんな人と結婚したんだい？」平静を装って聞いた。「友人の紹介で付き合い始めたんです」そう言って君が見せたスマホには、君の肩を抱く男の姿が……どっかで見たことあるような顔だ……まさか！

大切なもの　　六月十一日（木）

寝不足で食欲がない。この一週間で体重は三キロも減ってしまった。このままでは数ヵ月後、僕は紙切れになってしまうんじゃないか。これもすべてあの男のせいかもしれない。なんとかして君を救ってあげなければ。純粋な君は騙されているだけだ。あの男におかしな魔法をかけられているんだ。

買い物　　六月十七日（水）

仕事帰り、駅前のさびれた商店街へ向かった。店の奥からよぼよぼなおばあさんが出てきた。「板前を目指していて活きのいい魚を捌かなければならないので」とお願いしたら、大きくてギラギラ光った包丁を差し出してくれた。さあ、これで何を調理しよう。いつか君にとびきりの料理をご馳走するよ。

この鋭い刃先が、キミの背中に吸い込まれていくと考えただけでワクワクするね。内臓を掻き回されるような高揚感に、今夜は眠れそうにない。

狭山東高校　　七月十四日（火）

息子さんが僕の出身と同じ狭山東高校の生徒だったなんて、びっくりだった。どうしてもっと早く教えてくれなかったんだろうか？　僕はサッカー部の後輩の面倒を見るふりをしてグラウンドに向かった。息子さん、上級生からタックルばかり受けていた。ちょっと心配になった。けれど君に伝えたらもっと心配するだろうからやめておくことにした。

それからぼくは、ラグビー部がある校舎裏に向かった。
狭山東高のジャージを手に入れたいんだ。
店舗や通販で手に入れたかったがどこにも売っていなかった。
高校の近くのスポーツ店で身分証を提示しないと注文できないらしい。
仕方ないので盗むことにしたよ。
ジャージだけを盗んだんじゃ疑われてしまう。
サッカー部と野球部の部室に入り、ほしくもない財布を片っ端からリュックに詰めた。
そのとき誤算が生じた。部室の外で女子生徒が立ち話を始めていた。
ぼくはとっさに盗んだばかりのジャージに着替え、何食わぬ顔で部室を出た。
誰もぼくが不審者だなんて気づいていない。
そのまま校門から出た。
高校生のガキンチョの財布は小銭ばかりで重い。ぼくもお金がほしいわけではない。
帰りがけ、狭山川に財布ごと捨てた。
今頃学校では、財布が盗まれたと大騒ぎになっているに違いない。

空き巣犯　　　　　　　　七月十五日（水）

「昨日、息子の高校に空き巣が入ったんです」君が神妙な顔で同僚に話していた。「幸い息子は被害に遭わなかったけど」ほっとため息をついた君もかわいかった。ついこないだも他の高校で被害があったばかりだ。このあたりで頻発しているようだ。まあ、僕の部屋に入っても盗むものはないか（笑）。

やはりマサト君はぼくと同じで気が小さいんだね。
みんなが大切な財布を盗まれた中で、ジャージが盗まれたなんて言えないよね。
わかっている。わかっていてぼくは犯行に及んだんだ。ひどい奴だ。

謝らなければならないこと　七月十七日（金）

今夜、君に予定があることは知っていた。友人たちが結婚のお祝いをしてくれるはずだったんだろう。だから試してみたくなったんだ。徹夜を装って仕事が終わらないと言い寄ったとき、君がどっちを選ぶのか……。君は僕の思った通りの人だった。友人じゃなくて、僕を選んでくれた。「目黒さんみたいな人がいるから会社もうまく回るんですよ」君にそんな言葉をかけてもらえるなんて、僕は本当に嬉しかった。

ぼくは家庭のことで話があるとキミに持ちかけて、緑道に呼び寄せることに成功した。
キミはぼくに殺されるとも知らずに、のうのうと現れたよ。
ぼくは「死ねー」と叫びながら懐に飛び込んだ。

キミの体の動きが一瞬だけ止まったように見えた。
のけぞるように仰向けに地面に倒れ込んだ。
包丁で滅多刺しにしてもよかったけど、そんなに楽には逝かせないよ。
ぼくはキミのポケットからスマホを取り出して、一一九番に電話をかけた。
それを右手に握らせて、キミの前に立ちはだかった。
この日のために調達したマサト君のジャージを見せつけるようにね。
キミは目をまん丸にして驚いていたよ。信じていた息子に殺されたんだから。
最後の力を振り絞って右手に握ったスマホを口元に持ってきた。
そして電話越しにこう言った。
「知らない男に刺された」
おかしいな？　このジャージが見えないのかな？　胸元のマークを強調してみせる。
それでもキミは虚ろな目でぼくの身体を眺めるだけだ。この役立たずめ！
これ以上よけいなことをしゃべられると困るので、キミの手からスマホを取り上げた。
真っ赤に染まった血の海に放り込んで水没させてやった。
キミはくやしそうな目をしてぼくの顔を見続けていたね。
包丁はお腹を貫通して背中の奥深くまで突き刺さっているようだ。
畑で大きな大根を抜くように「よっこらしょ」と引っこ抜いた。
傷口から水道のようにどばどばと血が溢れ出してきた。
遠くで鳴っているサイレンで我に返った。

ぼくにはもう一仕事残っているんだ。
ぼくはパニックを装い大声をあげて緑道を走った。
二、三分走ったところで、ホームレスのおじいさんが向こうからやってきた。
血のついた包丁を見せつけると、おじいさんは腰を抜かしてその場で固まった。
もちろんおじいさんを殺すつもりはない。
なんてったってぼくの重要な目撃者なんだから。

お葬式　　　　　　　　七月二十日（月）

君の悲しそうな顔は見たくない。どんな顔して君に会えばいいのか、本当は葬儀になんて出席したくなかった。だが、僕は密(ひそ)かにこの結末を願っていたのかもしれない。お焼香のとき、棺(ひつぎ)を覗くと、あの男の目がギョッと開いて僕の顔を睨みつけた気がした。逃げ出すように僕は葬儀場を後にした。

それから、マンションへ向かった。
ネットのマニュアル通りにカチャカチャやったら、すぐに開いた。
これじゃ空き巣に入ってくれと言ってるようなもんだ。
真っ先に向かったのはマサト君の部屋。
さあ、どこに隠そうか——カバンから新聞紙に包んだ包丁を取り出した。

机の奥底に隠して、警察が見つけられなくても困る。
そこらへんの引き出しに入れておいて、先に香奈枝さんに見つけられても困る。
物色していると、押入れの中で『小学校の思い出』と書かれた箱を見つけた。
ここしかないと思って蓋を開けたら、奥のほうから日記が出てきた。
マサト君もぼくと同じように日記をつけていたんだね。
つい嬉しくなって夢中で読み始めたら、面白い文章を見つけてしまった。
ぼくの大好きなカマキリについて書かれていた。
犯行声明にでも使えるかもしれない。
とっさに閃(ひらめ)いて持ち出すことにしたよ。
包丁を箱の一番底に隠して部屋を出た。
マンションの階段を駆け下りたところで、大家と遭遇した。
ぼくの姿を見た大家はハッとした表情を浮かべた。
見られてしまったんだから、かなり焦ったよ。
無意識にナイフがあるポケットに右手を突っ込んだ。
口封じのため殺さなければならない。
そしたら大家はぼくに向かって「マサト君」と言った。
どうやら勘違いしていたみたいだ。
ぼくは一瞬戸惑ってしまったけど、マサト君ということにして逃げた。
あの大家は命拾いしたね。やっぱりぼくはついているんだ。

目撃証言　　七月二十二日（水）

仕事帰りに駅前のネットカフェに立ち寄った。ネットの記事を一通り見たけど、事件のニュースがだんだん少なくなってきた。世間の関心もなくなっているみたいだ。いったい犯人は誰なのだろうか？　あれ、僕は気づかない間にこんなものを投稿していた。どうしよう、なんか勝手に犯行声明みたいにされてるぞ！「お客さん、もう時間とっくに過ぎてるんですけど――」店員に促されて慌てて店を出た。削除できなかったけど大丈夫だろうか……。

それよりなにより、ぼくの目撃証言はどうしてニュースにならない。
やっぱりあのホームレスは、ぼくに復讐されることを恐れて証言していないのか？
このままではぼくの計画が大きく狂ってしまう。焦っていた。
どうすれば警察はマサト君の犯行だって疑いを持ってくれる。
――そうだ！　犯行声明だ。
マスコミが騒ぎ出せば、警察だって黙っちゃいない。
すぐにマサト君に疑いの目が向けられて、部屋から凶器が見つかれば――逮捕だ。

家宅捜索　　　　　　七月二十六日（日）

散歩しながら君の自宅の前を通った。家の周りに黒塗りの車が何台も止まっていた。何事だろう？　僕は茂みの陰に隠れてその様子をうかがった。しばらくすると、男の人が段ボール箱を抱えて次から次へと運び出して行く。まさか！　と思い息を呑んだ。「これで香奈枝を逮捕する証拠が揃いましたね」はぁ！　僕は聞き間違いかと思った。けれど確かに刑事は「香奈枝を逮捕する」と言った――嘘だろ！　君が？　いったいどうしてこんなことに？　まさか僕が書き込んだ掲示板のせいで……。

ぼくが犯人に仕立て上げたマサト君はおばあさんの家に引き取られている。
まさか、香奈枝さんはぼくの策略に警察よりも早く気づいてしまったのか！
少し焦ったけど大丈夫。こうなることだって予想していたんだから。
ぼくは、あらかじめ用意しておいた声明文に合いそうなベストショットを探した。
声明文と言うと大げさだが、警察への挑戦状さ。
もちろん警察になんて送らないよ。どうせイタズラと相手にされないから。
ぼくは引き出しにしまってある『週刊タイフーン』を一冊取り出した。
あそこは面白いと思ったら、ガセネタでもすぐに飛びついてくる。
裏面に書いてある住所を丁寧に書き込んでいく。

ワイドショー　　　　　七月二十七日（月）

チャンネルを変えても画面からは君のかわいそうな姿ばかりが飛び込んでくる。無能なコメンテーターが君のありもしない男関係を憶測で言いたい放題――。懲役二十何年だの、無期懲役だ、保険金殺人も加われば死刑もありうると。くだらない。嫌気が差して電源を落とした。

なぜ、マサト君の部屋に隠しておいた包丁が香奈枝さんの実家から見つかったんだ？
もしかして、犯人逮捕を焦った警察が証拠を捏造したんじゃないだろうか。
まあ、犯人逮捕と胸を張っていられるのも今のうちだけだ。
そろそろ、例のモノがタイフーンに届いたころかな。
今頃、社内は大騒ぎだろう。
来週の発行が楽しみだ。

週刊誌　　　　　八月五日（水）

コンビニへ行って、雑誌コーナーで何気なく『週刊タイフーン』を手に取った。現場から逃走する息子さんにそっくりな男の目撃証言が！　夢中で僕は立ち読みした。事件の全容が見えてきた。息子さんも僕と同じように、あの男に憎悪を抱いていたのかもしれない。だからあんなことを……。

おそらく記事を見たマサト君は、若狭という記者に接触するだろう。

ホームレスが見たという犯人は自分とそっくりな容姿。

この男を見つけ出せれば香奈枝さんの無実を証明できるのだから。

ぼくは所沢駅へ向かうマサト君の後をこっそりつける。

所沢駅は西武ドームで開かれるコンサートのせいで、通勤ラッシュ並みの大混雑だろう。

反対側のホームに電車が入ってくる瞬間に、マサト君の体を力いっぱい押すんだ。

投げ出されたマサト君の体は弾き飛ばされて跡形もなくぐちゃぐちゃになるだろう。

ぼくは混乱する群衆に紛れて、ホームの端に遺書を置いて駅を去る。

『お母さんはぼくを庇って捕まっているだけだ。死んでお詫びします』とね。

さあ、最後の仕上げに取りかかるか。

この日記も今日でおしまいだ。

おっと、データを忘れずに消しておかないと。

万が一この日記を見られたらぼくは完全にアウトだからね。

第四章　贖罪

……阪谷英行（刑事・五十八歳）

（一）木を見て森を見ず

車は狭山ヶ丘駅を過ぎたところで信号待ちのため停車した。

「香奈枝と目黒の家は目と鼻の先だったんですね」

運転席の中三川があたりを見渡しながら呟いた。

「香奈枝と目黒だけじゃない。被害者だって同じ町内に住んでいた。盲点だった……」

阪谷は言葉と一緒に深いため息をついた。

「目黒がこのあたりに引っ越してきたのは六年前なんですよね」

「香奈枝が同じ不動産屋で働き始めたのもそのころだ」

「ええ！　それって……」

「ああ、目黒は香奈枝に近づくことが目的で、このあたりに引っ越してきたんだろう」

「そういえば、香奈枝は過去に郵便物が漁られていたり、真斗君が男の人に声をかけられたことがあったと――」

中三川は思い出したように難しい顔をした。

「それも目黒の仕業だったんだろう」

異常なまでの香奈枝への執着が感じられた。

勤務先を訪れたとき、もう少し突っ込んで目黒の背後を洗うべきだった。今さら後悔したって遅いのだ。

——昨日、武田真斗がホームから突き落とされたと通報を受け、搬送された病院に向かった。真斗はホームに落ちる直前、背後から「ヒッキキッキッ……」という引き笑いを聞いたと証言した。頭に浮かんだのは香奈枝の上司・目黒の顔だった。

しかも、真斗が所沢駅で突き落とされた直後、西武球場前方面行きの電車に乗り込む目黒の姿が防犯カメラに映っていた。

犯行直後に掲示板に投稿された真斗の日記の文章を使った犯行声明も、市内のネットカフェから目黒が書き込んでいた裏付けが取れた。

動機は、予てから好意を寄せていた香奈枝の結婚に対する嫉妬心だ。それを真斗の犯行に見せかけようと香奈枝宅に忍び込んだ。凶器を真斗の部屋に隠し、罪をすべて真斗になすりつけるつもりだったのではないか……。

押収した目黒の日記に、事細かに犯行計画が記されていた。

これだけの動機と証拠が揃えば、普段の捜査であればすぐに殺人罪（殺人未遂罪）で容疑者を引っ張り、証拠を突きつけて自白させられる。阪谷はＧＯサインを待った。しかし、捜査本部は判断に迷った。

事件の夜、目黒が現場にいた事実が立証できていない。

目黒が香奈枝の自宅に忍び込み、真斗の部屋に凶器を隠した証拠も見つかっていない。日記には、ピッキングをして侵入したと記されていたが、今のところその形跡は見つかっていない。

峯島は、この矛盾を解消できない限り、目黒を殺人容疑で逮捕することは難しい――と臆病(おくびょう)なぐらい慎重になっていた。

香奈枝の前例があったからだ。二度も犯人を取り違える失態など許されるはずがない。そんなムードが捜査本部に蔓延(まんえん)していた。

胸のつかえを抱えたまま、車は目黒のアパートがある一つ手前の道を左折した。

「どこに停めましょうか……」中三川はハンドルを握ったまま困ったように目を細めた。

対向車とすれ違うのが困難なほどに狭い道だ。警察車両が歩道に乗り上げて駐車するわけにはいかない。

車はしばらく住宅街の中をさまよった。

「そこなんかどうだ」阪谷は前方を指した。

通りの奥に公園が見えた。いくらか道幅も広くなっている。

「了解です」中三川は一気にアクセルを踏んだ。

犯人逮捕を前に昂(たかぶ)りを抑えきれないのだろう。気合いが空回りしなければいいが……。

車を停めて、扉に手をかけた中三川を呼び止めた。

「目黒は容疑をかけられているわけではない。あくまで事件の参考人だ」と念を押す。

「ですが……」

中三川は口元を尖らせながら車から出ると、運転席のドアをバタンと閉めて歩き始めた。

「いいか、へんに刺激して騒ぎを大きくしたくない。話は引っ張ってからじっくり聞けばいい」

今にも突っ走りそうな中三川に釘をさす。

「わかってますよ」そう言ってスマホの地図を確認しながら進む。

「目黒のアパートは次の角を曲がったところです」

「うん？」初めて訪れたはずなのに、以前、歩いたような既視感を覚える。

「どうかしましたか？」中三川が振り返った。

「いや、ここって香奈枝の家に来たとき、通った道か？」

「香奈枝の自宅は線路を挟んで反対側なので、ここを通ることはないと思いますが」

「だよなあ。いや、なんでもない」阪谷は慌ててごまかした。

「先輩、暑さで頭やられちゃったんですか」

中三川は不思議そうに首をひねった。

しばらく無言で中三川の背中に続くことにした。

「確かこのあたりのはずですが……あっ、あれです。あれです」

中三川が指した先に、朽ち果てた木造二階建てのアパートがあった。デジャブじゃないかと一瞬足が止まった。

「おい、これが目黒の住んでいるアパートか？」

「ええ、ここの二〇四号室に目黒は住んでいます」

「被害者も同じアパートに部屋を借りていた。確か二〇二号室に……」

それを聞いて中三川が目を見開いた。

「やはり目黒とガイシャは面識があったんです。目黒はガイシャの生活パターンを把握していた。事件の夜も緑道に潜んでガイシャが通るのを待ち伏せしていたに違いありません」

捜査本部は、香奈枝の逮捕を受けて、恭一の人間関係を洗い直すことはしなかった。もちろん恭一のアパートの捜索だってしていない。手が回らなかったというのも一つだが、家庭内で起こった事件であり、そこへ恭一が巻き込まれたといった印象が強かったからだ。香奈枝に事情を聞くまでは、当然一つ屋根の下で暮らしていたと思い込んでいた。

まさに木を見て森を見ずだった。

大家の話ではガイシャが引っ越してきたのは二年前だ。目黒は六年も前から住んでいたとなると、二人が同じアパートに住んでいたことは偶然だったのかもしれない。いや、香奈枝の旦那が隣人だったことも、目黒を犯行へと駆り立てた一因だったのかもしれない――。

阪谷は嘆息しながら目黒の部屋を見上げた。窓が半分開いていてカーテンが揺れていた。

「目黒のヤツ部屋にいるようだな」

「あの高さならベランダから逃走することもできますね」

阪谷は応援を要請しておいた所轄の警官をアパートの表側に配備した。

逃走の可能性を確認しながら二階へ続く階段を上がる。

「他には逃走できる経路はなさそうです」

「ああ、これで取り逃がしたら俺たちゃ始末書もんだ」

阪谷は必死に捜査に気持ちを集中させようとする。しかし、何か引っかかるものがあった。

中三川が玄関で電気メーターを確認する。

「回りが遅いですね。本当にいるんでしょうか？」

「非番であることは確認済だ。寝ているだけだろう」開いていた窓を思い出しながら言った。

阪谷がチャイムを鳴らす。

中三川はドアにぴったり耳を付けて中の様子をうかがう。

しばらく待ってみるが反応はない。

目が合った中三川は小さく首を振る。

間を空けてもう一度チャイムを押す。続けて扉を二度叩く。

「人がいるような気配がしませんね」中三川が耳元で囁いた。

「おかしい、ベランダの窓は開いていた」

「まさか！　気づかれたんじゃ……」

焦った中三川が「目黒！」と叫びながらドアノブを回す。扉はピクリとも動かない。

そのときだ。配備していた警官の叫び声が表から聞こえた。

「目黒です！　目黒を発見しました――」

「何ぃぃーっ！　絶対に逃がすな！」

気配を察知して、ベランダから逃走を図ったに違いない。阪谷は真っ先に階段を駆け下りて
アパートの前の通りに出た。

数十メートル先で警官に両腕を締め上げられた目黒の姿が――。一先ず胸をなでおろし、中三川に続いて駆け寄った。

「な、何ですか急に!」目黒は怯えながら顔を歪めた。

「それはこっちのセリフだ」

阪谷は乱れた呼吸とせり上がってくる怒りを押しこらえて呟いた。

「なぜ逃げた?」中三川が追い詰める。

「に、逃げたって、ぼ、僕は買い物から戻ってきただけですよ」

目黒の足元には、破れた袋から落ちたパンやペットボトルが散乱している。窓が開いていたので、てっきり部屋にいるものだと思い込んでいたが、そうではなかったようだ。

「だが、お前は自宅の前にいる警官を見て逃げたんじゃないのか。何かやましいことがあったんだろ?」

「そ、そりゃ……いきなり目の前で名前を呼ばれて指を差されたら、誰だって……」

目黒は半ベソをかきながら抵抗するように身体をくねらせた。大人しく連行される気はないようだ。

阪谷は一歩前に出た。目黒の顔の前で犯行声明の全文が印刷された用紙を広げた。

「これを書き込んだのはあなたですね」

「そ、それは……」目黒は視線をさまよわせ激しく動揺した。

「所沢駅前のネットカフェから書き込まれた形跡があります。あなたの姿が防犯カメラに録画されていました」

目黒は観念したように肩を落とした。

「警察署で詳しくお話を聞かせていただきましょう」

（二）取り調べ

「おい、目黒、武田恭一とは面識があったんだよなあ？」

中三川の問いかけに目黒は何度も首を振る。

「――事件の後、初めて知ったんです。確かにアパートですれ違ったことはあったかもしれませんが、香奈枝さんの旦那さんだったなんて」

「嘘をつくな！　お前の日記に書いてあるんだよ。香奈枝から紹介されたとき、お前は隣人だと気づいていたんじゃないのか」

「あっ、ええっと……うぅぅ……」と喉仏を上下させて次の言葉を探し始めた。嘘を隠し通せないタイプのようだ。

「白状したらどうだ」

「た、確かに……香奈枝さんに写真を見せられて、見覚えある顔だなぁと……でもあの男とは話したこともありません」目黒は全力で否定する。

目黒が日記に記した恭一への怨恨は異常だった。香奈枝が結婚しただけであそこまで殺意を抱くだろうか？　何か弱みを握られていた可能性も考えられる。

「ガイシャに脅されたんじゃないのか？　金銭を要求されたとか、香奈枝に付き纏っていたことを会社にバラすとか——」

阪谷は優しい口調で訊いた。

「つ、付き纏うだなんて、そ、そんなつもりは……僕はただ、香奈枝さんにへんな男が寄ってこないか見守っていただけですよ」

目黒は自嘲するような薄笑いを浮かべた。

「それを世間じゃストーカーと言うんだ！」中三川が声を張って目黒を睨みつけた。

目黒がその迫力にのけぞると、さらに中三川は詰め寄った。

「それだけじゃない。郵便物を漁ったり、部屋に侵入して真斗君の日記を盗んだのもお前の仕業だろ？」

「へ、部屋に侵入しただなんて……そ、そんなことしていませんよ。できませんよー」

目黒は真顔に戻ると、椅子の上で飛び上がるように全身で否定した。

それから、「ただ」と付け加えるように「不在のとき、郵便受けを覗いたことは何度かありました……」と小声で言った。

「じゃあこれはどう説明するんだ！」

中三川は掲示板に書き込まれた犯行声明を叩きつけた。

「ですからそれは……真斗君に見せてもらったんです」

「見せてもらっただと？　そんな都合のいいことがあるわけないだろ」

「ほ、本当ですって……真斗君が四年生のとき、偶然家の前で会って」

「偶然だと？　お前は香奈枝の様子をうかがうために家の前をウロついていたんだろ」

「それは、その……」

「お前なあ、もう少し、まともな嘘をついたらどうだ」

「う、嘘じゃありませんって……日記は真斗君に見せてもらったんです。真斗君に確認してみてください。絶対に覚えているはずです」

中三川は呆れるようにため息をついてから言った。

「あのなぁ、六年も前の小学四年生の頃のことを子供が覚えているわけないだろ」

「そんなことありません。あの日、真斗君が僕の肩にカマキリが止まっていると言って手を伸ばしてきたんです。そんなにカマキリが珍しいのかと尋ねると、ランドセルから日記を出して見せてくれたんです。メスのカマキリは交尾が終わるとオスのカマキリを食べてしまうんだ――と悍ましいことが書かれていました。そのときの文章があまりに衝撃的で、ずっと脳裏に焼きついていたんです。だって交尾が終わったメスはオスを食べちゃうんですよ。人間でいったら」目黒は一旦言葉を止めると、大きく息を吸い込んでから続けた。

「大好きな女(ひと)と結婚して、子供を授かったとたんに殺されちゃうってことですよ。想像しただけで……」

目黒は小刻みに肩を震わせて中三川から阪谷へ視線を移した。なぜ、阪谷を見たのか。心の中を見透かされているような恥じらいから、思わず阪谷は目を逸らした。

「先輩、何ぼーっとしてるんですか。何か言ってやってくださいよ」

目を丸くした中三川に見つめられて、我に返る。

「捜索が入る前に正直に認めたほうがいいぞ」

中三川に促されて、阪谷は唆すように言った。

「ですから僕は真斗君の日記なんて盗んでいません。本当です。信じてください」

目黒は首元に汗を浮かべ、ただただ必死だった。

中三川の容赦ない追及は続く。

「香奈枝に思いを寄せるお前にとって、真斗君の存在は目の上の瘤だった。しかし一度に二人を殺すわけにはいかなかった。そこでお前は旦那である恭一を殺し、その罪を真斗君になすりつけるために、香奈枝の自宅に凶器を隠した。そのとき見つけた真斗君の日記を、犯行声明としてネットの掲示板に書き込んだんだろ。すべては真斗君に捜査の目を向けさせるために」

「ちょ、ちょっと待ってください。真斗君を犯人に仕立てようだなんて、そんなことするわけないじゃないですか！」その口調はこれまでになく力がこもっていた。

目黒は続けて感情を込めて言った。「そんなことしたら香奈枝さんが悲しみます。確かに掲示板に日記の文章を書き込んだのは僕です……。けど、犯行声明のつもりで書き込んでなんていません。気づいたら勝手に犯行声明にされていたんです。もう一度よく読んでください」

869　僕にはパパがいません。
僕が生まれる前からパパはずっといません。

僕がママのお腹にいる時、パパはママに食べられちゃったのかもしれません。

だから僕はこんなに栄養をつけて大きく育ったんだと思います。

横綱先生からカマキリの話を聞いて、ぼくにパパがいない理由がわかりました。
（２０２０年７月22日　22時08分）

８７０
殺人鬼・カマキリ
（２０２０年７月22日　22時09分）

８７１　何これ、住人さんのところの子供の日記!?
（２０２０年７月22日　22時09分）

８７２　おにーさん、ＵＰするの間違っとるで〜。
（２０２０年７月22日　22時09分）

８７３　犯行声明？？　意味わかんなーい？？？？？？？？
（２０２０年７月22日　22時09分）

８７４　これ、マスコミに届いた犯行声明じゃねえ。
新聞社に勤めてる友が、そんなこと言ってたぞ！
（２０２０年７月22日　22時11分）

「この殺人鬼カマキリってのはあなたが書いたんじゃなかったのか？」

阪谷は連投された投稿を指して訊いた。

「違いますよ。犯行声明と勘違いして勝手に他が盛り上がっていただけですよ」

「じゃあなぜ、こんな文章を投稿したんだ？」

「そ、それは……」目黒は耳を真っ赤にして視線を逸らすように下を向いた。

何か言いづらい理由でもあるようだ。

確かに目黒が投稿した文章だけを読み返してみると、犯行声明らしき言葉など一つも使われていない。前後の会話の流れや、恭一と香奈枝の境遇からユーザーは犯行声明だと思い込まされていたのだ。そして、阪谷も失くなった真斗の日記から流用されていたと知ったとき、犯行声明に使われたものと思い込んでいたのだ。

さらに、掲示板に書き込まれた犯行声明と真斗の日記の文面は、ひらがなが漢字に変換されていたり、言い回しが微妙にズレたりしていた。真斗に罪を着せようとするのならば、日記の文章をそのまま使ったはずだ。目黒は真斗に罪を着せるために書き込んだのではないのかもしれない。

なぜ真斗の日記に執着する必要があったのか？

日記を掲示板に書き込んだのには、他の目論見があったのではないか。

大好きな女と結婚して、子供を授かったとたんに殺される——先ほど目黒が強調するように言い放った言葉が、恭一の境遇とリンクした。

掲示板に投稿された犯行声明、いや真斗の日記の文章は、軽はずみに体の関係を持ち、子供を作った恭一への抗議の念が込められていたのではないか。いや、恭一だけではない。セックスに快楽だけを求める無責任な男女への、目黒なりの訴えだったに違いない。

先ほど目黒に顔を見られたとき、心の中を見透かされたような恥ずかしさを感じたのは、阪谷も目黒と同じような感覚をどこかに持っていたからかもしれない。

阪谷が身体を絡めた女は生涯で一人だけ。妻と結婚するまで女性の身体に触れたことすらなかった。阪谷にとって、セックスは本気で愛した女性との間にだけ許される神聖な行為だった。

目黒にとって、香奈枝の身体は聖なる存在だった。だからその領域に踏み込んだ恭一を許すことができなかった。おそらく目黒自身もその気持ちに気づいていない。だからここで追及したところで答えは出ないだろう。

だが、目黒の心底に眠る何かが、犯行へと駆り立てていたことは間違いなさそうだ。

掲示板へ投稿された犯行声明もどきの謎は解けたが、目黒の無実が立証されたわけではない。真斗は所沢駅で目黒から突き落とされたのだ。直後にホームを歩く目黒の姿も捉えられている。果たしてこれをどう言い逃れるつもりなのか——。

中三川の追及に耳を傾ける。

「お前は邪魔な二人を排除すれば、香奈枝を自分のものにできる。それで犯行を思い立ったんだろ」

「そ、そんなこと——」打ち上げられた魚のように苦しそうな顔をした。

「しかしそこで大きな誤算が生じた。香奈枝がお前の書き込みに気づき、警察より先に真斗君の部屋で凶器を発見し、身代わりとなって自首してしまった。焦ったお前は、週刊タイフーンにコラージュ写真を送りつけ香奈枝の無実を証明しようとした。同時に罪の重さに耐えきれなくなった真斗君が自殺するというシナリオを考え、所沢駅のホームから突き落としたんだろ」

「ひっ、人殺しを！　そ、そんなこと絶対にしていません。真斗君をホームから突き落とすなんて――そんなことしたら、二度と香奈枝さんに顔向けできません」

「じゃあなぜ所沢駅にいた？　真斗君が突き落とされた直後、お前の姿が防犯カメラに映っているんだ」

中三川の罵声が響く。

「で、ですからそれは、西武ドームで開かれるともチンのコンサートに行くためで……」

目黒は分(ぶ)が悪そうに小声で答えた。

「パソコンに記されていた日記はどう説明する。あそこには警察が公表していない事実が事細かに記されていた。香奈枝と結婚した被害者に憎悪を抱いたお前は、怒りを抑えきれずに殺害したんだろ。お前が犯行を計画していたことは、日記を見れば一目瞭然(いちもくりょうぜん)だ」

中三川はまくしたてるように問い詰めた。

「は、犯行計画？　そ、そんなこと僕、書いていませんよ。た、確かに、僕から香奈枝さんを奪ったあの男は許せなかった。消えてくれればいいのにと思っていました。そのことを日記にも書きました。で、でも、こ、こ、殺すなんてそんなこと……」

目黒は涙で顔を真っ赤にしながら頑なに否定する。

中三川は捜査ファイルを机に叩きつけた。

「惚(とぼ)けるな！　これはお前のパソコンに保存されていた犯行計画の全文だ」

資料に目を落とした目黒の眼光が何かを捉えて固まった。

しばらく沈黙があった。

それから、目黒は体を震わせて呟いた。

「こ、これ、僕が書いたんじゃない……」

あまりの驚きに、心の声が漏れてしまったように阪谷は感じとった。

目黒はそのまま日記が記された捜査ファイルごとたぐり寄せ、夢中でめくっていった。そして、前のめり気味に立ち上がると、日記のある部分を指した。

「確かに前半は僕がつけていた日記です。けど、この後ろに付け足された文章は、僕が書いたものじゃありません。信じてください、刑事さん。僕は文章ごとに改行を入れません。他の日付の文章を見てくれればわかります」

目黒はすがるような目で阪谷を見た。

目撃証言　　七月二十二日（水）

仕事帰りに駅前のネットカフェに立ち寄った。ネットの記事を一通り見たけど、事件のニュースがだんだん少なくなってきた。世間の関心もなくなっているみたいだ。いったい犯人は誰なのだろうか？　あれ、僕は気づかない間にこんなものを投稿していた。どうしよう、なんか勝手に犯行声明みたいにされてるぞ！　「お客さん、もう時間とっくに過ぎてるんですけど――」店員に促されて慌てて店を出た。削除できなかったけど大丈夫だろうか……。


それよりなにより、ぼくの目撃証言はどうしてニュースにならない。やっぱりあのホームレスは、ぼくに復讐されることを恐れて証言していないのか？このままではぼくの計画が大きく狂ってしまう。焦っていた。どうすれば警察はマサト君の犯行だって疑いを持ってくれる。

――そうだ！　犯行声明だ。

マスコミが騒ぎ出せば、警察だって黙っちゃいない。すぐにマサト君に疑いの目が向けられて、部屋から凶器が見つかれば――逮捕だ。


目黒の言う通り、犯行計画が記された部分は、前半は改行なしでひたすら書かれているのに対し、後半は一文ずつきれいに改行されていた。

文章の主語にも統一性がない。愛する香奈枝を君と呼んでいるにもかかわらず、憎き被害者（恭一）もキミと呼んでいる。真斗のことも息子さんと書いたりマサト君だったり……。前後の文章が噛み合っていない箇所もいくつかあった。

さっきまでは、犯人像を特定されないためのカモフラージュだと思い込んでいたが、もし目黒の言っていることが本当だとすると——その考えが揺らぎ始める。

「僕はスマホで文章を書いているんです。データが残っているはずです。スマホを調べてくれれば……」

目黒は今にもしがみつきそうな勢いで阪谷を見た。

「だがこれはお前のパソコンから出てきたんだぞ」

中三川が鋭い目つきで追及する。

「ウイルスを仕込まれたのかもしれません。それとも誰かに侵入されてデータを書き換えられたとか……」

目黒は目を真っ赤にして泣きながら訴えた。

「そんな都合のいいウイルスがあるか！　それともなんだ！　ピッキングでもされて誰かに部屋に侵入されたとでも言いたいのか——」

中三川は目の奥を覗き込むように訊いた。

侵入——阪谷はその言葉に引っかかった。

「おい、ちょっと待て！」

黙って聞いていた阪谷はある可能性に気づいた。

「部屋の窓はいつも開けているのか？」目黒に訊いた。

目黒の家を訪れた際、ベランダの窓が開いていたのでてっきり部屋にいるものだと勘違いしていた。しかし、目黒はコンビニへ出かけていたのだ。

「エアコンが壊れていて、窓を開けっ放しにしておかないと熱中症になってしまうんです」

「まさか！　ベランダから侵入して」

目黒の部屋は二階にあった。排水管をうまくつたえば、運動神経のいい人間なら侵入することは可能だ。

「ベランダに侵入した跡がないかすぐに調べさせるんだ！」

日記を見せたときの目黒の驚きようは異常だった。あれは芝居ではない。阪谷は直感した。

ということは、目黒の日記に何者かが後から手を加えていた可能性が浮上した。

そのとき、取調室の扉が勢いよく開いた。

「阪谷さん」血相を変えて飛び込んできたのは鑑識課の佐藤だ。

「どうした？」

佐藤に手招きされて取調室を出た。

「たった今、狭山署から連絡がありまして、管内で盗みを繰り返していた窃盗団が逮捕されたようです。犯行の中に、狭山東高校での一連の犯行も含まれていたと——」

「なんだって⁉」

押収した目黒の日記によれば、市内で頻発していた窃盗事件の手口を真似て、真斗のジャージを盗むというものだった。要するに、目黒は部室に盗みに入っていなければ、ジャージを手に入れることも不可能だったということになる。

「香奈枝の自宅の鍵も、型は古いんですがピッキングされない仕組みになっていました」

ピッキングで香奈枝宅に侵入し、真斗の部屋に凶器を隠したという手法も虚偽だった。

いったいどういうことだ？　なぜ目黒は、日記にやってもいないことを記していたのか？

押収した日記の信憑性が一気になくなった。

目黒の犯行だった——という当初の目論見が一気に崩れた。

——目黒も真犯人に嵌められていただけなのか？

「それと……」

「まだ他にあるのか」緊張からか喉がぎゅっとしまり呼吸が苦しくなった。

「事件の夜、被害者のカバンに入っていたポストカードに書かれていた文字が解読できました」

先の捜査会議での一幕が浮かび上がってきた。雨で滲んだインク、被害者の血で汚れた紙面は、とても復元できる状態ではなかった。鑑識課の執念がうかがえる。

「おそらくこんなことが書かれていたのかと」

佐藤はそう言ってメモ用紙を差し出した。

『新しい生活のことで相談したいことがあります。

七月十七日、夜の十時に狭山ヶ丘公園で待っています——』

メモ用紙の最後に目を覆いたくなるような文字が記されていた。

——ま、まさと……。

頭の中で呟いたつもりだが、口元の動きを見た佐藤は阪谷の動揺を感じとっていた。

「真斗君を陥れようと、息子の名を騙り被害者をおびき寄せた目黒の仕業ではないでしょうか」ガラス越しの目黒へ視線を向けた。

佐藤はこの数十分間の取り調べのいきさつを把握していない。目黒は掲示板に真斗の日記を書き込んだだけで、他の罪は犯していない。何者かに嵌められていた可能性が高くなった。ということは——所沢駅で目黒に突き落とされたという真斗の証言は嘘になるのか。

まさか！　この日記も……。

真斗の犯行だと信じたくない阪谷は、藁にもすがる思いであらゆる可能性を探った。しかし、どれも阪谷が信じたくない結論へと導くものばかりだった。

目黒と恭一は同じアパートに住んでいた。二〇二号室の恭一の部屋から、ベランダをつたえば二〇四号室の目黒の部屋に容易に侵入できる。目黒の日記を書き換えたのも真斗の仕業ではないか。

被害者が暮らしていたアパートの大家に話を聞いた際の記憶が蘇る。大家は被害者宅から一人で出てくる真斗を目撃している。遺品の整理でもしに来たのではないかと言っていたが……本当の目的は、ポストカードを回収するためだったのではないか。メールや電話など履歴が残るものを使わなかったのも、証拠さえ処分してしまえばアシがつかない。そこまで計算しての犯行だったとしたら——犯人は近々、このポストカードを回収にくるはずだ。

「現物はどこに？」佐藤に訊いた。

「これから課長の所に報告に向かおうかと」

佐藤は左手のファイルを指し示した。

「少し預からせてくれないか」阪谷は佐藤の手からそれをふんだくった。

「阪谷さん、どちらへ」

「ガイシャの部屋だ。近々、ホシは必ず回収しに現れる。現場を押さえるんだ」

最後の賭けだった。佐藤の返事も聞かずに走り出した。

――上に報告するのは少しだけ待ってくれ。言葉にしなかったが、佐藤なら阪谷の行動の深意を理解してくれるはずだ。

(三) 犯人確保!

床に放り投げていた無線が鳴った。

〈先輩、どんな感じでしょうか〉

右耳につけたイヤホンから呑気な中三川の声が聞こえてくる。

「何も変化はない」素っ気なく答えた。

〈そうですか、もう少しの辛抱ですよ〉

どこか他人事な言葉に説得力のカケラも感じない。

「そろそろ限界かもしれん」声を殺して言いながら一方的に無線を切る。

この拷問のような捜査はいつまで続くのか。思わず天を仰いだ。

何もしないでいると時間はあっという間に過ぎてしまうと、子供のころ両親から言われ続けてきた。どうやらその教えは間違っていたようだ。何もしなければ、時間は刻むようにゆっくりと過ぎていくのだ。誘拐犯の元から助け出された被害者が、テレビのインタビューでこう言っていた――時間がとても長く感じました。まさにそんな感じだ。

周辺に捜査員を配備すれば、異変に気づかれ計画は失敗に終わる可能性もある。阪谷はこの大役を一人で引き受けた。

しかし、今になって後悔している。長期戦の様相を呈している。

日付も変わりかけた深夜零時過ぎ、その瞬間は突然訪れた。

阪谷が畳の上に胡座(あぐら)をかいてうとうととしていると、二階へ続く外階段をのしのしと踏みしめる足音が聞こえてきた。長い間潜んでいれば、住民のものかそうでないかは聞き分けがつく。

近づいてくる足音は、これまでに聞いたものとはリズムが違っていた。じっと耳を澄ませて音の方向を確認する。一歩一歩この部屋へ近づいていることは間違いない。

阪谷はすばやく玄関脇の浴室に身を潜めた。張り詰めた緊張の中、息を殺して時間が過ぎるのを待つ。

足音は、阪谷のいる二〇二号室の前を一、二歩通り過ぎた所で止まった。隣人か……。ごそごそっとポケットを探る音に続いて、ドアノブから鈍い金属音が響いた。壁にぴたりと身を寄せていた阪谷の身体にもその震動が伝わり、ゾクゾクッと背筋が凍った。

緊張からか喉が鳴りそうになるのを堪えようと、両手で口を塞ぐ。

浴室の窓から確認したい衝動を堪え、じっと息を潜める。心臓の音さえも、壁を伝ってドアの向こうにいる人間に聞こえてしまうのではないか。落ち着け、落ち着けと、言い聞かせるが、心臓は飛び出しそうなほどドクンと跳ねる。

すぐに鍵は回った。金具が交錯するようなガチャガチャという音はしなかった。ピッキングではない。鍵を使って開錠している。ということは——考えられるのは一人しかいない。

ゆっくりと扉の軋む音がする。これから対峙する現実を前に、身体はさらに硬直していく。

空気が通り抜ける音がして、真っ暗だった室内にわずかな光が射し込んだ。浴室に身を潜めたまま、膝の高さにある格子状のサッシから、通り過ぎる人影を確認する。

足音から男とみて間違いない。その影は懐中電灯の灯りを頼りに部屋の奥へ進んでいく。

現場に動きがあれば、すぐに捜査本部に連絡を入れるよう言われていた。しかし阪谷は男と話をしたかった。男が逮捕されればそれは叶わない。そっと無線を置いた。

足音が止んで、リビングから人の気配を感じた。続けて、バタンバタンと引き出しを開く音が響き渡る。

しばらくすると、その音が不自然に止んだ。男が目的のものを見つけたようだ。阪谷は確信した。

耳を澄ますと、暗闇からビリビリと紙を裂き破る音が微かに聞こえた。

大きく息を吸い込んだ。もしも男がナイフをかざしてきたら——阪谷は防具も武器も持っていない。ためらいを吹っ切るために、目の前の扉を力いっぱい蹴り上げた。

「動くな、警察だ！」

浴室から飛び出し、玄関脇のスイッチをつけた。部屋がぱっと明るくなる。男は目が眩んだようにフラついた。上下スエットの長袖姿に、野球帽を目元まで深くかぶっている。大家が証言した真斗の格好にそっくりだ。いや、本当にこの男は真斗なのだろうか。真斗の格好をした赤の他人ではないか。ここまできても、現実を信じたくない自分との葛藤が続く。

しかし、目の前にいる男が、ずっと追っていた真犯人なのだ。

男は帽子を深く被ったまま、阪谷から離れるように一、二歩後退した。あまり刺激しないよう適度な距離を取って間を詰める。

帽子のツバが影となり、表情をうかがうことはできない。わずかに確認できる口元が小刻みに動いている。何か暗示をかけているのか。何かに怯えているようにも見える。

「さあ、両手を挙げてこっちに来なさい」

阪谷は男を挑発しないようにゆっくり言葉を投げかける。

男の動きがぴたりと止まる。暴れる様子はない。

阪谷はポケットに潜めておいた小袋を取り出した。例のポストカードが入っている。

「今君が破ったものは複製だ。本物はこっちにある」男に見えるように差し出した。

男は野球帽のツバをさっと上げて肩をビクつかせて覗き込んだ。

「ど、どうして?」

男が発したか細い声は、想像していたよりも幼かった。

この男が凄惨(せいさん)な殺人現場に立っていたのか？　信じ難いが事実である。

「君はこの他に何通も手紙を書いていたよね？」

「…………」男は下を向いたまま何も答えない。

この状況下で答えないということは、阪谷の言葉を認めたも同然だ。

「このポストカードは、遺留品として預かっていた被害者のカバンの中に入っていた。だから君がこの部屋をどんなに探しても見つからなかったんだよ。真斗君」

初めて真斗の名前を口にした。唇がわずかに震えていた。

真斗は、顔を上げ、反抗的な鋭い目で阪谷の顔を一瞬だけ睨んだ。被害者が持ち歩いていたとは、思いもしなかったのだろう。

「か、返せ！」

鋭い声とともに真斗の長い手がポストカードを握る阪谷の手元に伸びた。阪谷はすんでのところで体の向きをかえてかわしたが、右手の甲に真斗の爪が引っかかり、鮮血が滲んでいる。

「君とお父さんとの間に何があったというんだ？」振り向きざまに真斗に問いかける。

「今さらぼくが何を言ったって……」目には不安の色が滲んでいた。

「そんなことない。おじさん、君とお母さんの力になりたいんだ」

でまかせではない。心の底から湧き上がってきた言葉である。

「大人の言うことなんて信じられるか！　アイツは、ママとぼくを騙したんだ――」

その顔は少しずつ苦悶を帯びた表情へと変わっていく。そのまま両耳を塞ぎ、苦しそうに声を上げる。

阪谷の言葉を信じたい自分と、そうでない自分がいて、葛藤しているのだろう。

真斗が落ち着くのをしばらく待つ。

「話したくないというならば、これ以上無理に聞いたりしない。――信じていた人に裏切られ、大人が信じられないという君の気持ちだってわかる気がする」

「どうせ……刑事さんはぼくを捕まえにきたんでしょ」

「ああ、もちろんそのつもりだ」

「ならば手錠をかけてください」

真斗は両手首を差し出した。

「君がお父さんのことを本当に殺すつもりで、殺意を抱いていたというのならね」

「えっ？」真斗は理解が追いついていないのか、顔を上げたまま固まった。

「君はお父さんを殺そうだなんて思っていなかった。違うか？」

助けを求めるように、真斗の目が潤み始める。

阪谷は我が子を抱き寄せるように真斗の体に手を伸ばした。

その瞬間、魂を吸い取られたように真斗は膝から崩れ落ちた。身体の中で化学反応が起きているようにガタガタと体を震わせる。

「ぼくはただ、あの男（ひと）からママを守りたかっただけなんです――」

真斗は顔を覆ったままひざまずくと、悔しそうに何度も床を叩く。

この数週間、誰にも言わなかった。いや、言えなかったのだ。言ったところで、誰にも自分の言葉など信じてもらえないとわかっていたからだ。

「君はなぜ、あの晩、お父さんを呼び出したりしたんだ？」

「ぼくはただ――」うつむいたまま言葉に詰まり、嗚咽を堪えヒクヒクし始める。

「お父さんの部屋から君が書いた手紙がいくつも出てきた。すべて読ませてもらったよ。初めは君も、お母さんとお父さんの結婚を心から祝福していた。そうだろ？」

「あぁぁぁ……うぅぅぅ……」悶（もだ）えるようにうなり声を上げ、うつむいたまま大きくうなずいた。

「事故だったんじゃないのか？」

「じ……じこ……」顔を上げた真斗は無表情のまま阪谷を見つめていた。

「あの包丁は、お父さんが持っていたものだ。本当はお父さんから君に襲いかかってきたんじゃないのか？」

真斗はギュッと唇を噛みしめた。それから絞り出すように声をあげた。

「……聞いてしまったんです。あの男が、ママに保険を掛けて殺そうと企んでいるのを」

「保険を？」

結婚を機に二人で保険に入ったという捜査会議の一幕を思い返した。

「あの男は、ヤミ金から多額の借金をしていたんです。その返済のためにママに保険を掛けて殺そうと近づいていたんです。聞いちゃったんです。凶器も準備できたし、後はタイミングを見て、通り魔にでも襲われたように処分するって、電話で誰かと話しているのを」

「それであの夜、君はお父さんを公園に呼び出したのか？」

真斗は小さくうなずくと、鼻をすすりながら口を開いた。

「今計画していることは、ママにも警察にも言わない。そのかわり、ぼくたちの前から消えてほしいって――。そうしたら、突然カバンから包丁を取り出して襲いかかってきたんです。……恐(こわ)くてもう必死でした。何が起きたのかわからなくて。気づいたらあの男のお腹に包丁が……血がどろどろと溢れてきて……」

あの夜の映像が脳裏に浮かんだのか、真斗は腕を抱えて体を丸くした。

そこから先は真斗の口から聞かなくても想像できた。

真斗は刃物を向けて飛びかかろうとする恭一とやりあったのだろう。揉み合っているうちに、恭一の腹に包丁が突き刺さったのではないか。背骨まで刃先が達していたのは、男に対する怨念ではなく、二人が激しくやりあったからであろう。

「それから君はどうしたんだい？」

「あの男は最後の力を振り絞って電話をかけていました。ぼくに刺されたと言うんだと気づきました。ぼくが殺人犯になったらママに迷惑をかけてしまう。急に頭が冷静になりました。とっさにスマホを奪いました。そしたら電話口から『事件ですか、事故ですか』という声が聞こえてきて、とっさにぼくはあの男のフリをして知らない男に刺されたと……」

やはりあの電話の声は被害者ではなく真斗が発したものだったのか。「知らない男に刺された」と唐突に切り出すあたりに違和感を感じていた。生死をさまよう状況であれば、第一声で助けを求めるはずだ。

揉み合いになり刺してしまったまでは正当防衛が認められる。だが、その後の行動は擁護できるものではなかった。恭一に対する恨みや怒りが心底にあってのことだろう。

「それで君は劣悪な殺人鬼を演じて、警察を翻弄するために、マスコミに犯行声明やコラージュ写真を送ったりしたんだね？」

真斗は肩を落とし「はい」と呟いた。

事件後に掲示板に書き込まれた犯行声明は、目黒の仕業であることが断定された。

香奈枝の逮捕直後に週刊タイフーンに送られた犯行声明とコラージュ写真は、母の無実を証明するため真斗が考えた策略だったに違いない。『殺人鬼・カマキリ』を名乗っていたところをみると、先に目黒が書き込んだ掲示板をヒントに考えたのだろう。

「お父さんを刺してしまった包丁はどうするつもりだった？」

「事件が忘れ去られたころにでも捨てるつもりでした。でもその前にママがぁ……」

真斗は込み上げてくる感情を抑えきれずに、再び大粒の涙を床に垂らし始めた。

自分のことは冷静に話をするが、母親のこととなると声を荒らげ感情的になりやすい。母親のことが心配でたまらないのだろう。

しばらく間を空けて阪谷は訊いた。

「どうして目黒さんに罪をなすりつけようとしたんだい？」

「ママに好意があるのを知っていたので……子供のころ何度か家の近くで見かけました」

「そのことをお母さんには？」

「話すと心配するから言ってません。ママやぼくに危害を加えるような感じではなかったし、この人ならあの男を殺す動機があるのではないかと思いました。ぼくは、取り返しのつかないことを……」

途中で声を詰まらせたまま咳込んだ。

「君は目黒さんの家に忍び込み、目黒さんの日記に犯行の経過を付け加えたんだね？」

「はい……ホームへ飛び込む前日、目黒さんが留守でいないことを確かめて、この部屋の排水管をつたって、ベランダの窓から入りました」

真斗は再びパニックに陥りかけたが、絞り出すように言葉を出し切った。

「それから電車に轢かれる演技をして、目黒さんの特徴的な笑い方を利用した。自宅に捜査が入れば日記が見つかる。捜査の目が彼に向くように仕向けたわけだね」

このときばかりは阪谷の口調にも力がこもった。

真斗は、罪もない人間の人生をめちゃくちゃにしかけたのだ。

真斗は異論ないとばかりに顔を伏せたまま鼻をすすった。

しばらく重苦しい時間が流れた。

沈黙に耐えられなくなったのか、真斗が上半身を震わせながら口を開いた。

「ぼくが、ぼくがママの人生を台無しにしてしまったんです。……ぼくなんて生まれてこなければ……ママはあの人と幸せに暮らせていたんです」

真斗はそのまま床に頭をつけた。これでもかというぐらいに声を上げて泣いた。

阪谷は真斗の背後に回り、そっと背中に手を当てた。

「君がやってしまったことはれっきとした犯罪だ。きちんと罪は償わなくてはならない。今話してくれたように、これから警察に行って、正直に話すことはできるよね？」

「はい」真斗は顔を上げて、阪谷の目を見て大きくうなずいた。そのまま瞼に溜まった涙を右腕でさっと拭った。

「よし」阪谷は真斗の両肩を軽く握ってから、窓のほうに向かい無線を鳴らした。

「武田真斗が警察に自首したいらしいんだ。車を一つ回してくれないか」

それだけ告げて無線を切った。

真斗が罪を犯してしまったことは確かだが、反省すれば、いくらでもやり直すことができる。阪谷は真斗の良心に懸けてみたかった。

十分後、目の色を変えた中三川が現れた。

「先輩これ」そう言って手錠を差し出してきた。今すぐに逮捕しろと目は訴えている。

「こんなの持ってこいと、俺は頼んでいないぞ」

「ホシを逮捕するんじゃ」中三川は真斗に向かって顎をしゃくるように言った。

「逮捕？　真斗君に何か容疑なんてかかっていたっけか？」わざとらしく首をひねる。

「あれ！　先輩はこの部屋にホシが侵入してきたところを、住居侵入罪で――」

「なに惚けたこと言ってんだ」と一喝してから、真斗のほうを向いた。「アパートの前でばったり会った真斗君に、暇だから少し世間話でもしないかと俺から誘ったんだ」

できるだけ穏やかな口調で言った。

「じゃあ、事件のことは何も？」

「ああ、そのことについては何も聞いちゃいないさ。これから警察に行って自分の口で話したいんだと」

そう言って真斗の肩をさっと抱き寄せた。

「あの暑苦しそうなお兄さんに警察署まで送ってもらいなさい」

「暑苦しいって何ですかぁー」

大げさに両手を振って否定する中三川を見て、真斗がクスリと笑った。もう何週間も笑っていなかったんだろう。その笑みは、しばらく笑い方を忘れていたようにぎこちなかったが、阪谷の心にあたたかい何かを灯してくれた。

きっとこの子は大丈夫だ――思いを込めて真斗の肩をポンと叩くと、真斗は中三川のほうへ二、三歩、歩み寄った。

「あれ？　先輩は？」

「俺が行く必要ないだろう」

事態を大きくしたくなかったので、ここから先はすべて中三川に任せるつもりだ。

その言葉を聞いて真斗が振り返った。不安な目で見つめてくる。

「大丈夫だ。何も心配いらない。あの夜起こったことを正直に話せばいいんだ」

「ママのことを……」と言ったまま固まった真斗は、両手で目元を隠すようにわんわんと泣き始めた。その先の言葉は聞かなくても想像がついた。

見ていられなかった。ここまできても真斗は母親のことを気にかけているのだ。

阪谷にもその涙が伝染しそうになった。中三川に『行け』と右手を払い合図を送る。

遠ざかる二人の足音を聞きながら、ほっと肩をなでおろした。

同時に「これで事件解決ではない」と自分に言い聞かせる。

高校生である真斗がこれほどまでの緻密(ちみつ)な計画を一人で企てたとはとても信じ難い。

週刊タイフーンに送りつけた遺体写真のコラージュは、素人の見た目には判断つかないほど巧妙に加工されていた。完全にプロの技である。

さらに、目黒に罪をなすりつけるため自作自演でホームに飛び込んだ行動は、高校一年生が考える発想の域を超えていた。

その反面杜撰(ずさん)な箇所も目立った。

緻密な計画を立てるような人間が、自室にあからさまに凶器を隠すだろうか。書き加えられた目黒の日記も第三者が手を加えたことがあからさまであった。釈然としない何かが、胸の奥でくすぶり続けていた。

(四) 十六年越しの贖罪

阪谷は千葉駅前の高層ビル群を見上げていた。

まさか、二度も訪れることになるなんて……。

昨日、捜査本部にタレコミの電話があった。

――週刊誌に掲載されたコラージュ写真は私が作ったものかもしれない。自分はホラー映画のプロモーション画像と聞かされていただけで、殺人事件に加担しているなんてこれっぽっちも疑わなかったと。

――シーザリオ。社名を聞いてすぐにピンときた。彰彦の会社の投資先でCG映像や加工アプリの開発などを手がけている会社だ。

すぐに話は繋がった。真斗を裏で操っていたのは彰彦ではないか――。

エントランスに入り、エレベーターホールに向かいかけた中三川を呼び止めた。

「まさか、そのままエレベーターに乗ろうだなんて考えていないよな?」

「えっ!」中三川は驚いて振り返った。

「お前んところのオンボロマンションとは訳が違う。入館手続きを済ませないと目的の階にさえいけないんだ」

少し得意げに言った。

「そうなんですか」中三川は唇をひん曲がらせた。アサヒエステートホールディングス株式会社が入館証をぶら下げてエレベーターに乗った。

ある階を確認して二十三階のボタンを押した。

「佐々木彰彦はあくまで重要参考人だ」突っ走りそうな中三川に釘をさす。

「わかってますよ」中三川はうるさそうに顔を背けた。

エレベーターが開いて阪谷は深呼吸をした。

手のひらは汗で湿っている。何をこんなに緊張しているんだ。自分でもその理由がわからない。

受付で身分を名乗ると、前回来たときと同じように来客室に通された。こないだは十分以上待たされたが、この日は腰を下ろしてすぐに彰彦が現れた。一気に老け込んだような疲労の色がにじみ出ている。真斗の逮捕を受けてなのか、それともこれから追及される罪科への困惑なのか、その表情は摑めない。

「一昨日、息子さんを、武田真斗を殺人容疑で逮捕いたしました」阪谷は切り出した。

「……そうですか」

まるで自分が逮捕されたように肩を落としながら深いため息をついた。

「真斗は何と？」

「すべての罪を認めています。義理の父親を殺してしまったことも、犯行声明とコラージュ写

「ええ、我々も真斗君一人の犯行とは思っていません。彼の背後に誰かがいるに違いないとはずは……」困惑のあまり立ち上がり、ガタガタと膝を震わせていた。

「真斗がすべてを認めた」彰彦が尖った声を上げた。「ちょっと待ってください。そ、そんな真を送りつけたことも、――自作自演でホームに飛び込んだことまで」


――」

その言葉を聞いた彰彦は、なぜか安堵したように胸に手を当てた。

「昨日タレコミがありました。週刊誌に掲載されたコラージュ写真を作ったのは自分ではないかと。社名を聞いてすぐにあなたの顔が浮かびました。――陰で真斗君に指示を出していたのは、あなただったんですね？」

昨日受けた電話の声と、彰彦の声は話すテンポやイントネーションがどこか似ている。タレコミの電話は彰彦本人がかけてきたのではないか。

しかし、それを追及したところで状況がかわるわけでもない。阪谷はぐっと堪えた。

「――写真を加工し、週刊誌に送りつけたのは私です」

彰彦は今にも消えそうな声で呟いた。

「なぜそんなことを？」

「刑事さんから聴取を受けてすぐに、香奈枝と真斗のことが心配になり、所沢へ向かいました。所沢駅で乗り換えのためホームへ降りたとき、ホームの端に立っている高校生を見かけたんです。近づいてすぐに真斗だとわかりました。昔の自分を鏡で見ているんじゃないかと思うぐらい、背格好も顔の輪郭も私にそっくりだったんです。真斗が握っていた封筒を見て、自殺する気だとわかりました。私は夢中で真斗の身体にしがみつきました。真斗は泣きながら私に言いました。あの男を殺したのはぼくだ。お母さんはぼくを庇って警察に捕まってしまったんだと――」

彰彦は必死にすすり泣くのを堪えながら言葉を吐ききった。

「なぜそこで、警察に行こうと真斗君を説得しなかったのですか？」

「冷静さを取り戻した真斗は、母親の無実を証明するため自首するつもりでいました。しかし私がそれを止めたんです」

彰彦は唇を噛んだ。

「なぜですか？」阪谷は怒りを抑えながら聞いた。

「そんなことをしたら、香奈枝の行動が無駄になってしまう。今ここで真斗が自首しても香奈枝を悲しませるだけだと……真斗を説得しました。かわりに私が提案したんです。真犯人の存在が明らかになれば、香奈枝の無実は証明される。犯人になりきってコラージュ写真と犯行声明を作成して、週刊誌に送りつけようと。ところが……」

彰彦はこれ以上自分の口から真実を述べるのが苦しそうに嗚咽を漏らした。

かわりに阪谷が口を開く。

「そこで予想外の事態が起きたわけですね。週刊誌が、現場を目撃したホームレスに辿りついてしまった。ホームレスは現場から凶器を持って逃げる真斗君を目撃していた」

彰彦は阪谷の目を見てうなずいた。

「私が週刊誌にコラージュ写真を送ったのは、真犯人の存在を仄めかすことだけが目的でした。そうすれば香奈枝が釈放される……ところが若狭という記者が、真相に辿りついてしまって——このままでは真斗が疑われてしまうと……」

彰彦の目的は香奈枝の無実を証明することだった。しかし、その行動が思いもよらぬ方向に動いてしまったのだ。

「真斗と初めて会ったとき、自分にそっくりだと思いました。あの晩ホームレスが見たのは真斗でなく私——ということにできれば」

彰彦は目に大粒の涙を浮かべて頭を下げた。

「てめえ！　調子いいこと言ってんじゃねえぞ！」それまで黙って聞いていた中三川が声を荒らげた。そのまま彰彦の胸ぐらを摑んだ。

「先輩だって、ハイハイと聞いてるだけじゃなく、ガツンと言ってやってくださいよ」

中三川の視線と言葉が重く胸に突き刺さる。

阪谷は何も言い返せなかった。

彰彦を駆り立ててしまった責任は自分にある。前回、彰彦の元を訪れたとき、帰り際に真斗を特定できる情報を思わず漏らしてしまったのだ。実の息子を心配する彰彦に対する親切心からだった。それを聞いた彰彦はすぐに所沢へ向かい真斗に接触した。そこから事件がより複雑化の一途を辿ることとなった。

阪谷が戦力にならないと見るや、中三川は彰彦に詰め寄った。

「お前はこの数日間、犯人逮捕のニュースが流れるのを待ちわびていたんだろ。香奈枝の同僚の目黒弘樹が連行される姿を——」

彰彦ははっとしたように顔を上げて、何度も瞬きをした。

「め、めぐろ……ひろき？　ですか？」ぎこちなく聞き返した。

「ふん」中三川は鼻で笑った。「わざとらしい演技しやがって、犯人に仕立てておきながら名前すら覚えていないのかよ」

「は、犯人に仕立てるだなんて」彰彦はのけぞりながら否定した。「――あの日、真斗と所沢駅で落ち合い、すべての罪を私が被るつもりで計画を進めていました。それなのに、真斗が……」

「ふざけるなぁ！」と言って中三川は彰彦に摑みかかった。「お前はわざと待ち合わせ時間に遅れて、真斗君一人に罪を負わせようとしたんだろ。責任逃れもいいところだ。お前の姿はすべてカメラに映っているんだ」

「い、いや……」彰彦は反論することもできず、うめき声を漏らしながら悶え続けた。

確かに彰彦の姿は、真斗がホームに突き落とされてから三十分後に防犯カメラに映っていた。東京方面から一番ホームに到着した車両から真っ先に降りると階段を駆け上がり、真斗が転落した二番ホームへ走り、覗き込むように何かを確認していた。彰彦には他に何か役割があったか、犯行がうまくいったか確認しているのかと思い込んでいた。すべての罪を自分で被るつもりでいたという彰彦の言葉の意図が摑めなかった。

「待て！」阪谷は中三川の手首を摑んだ。

彰彦の呼吸が落ち着くのを待ってから訊いた。

「真斗君との約束の時間に、あなたはなぜ遅れてしまったのですか？」

人身事故が起きたのは十四時前だ。待ち合わせが十四時だったと考えると、直前までは電車も動いていたはずだ。

「遅れた!? 違いますよ」彰彦は声を張り上げた。「真斗と約束したのは十四時半です。真斗が勝手に計画を早めたんです――理由はわかりません。前日に入念に打ち合わせだってしていたんです。それなのに真斗は私が考えた計画を実行しなかった。どうしてその目黒とかいう人を巻き込んでしまったのか――私にもわかりません」

彰彦は悲愴感を漂わせながら顔を伏せたまま黙り込んだ。

しばらく間を置いて、彰彦が顔を上げたのに合わせて視線を向けた。

「あなたの考えていた計画というのはどのようなものだったのでしょうか?」

彰彦はその視線を受け止めるように目を瞑った。

「十四時半着の西武新宿行きの列車が二番ホームに入ってくる直前、最前列で電車を待つ真斗の背中を、私が押すはずだったんです。線路に落ちた真斗は、ギリギリで退避スペースに転がり込み難を逃れる――。犯行の様子が防犯カメラに録画されていれば、警察は疑うことなく私を逮捕したでしょう」

「なぜそんな回りくどいことを?」

「真斗への疑いを完全に払拭するためです。私が自首しただけでは、警察も世間も真斗へ疑念が残ったままです。真斗は神経質な性格です。そうなれば再び自殺を図ることだって考えられる。それを回避するためにはどうすればよいか。――苦渋の決断でした。真斗は真犯人である私に罪を着せられ、ホームから突き落とされ殺されかけた。そうすれば真斗を疑う者はいないはずです。周りは皆同情してくれるだろう。しかし、真斗は約束の時間の三十分前に線路へ飛び込んでしまったんです」

彰彦はそう言って自分にしがみつくように頭を抱えた。

阪谷は、彰彦が首謀となり目黒を陥れようとしているものと決めつけていた。

しかし、目黒の件に彰彦は一切関わっていなかったようだ。目黒へ罪を着せようと自ら線路に飛び込んだことも、目黒の日記に不自然に付け加えられた犯行経過の記述も、すべて真斗が独断でやったことだ。彰彦が自身を犯人に仕立てるために考えた計画を、真斗は直前になってその犯人像を目黒に置き換えたのだ。彰彦のパソコンには、真斗が目黒の日記に書き加えた犯行経過の記述のモデルとなる文章が残っているはずだ。

なぜ真斗がそんなことをしたのか？　いや、しなければならなかったのか——その理由に気づいたとき、心の底からせり上がってくる感情を抑えることができなかった。

「あなたはなぜ真斗君が計画を頓挫させたのか、本当に理由がわからないのですか？」

阪谷は視線を向けることなく聞いた。

「私の考えた計画は完璧でした。なのに……どうして真斗はあんなことを」

彰彦は歯を食いしばりながら阪谷に視線を向けた。

「あなたに罪を背負わせないためです」阪谷は両手の拳に力を込めた。

「真斗が、な、なぜそんなことを？」

彰彦は意味がわからないというように何度も首を振った。

「あなたを失うことが怖くなったからでしょう」

「そんなこと、あるわけがありません。私は十六年前に香奈枝と真斗を見捨てたんです」

彰彦は拒絶するように叫んだ。

「まだわからないのですか！　あなたが自分を犠牲にして真斗君を守ろうとしたように、真斗君もまた、あなたを犯罪に巻き込みたくないと葛藤していたんですよ」

彰彦の肩から力が抜けた。静寂の中にごくりとツバを飲み込む音が響いた。彰彦の顔にどっと疲れの色が見えた。

しばらく沈黙が流れた。

「……真斗を、真斗を追い詰めてしまったのは……私です」涙を堪えながら続けた。

「私は香奈枝のことしか考えていなかった。真斗が正直に自首すれば、香奈枝を悲しませることになる……真斗の気持ちなんてこれっぽっちも考えていませんでした」

彰彦は後悔の念が頭の中を渦巻いているかのように、髪の毛を掻きむしった。

彰彦の頬を大粒の涙がつたっていく。不甲斐ない自分への涙なのか、真斗を想っての涙なのか、阪谷は犯罪者と向き合っていることを忘れていた。涙が溢れそうになるのをぐっと堪え歯を食いしばった。

「あなたは、香奈枝さんが自分の子を宿し忽然と姿を消してから……ずっと自分を責め続けていたんじゃないですか？」

優しく語りかける。

「当然です。私は父親として、人間として、最低のことをしてしまったんです」

彰彦は嗚咽を漏らしながら唇を噛む。

落ち着くのを待って呼びかける。

「あなたは贖罪の意識から、真斗君に手を差し伸べたつもりかもしれませんが、それが彼の暴走を招きました。仮に計画通り進んで、あなたが真斗君の罪を被ったとしたら、それこそあなたの比にならないぐらいの十字架を背負って、彼は生きていかなければならなかったんです。彼は確かに人を殺してしまった、しかし酌量（しゃくりょう）の余地も充分考えられる」

「えっ……」彰彦がすがるように顔を上げた。

「あなたは真斗君の犯した罪の証拠を消すどころか、新たな罪を犯させようとしていた。真斗君を追い詰めていたのは、実の父親であるあなたや、母親である香奈枝さんだった。どうして彼を、信じてあげられなかったんですか？　そうすればあなた方が、罪を犯す必要はなかったのに……」

胸が詰まり、それ以上声が続かなかった。滲む視界を隠すように目元を拭った。

かわりに中三川が口を開く。

「武田真斗の犯行は、状況から正当防衛が認められるだろう。香奈枝も近く釈放される」

「ふぁ、ふわぁぁ……」彰彦は悲鳴のような声を上げてその場に崩れ落ちた。

「佐々木彰彦、証拠隠滅と偽計業務妨害の罪で逮捕する」

しばらくして顔を上げた彰彦の顔はぐしゃぐしゃに崩れていた。その表情には安堵の色が滲んでいた。彰彦はよろめきながら立ち上がると、手首を差し出した。

静寂に満ちた部屋に手錠を嵌める音が響いた。

彰彦の瞳の奥に溜まっていた涙が一粒、二粒とこぼれ落ちた。

十五分後、連絡を受けた千葉県警の刑事が入ってきた。連行するため彰彦の腰に手をかける。

一歩進んだところで立ち止まった彰彦は振り返った。涙で濡れた瞳で阪谷を見る。

「どうしてこんな私を——真斗は庇ってくれたのでしょうか。私が十六年前に犯した過ちは決して許されるものではなかったはずなのに……」

彰彦は自問するように呟いてから、刑事に促されて部屋を出ようとした。

「待ちなさい！」

無意識のうちに彰彦の背中に叫んでいた。彰彦の元に駆け寄る。

「最後にあなたにこれだけは伝えておきたい。目黒弘樹に罪をなすりつけるという真斗君の計画は、実に杜撰なものでした。彼の中では端から彼に罪を着せるつもりなどなかったはずです。なぜでしょうか？　真斗君はただあなたの計画を回避したかった。あなたを事件に巻き込まないため、あなたに罪を着せないため必死だった。なぜ、そこまでする必要があったのでしょうか。……その理由がわかったとき、あなたが十六年間しばられてきた罪の意識から解放されるでしょう。今からでも遅くはありません——」

どうしても伝えたかった言葉は、静かに息とともに呑み込んだ。彰彦なら言わずともわかってくれるだろう。

彰彦が連行される姿を見届けたところで、数日間燻り続けていた気持ちがようやく晴れた気がした。

彰彦が所沢駅のホームで真斗と初めて会った日、罪の重さに耐えきれなくなった真斗は自殺するつもりでいたのだ。
阪谷が真斗のことを話さなければ、彰彦は所沢へは向かわなかっただろう。
となると、真斗の自殺を止める者は誰もいなかった。死んでいたのかもしれない。
結果的には阪谷の行動があの家族を救ったのだ。

頭の中には妻と二人の息子の顔が浮かんでいる。
愛こそが時に人を獰猛にさせてしまう、最大の狂気なのだろう。
皆、いつ暴発してもおかしくない凶器を、心の奥に潜めて生きているのかもしれない。

エピローグ

久しぶりに吸った外の空気は、身体の中を洗浄してくれるように新鮮だった。

警察署を出た佐々木彰彦は、出迎えにきた母に頭を下げた。証拠隠滅、逃亡の恐れがないことから保釈が認められた。今後は在宅での取り調べとなる。

自宅のポストは、数週間分の郵便物で溢れていた。多くは公共料金の明細や企業DM——その中に真っ白な封筒が紛れていた。

消印は真斗が逮捕された日だ。差出人は書かれていないが、見覚えある字だ。まさか！　息を呑んで封を開ける。

※　※　※

突然のお手紙に驚かないでください。

母がぼくの身代わりになって警察に連行されたと知った日、自分の命と引き替えに母の無実を証明するつもりで、所沢駅のホームに立ちました。

そこへ偶然現れたのがあなたです。

あなたを見た瞬間、初めて会った気がしませんでした。その理由はあなたの眼を見てすぐにわかりました。

あなたは駅のホームで、ぼくが握っていた遺書を取り上げました。

「こんなことをしたらお母さんが悲しむだけだ。お母さんがどれほどの覚悟を持って君の罪を被ったのか、考えたことがあるのか」と、ぼくの頬を叩きました。

あのときの痛みは、とても心地よく今でもぼくの胸に残っています。

その後、すぐにあなたはぼくの体を抱きしめてくれました。

「絶対君を警察に渡さない。命をかけて僕が守る。そのかわり死んじゃダメだ！」

あなたの腕はとても温かくて優しかった。だからぼくは甘えてしまいました。


——こんな結果になってしまいました。

ぼくとの約束を果たせなかったあなたは、責任を感じているのではないでしょうか。

本当は、あのとき、もう一つだけ交わしたかった約束があったのです。

母の中には今でもあなたがいます。

母にとって、あなたは唯一の存在で、そのかわりはぼくにも誰にもつとめられません。

母にはあなたが必要なのです。

どうか、ぼくと母の支えになってください。

お父さんへ

真斗

この作品は、島田荘司選
第13回ばらのまち福山ミステリー文学新人賞受賞作
「依存」を加筆修正したものです。

※この物語はフィクションです。
実在するいかなる個人、団体、場所等とも一切関係ありません。

選評　島田荘司

　殺人事件の被疑者となる女性、その勤め先における上司の男性、彼女の息子、殺人事件を捜査する所沢警察、捜査本部の刑事たち、事件を報道するゴシップ週刊誌の記者集団と、事件に関わる複数の集団があり、進行につれて視線は点々と集団を移っていく。そしてこのそれぞれのユニットが、おのおの、三人称ながら一視点で眼前を語るので、読み手はこれら完結した小世界を読みほぐし、重ね合わせて連続させながら、全体の推移を自身の脳に再構築して行く必要がある。

　この手法は、物語鑑賞のトバ口で頭を使うことを求め、この小説の性質を読み手に示して、論理思索の入り口を宣するものとして有効であるが、時として個々の世界を語る文章に差別感が演出できず、同じ色合いが連続して、読み手を迷子にして失敗する例も多い。しかしこの物語においては、書き手が意図的に文章気分を違えている形跡は乏しく、さらには突進に力を割いて、色を変える余裕がない気配にもかかわらず、充分にうまくいっていると感じた。

　とりわけピースのひとつで、他者に罪をかぶせんと策を弄する男の作業などは、読み手がこの人物の熱に感染してしまうので、諸々とだまされる効果があった。結果、全体の構造はよく複雑化した。中段にいたり、いたって単純と見えた事件であるのに、背後の真相がまったく霧に没したふうのミステリーがよく現れた。

　各ピースを作者はそれぞれうまく膨らませ、ミスディレクション化を含め、巧みに文学的な発展もさせるので、物語としても厚みが生じた。もともとシンプルな構造の事件を、よく重層化し、読み手の意識を真相から迂回路に引き出して、巧みに翻弄したと思う。

述べたように、この物語は殺人のミステリとしては、ヴァン・ダインが奨励するような大がかりな構造を持たない。多数の登場人物が狭い舞台の上に集合して、ユニークな動機で殺人を為し、中だるみの中段で二弾目の殺人が起き、といった本格の定型性は持っていない。しかし事件進行を支える各ピースの動きが意表を衝き、文芸性を濃く見せて、しかも突進するスピード感を有するから、読み手はまたたく間に中盤まで引っ張ってこられる。この疾走感は、当賞でもはじめてかと思うほどのスピードであった。こうした熱が、そのままある作為の登場人物の行動に接続するので、だましの虚構領域に読み手も上手に連れ込まれて、作為に気づかない。

しかし疾走する文体によくあるような、中身の空疎はともなわない。この書き手の手柄だが、それはすなわち、これまでのいわゆる新本格の書き手にあったような、冷えた文体で淡々と進行の説明と、解決の段取りが述べられるのではなく、文芸体質の熱の文体で登場人物たちの心情が活写されるから、各ユニットがそれぞれ独自の文芸的な進展と表情を見せ、これが当作を、過去のミステリーに見ない新しさで読ませた。そしてこれが、そのまま騙しのうまさにつながった。

香奈枝が主役を演じる最初の小世界では、望まぬ妊娠ゆえに、おとなの分別と信じがたい打算に翻弄される女子高生の、純粋な恋情とやり場のない憤り、出産の激しい痛み等がリアルに語られる。相手の青年も決して誠意がない人物ではなく、彼流の誠意を尽くすのだが、その分別と懸命の若い道徳観は、生まれるべき生命への敬意を欠く場所に、しわ寄せされていた。これは青春恋愛小説の熱気だ。

結果、彼女はあまりに若い時期に母親となり、女手ひとつで懸命に息子を育てることになり、このことを誰よりもよく知る一人息子真斗は、後段で母のために激しい愛情を燃焼爆発させ、なんとか今からでも幸せになってもらいたいと切望して、そのためには自分は喜んで消えると決意し、彼なりに組み立てた作為の小世界を命がけで疾走する。しかし母のもとに現れていた新しい男は、善良を演じながら、これまでで最悪の人物であった。

土砂降りの雨の中に出現した奇妙な殺害死体を追跡する、いくぶんかくたびれた中年刑事は、しかし彼もまた並みはずれた誠意を持って事件の内部を洞察し、誰もが幸福な着地ができるよう、寡黙な善意を尽くす。この部分は人情ものの警察小説だ。

事件の不可解な外観と、愛情ゆえに冤罪犯人が生まれている悲劇に対し、思いがけず真相看破のきっかけを作る三流週刊誌の記者は、上司と闘いながら自分の足ひとつでホームレスの塒（ねぐら）をたどって歩き、痴漢老人の目撃からついに真相を暴くのだが、この段階では、まだ真相に完全には焦点が合わない複雑な構造が完成している。

いずれにしても、このジャーナリストがまた職業に似ない善意の人物で、こういう彼らのまれな誠意が折り重なる感動的な結末は、この薄汚れた打算世界にあって、いかにも甘いと批判する向きも予想される。が、選者にはこうした世間流の常識がないので、大変心地のよい、好ましいラストであると了解した。

ただ多少の難を述べておくなら、突風のごとく突進する熱い文体で心地よく引き廻される物語なのであるが、女性主人公が自首する中段、これまでの彼女の捜査陣への接し方等から、彼女の作為は読めるし、おおよそ先の展開が予想できるきらいが生じているので、何よりこの洞察は所沢署の捜査のプロたちの脳裏には現れるのが自然であろうと感じた。

先が読めるとまでは言わせなくともよいし、保身上司の怒濤の押しに寄り切られ、また出頭者の熱意に負けて逮捕してもいいが、この時に刑事らの脳裏に浮かぶ言葉は、もっと経験豊富な者の頭脳的な文言にならないかと感じて、この点にはいささかの違和感を憶えた。現状では、証拠類を無視して妻の無理な夫殺し主張を本気で受け入れた、少々ぼんくらの捜査陣に見えてしまう。そう演じて見せなくてはならない相手もデカ部屋には見当たらないから、ここで作が知的な勢いを失速したように思われて、快調な読書ペースが落ちた。

もう一点、最初の青春小説ユニットの熱ゆえに真斗の実の父親の存在が脳裏に残っているので、成人した彼も登場させ、彼は決して事件には関わっていないという証明もひとつ欲しかった心地がした。これによって作は、推理劇としてのすっきり感が増すと思う。

とはいえ、これらはあるいは些末であるかもしれないし、見解の相違と主張する読み手もあろうから、これでよいのかもしれない。いずれにしても達意の文体と、ミステリー畑には貴重な文芸センスの人間描写によって、上手な混乱を殺人のドラマに持ち込んだ、優れた作例であると感じた。

（選評は改稿前の本作について述べられております）

文縞絵斗（ふみしま　かいと）
東京都在住。映像制作の会社に勤めるかたわら執筆活動を開始。
2020年、本作で島田荘司選
第13回ばらのまち福山ミステリー文学新人賞を受賞。

依存［いぞん］

二〇二一年三月二十九日　第一刷発行

著者　文縞絵斗（ふみしま かいと）
発行者　鈴木章一
発行所　株式会社講談社
〒一一二-八〇〇一　東京都文京区音羽二-一二-二一
電話（出版）〇三-五三九五-三五〇六
（販売）〇三-五三九五-五八一七
（業務）〇三-五三九五-三六一五
本文データ制作　講談社デジタル製作
本文印刷所　豊国印刷株式会社
カバー・本体表紙・扉印刷所　千代田オフセット株式会社
製本所　株式会社国宝社

ISBN978-4-06-522854-8 N.D.C.913 302p 19cm

島田荘司選

ばらのまち福山 ミステリー文学新人賞

応募要項

応募作品	自作未発表の日本語で書かれた長編ミステリー作品。 400字詰原稿用紙350枚以上650枚程度。 ワープロ原稿の場合はA4横に縦書き40字×40行とします。 1枚目にタイトルを記してください。
応募・問い合わせ先	ふくやま文学館「福ミス」係 〒720-0061 広島県福山市丸之内一丁目9番9号 TEL:084-932-7010 FAX:084-932-7020 URL:http://hukumys.jp/
応募資格	住所、年齢を問いません。受賞作以降も書き続ける意志のある方が望ましい。 なお、受賞決定後、選者の指導のもと、作品を推敲することがあります。
賞	正賞　トロフィー 副賞　受賞作品は協力出版社によって即時出版されるものとし、その印税全額。 　　　福山特産品
選者	島田荘司
主催	福山市、ばらのまち福山ミステリー文学新人賞実行委員会
協力	原書房編集部、講談社文芸第三出版部、光文社文芸図書編集部
事務局	福山市経済環境局文化観光振興部文化振興課
諸権利	出版権は、該当出版社に帰属します。

※応募方法や締切など、詳細につきましては、賞公式ホームページをご確認ください。

URL http://fukumys.jp/